이 규 락 소 설 집

기니피그의 뱃살을 함부로 만지지 말라

아작

차 례

기니피그의 뱃살을
함부로 만지지 말라

준호가 골목길을 가로질러 달아나자 햄스터가 광선총을 난사했다. 햄스터는 사람만 한 크기로, 이족보행을 하며 살찐 허리에 다용도 벨트를 부착한 모습이었다. 회색 안개가 장악한 고시촌 일대에서 둘은 추격전을 벌이고 있었다. 준호는 살려달라고 소리쳤지만 창문을 열고 내다보는 사람은 한 명도 없었다. 토요일 밤 11시면 고시촌 일대가 소란스러울 법했는데 거리엔 개미 새끼 하나 돌아다니지 않았다. 사실 준호는 뒤따라오는 게 햄스터인지 친칠라인지 귀 짧은 토끼인지 분간하지 못했다. 초롱초롱한 검은 눈망울과 분홍색 콧잔등을 보고선 햄스터겠거니 추측할 뿐이었다.

햄스터의 손에 들린 은색 소총에서 발포된 노란 광선이

준호의 머리 위를 스쳐 지나가 니땅내땅 공인중개사 유리창을 깨트렸다. 준호는 모텔촌으로 이어지는 모퉁이를 향해 전력 질주했다. 29년 평생 솔로였던 준호가 모텔에 들락날락할 일이 없었건만, 지금은 모텔로 숨어들어야 할지 말지를 심각하게 고민하고 있었다.

그때 모퉁이에 세워진 전봇대 뒤편에서 한 사람의 형체기 어른거렸다.

"괴물 햄스터예요! 얼른 도망쳐요! 귀여운 모습에 속지 마시고요!"

준호가 급하게 소리 질렀다. 그러나 그 사람은 준호의 경고에 아랑곳하지 않고 안개 속에서 모습을 드러냈다. 검은 군복 하의에 갈색 티셔츠 차림의 여자였다. 군용 베레모 아래로 방독면을 착용한 데다 오른손에는 위성안테나처럼 생긴 장난감 총을 들고 있었다.

"엎드려."

방독면에서 흘러나온 걸걸한 음색에 준호는 반사적으로 허리를 숙였다. 방독면 전사는 햄스터에게 위성안테나를 정조준했다. 햄스터는 욕지거리—"미친"이라고 했다!—를 하며 짧은 팔로 소총을 장전하려 했다. 방독면 전사는 방아쇠를 당겼다.

준호는 쭈그려 앉은 채 햄스터 쪽으로 고개를 돌렸다. 햄스터는 장전하던 모습 그대로 정지해 있었다.

"잠깐 마비된 거다. 곧 움직일 거야."

방독면 전사는 위성안테나 총을 허리띠에 꽂은 뒤 준호의 팔뚝을 끌어당기며 말했다.

"살고 싶으면 날 따라와."

트럭은 국밥집 앞에 주차되어 있었다. 준호가 따라 올라타자 방독면 전사가 방독면을 벗고 대위 계급장이 표기된 베레모를 고쳐 썼다.

"네 정체는 뭐지?"

준호의 입에서 튀어나왔어야 할 말이 정체불명의 대위에게서 흘러나왔다. 대위는 단발머리가 치렁거렸고 목소리가 낮고 우렁찼다.

"예?"

대위가 대번에 준호의 팔을 잡아 비틀었다.

"정체가 뭐기에 수면 안개 속에서도 멀쩡한 거냐!"

어깻죽지로 고통이 파고들자 준호는 비명을 지르며 포박당한 격투기선수처럼 대시보드에 탭을 쳤다. 살면서 여성과 가장 가까이한 스킨십이 최대의 아픔을 동반했다. 대위는 준호의 재킷과 바지 주머니를 뒤졌다.

"이게 뭐지?"

준호의 눈앞에 들이밀어진 물건은 핫식스 캔이었다. 정신없는 와중 이것만은 챙긴 것이다.

"에너지 드링크잖아요!"

준호는 남들보다 핫식스를 과도하게 섭취했다. 그야말로 핫식스 중독자였다. 하루에 열 캔 이상은 습관적으로 흡입했다. 주변 사람들은 그러다 언젠가 심장이 터져버릴 거라고 핀잔을 주었다.

대위는 핫식스 캔을 까고 그대로 들이켰다.

"이름 그대로 에너지가 솟구치는군!"

그러면서 캔에 첨부된 영양성분을 들여다봤다.

"타우린과 카페인이라! 엄청난 성분들이야. 하지만 이걸로 쥐새끼들의 수면 안개를 헤쳐 나갈 순 없다."

대위의 말을 미루어보아 고시원을 둘러싼 안개는 거대 햄스터들이 불러내거나 한 것처럼 들렸다. 그러고 보니 일기예보를 확인했을 땐 안개나 구름이 낀다는 얘기를 본 적이 없었다. 거리를 거니는 사람 한 명 보이지 않는 것도, 창문 열고 내다보는 사람이 없었던 것도 '수면 안개'가 덮친 거라면 설명이 가능했다. 그러나 모든 사람을 잠재우는 안개 속에서 왜 준호만 멀쩡한 건지는 스스로도 미스터리였다.

대위는 대시보드 아래를 뒤지더니 드릴처럼 생긴 공구를 꺼냈다. 공구에는 기다란 바늘이 달려 있었는데, 준호가 뭐라 반응하기도 전에 준호의 목에 꽂아버렸다.

"아악!"

준호는 죽는 줄 알고 엄살 부렸으나 실제론 따끔하고 말았다.

"혈중 카페인 농도가 장난 아니야. 카페인 인간이라 봐도 무방하겠어. 쓸만한 구석이 있는 놈이군."

공구 손잡이에 혈당 그래프가 그려진 화면이 나타났다.

"안전벨트 매! 출발부터 한다."

시동이 걸린 트럭은 거칠게 부릉거렸다.

준호는 묻고 싶은 게 많았지만 물어볼 수 없었다. 대위가 한 손으로 운전하며 다른 손으로는 군용 나이프를 준호의 목덜미에 갖다 댔기 때문이다. 평범한 취업준비생에게서 비밀을 털어내는 것치곤 과격한 처사였다.

곧 둘 사이에선 고구마 오만 개 삼킨 듯 답답한 문답이 오갔다.

"고시원에서 〈심슨 가족〉을 보는 중이었죠."

"남의 가족은 왜 훔쳐봐?"

"미국 애니메이션입니다."

"애니메이션?"

"만화영화라고 하면 알아들으실까요?"

말인즉슨, 준호는 고시원의 작은 방에 처박혀 취미를 즐기던 중이었다. 준호의 책상에는 빈 핫식스 캔이 산더미처럼 쌓인 가운데 〈어드벤처 타임〉 피규어가 진열되어 있었다. 미국 애니가 너무 웃겨서 에너지 드링크가 아랫도리로 흘러나오려는 걸 아슬아슬하게 참았는데, 이대론 안 되겠다 싶어 일시 정지를 해놓고 공용화장실로 달려갔다.

돌아오는 길, 이상한 점이 눈에 띄었다. 자정도 안 된 시각에 복도 조명은 어두컴컴했고 고시원 전체가 정적에 휩싸여 있었다. 23호 남자가 게임을 하며 팀원에게 윽박지르는 소리, 30호 여자가 공용부엌에서 야식을 먹느라 쩝쩝대는 소리 따위의 생활 소음이 들리지 않았다. ("이 구역 사람들은 공부만 한다고 배웠는데 별 짓을 다 하는군!" 준호의 이야기를 듣고 있던 대위가 말했다.)

준호는 인터넷 커뮤니티에서 돌고 있는 고시원 괴담이 떠올랐다. 전국의 고시원에 거주하는 청년들이 연쇄적으로 행방불명된 사건과 관련된 이야기였다. 준호의 절친한 이웃 명준은 정부에서 잉여 인간이 되어가는 청년들을 빼돌려 비밀리에 실험체로 사용하고 있을 거란 음모론을 내세웠다. 명준은 음모론 마니아였다. 그날 점심에도 김밥천국에서 접한 뉴스를 두고 황망한 가설을 지껄여댔다. 텔레비전에서는 유리 상자에 갇힌 모르모트의 머리와 전선 다발로 연결된 모뎀 형태의 기계가 나왔다.

"이 장치는 설치류의 단순 신호를 인간의 언어로 재구성할 수 있습니다."

'한빛공학연구소' 대표라고 자신을 소개한 대머리 박사가 말했다.

"반대로, 인간의 언어 또한 단순한 수준에서 설치류들의 신호로 번역할 수 있지요."

명준은 김밥을 씹으며 "미국은 비밀리에 초능력 실험을 할 텐데 쥐새끼랑 말하는 게 대수냐."며 날카롭게 비판했다. 준호는 명준의 아가리에서 터져 나오는 밥풀을 피하느라 다음 뉴스를 제대로 듣지 못했다. 이딴 헛소리 따위 한 귀로 흘려듣고 구직사이트나 들여다봐야겠다고만 생각했다.

그러나 화장실을 나와 방으로 향하는 귀퉁이를 돌았을 때, 준호는 평소 음모론을 믿지 않았던 걸 후회했다.

사람만 한 햄스터들이 옆방 앞에서 두 다리로 선 채 수군거리고 있었다. 처음엔 환각인가 싶어 눈알을 찔러봤지만 눈만 아팠다. 벽 뒤로 몸을 숨기고 고개를 귀퉁이 너머로 내밀었다. 회색 털의 햄스터가 구식 애플컴퓨터처럼 생긴 장치를 짊어지고, 갈색 털의 햄스터가 소총을 움켜쥔 상태였다. 그들은 검은 눈망울을 그렁그렁 빛내며 분홍색 앞발—혹은 손—을 들어 방문을 노크했다. (이때까지만 해도 준호는 혹시 친구들이 동물 탈을 쓰고 옆방 남자를 놀래주려는 건 아닌가 추측했다.) 아무런 반응이 없자 갈색 햄스터가 문고리에 총구를 겨냥했다. 노란 광선이 쏘아져 나가더니 문고리를 잿가루처럼 증발시켰다. 잠시 후 두 햄스터는 옆방 남자의 늘어진 팔다리를 붙들고 나왔다.

준호는 이 기이한 상황에 맞서 취해야 할 적합한 행동이 무엇일까 고민했다. 보라, 거대 햄스터를, 명준의 음모론은 갓난애 수준에 불과했다. 이건 특종감이었다!

회색 햄스터가 등에 메었던 기계장치를 내려놓고 뭔가를 조정했다. 엔진이 가동되는 소리가 들렸다. 놀랍게도 허공에 균열이 일었다. 균열은 어디론가 이어지는 통로 입구처럼 크게 벌어졌다. 지걸 뭐라 부르더라? 블랙홀? 웜홀? 눈앞에 믿기 힘든 광경이 연속으로 펼쳐지는 와중 준호는 침착하게 카메라 앱을 실행했다. 거대 햄스터를 포착한 사진을 방송국에 보낼 작정이었다. 이 세상에서 가장 유명한 제보자가 될지도 몰랐다.

촬영 버튼을 누르는 순간, 복도에 불빛이 번개처럼 번쩍였다. 셔터를 켜놓은 것이었다. 두 거대 햄스터는 구석에 숨어 동태를 살피던 준호와 눈이 딱 마주쳤다.

그렇게 추격전이 시작된 것이었다.

"햄스터가 아니야."

자초지종을 듣던 대위가 운전대를 거칠게 꺾으며 말을 이었다.

"그들은 기니피그지. 그리고 나 김지나 대위는 그들을 막기 위해 2077년에서 왔다."

＊

김지나 대위가 준호를 끌고 간 곳은 서울 외곽의 버려진 공장이었다. 준호는 트럭이 덜컹거리는 내내 미래에서 로또 번호 하나 정도는 들고 왔는지 묻고 싶었으나 잘못 말했다간 얻어터질 것 같아 입을 다물었다. 폐공장 주변은 정체불명의 텃밭과 비포장도로가 둘러싸고 있었다. 실내는 철제 계단으로 연결된 2층 사무실에서 작업장이 내려다보이는 구조였다.

사무실에는 버려진 캐비닛과 반쯤 녹슨 철제 책상이 놓여 있었다. 준호가 계단을 올라오느라 숨을 몰아쉬고 있는데, 난데없이 김지나 대위가 준호의 등을 발로 걷어찼다. 대위는 중심을 잃고 쓰러진 준호의 목덜미를 붙잡고는 그를 캐비닛 안에 가둬버렸다. 준호는 안에서 문을 열어보려고 두드렸지만 소용없었다. 캐비닛 뒷벽에서 구멍이 열리더니 철제 수갑이 준호의 사지를 붙잡았다. 천장으로부터 자그마한 기계 촉수들이 내려와 눈을 까뒤집고 옆구리를 간질였다. 준호는 고래고래 비명을 질렀다. 촉수 하나가 기다랗고 날카로운 바늘을 꺼냈다. 눈앞의 현실을 잊기 위해 눈을 감고 아침에 외웠던 토익 영어단어를 떠올렸다. 이윽고 바늘은 준호의 척추를 찔렀다.

"21세기 초반과 걸맞은 모습으로 위장한 검진기구다."

김지나 대위가 말했다. 준호는 허리를 짚고 비틀비틀 걸어 나왔다.

"종합적인 유전자 조사 결과, 너는 이 시대에 태어나 자란 사람이 맞는 것 같군. 의심해서 미안하다. '위대한 설치류 연합'의 스파이가 아니란 걸 확인해야 했어."

대위는 투박한 두께의 노트북을 바라보고 있었다.

거대 햄스터, 미래 전사, 그리고 고문 캐비닛까지! 마음 같아서는 눈앞에 있는 덩치 큰 여자에게서 도망치고 싶었다. 김지나 대위는 바닥에 주저앉은 준호에게 종이 더미를 건넸다. 맨 위에 어디선가 본 적 있는 대머리 박사가 활짝 웃는 사진이 실린 신문 기사가 눈에 띄었다.

"그 사람으로 인해 지금으로부터 40년 후, 인류문명은 멸망한다."

지금으로부터 40년 후, 인류문명은 붕괴하고 쥐들이 이 세상의 주인이 된다…. ("말도 안 돼!" 준호는 입을 쩍 벌렸다.) 세상이 왜 그 모양으로 되냐고? 김지나 대위의 말에 따르면, '미키마우스 바이러스'라 불리는 최악의 범유행성 전염병이 강대국들의 주요 도시를 휩쓸었다. 복통과 설사를 일으키다가 전신을 붉은 반점으로 물들여 사망에 이르게 하는 미키마우스 바이러스는 금세 전 지구를 뒤집어놓았다. 어떤 도시에서 처음 발생한 건지, 어째서 전염병으로 번진 건지 아무도 몰랐다. 흑사병처럼 도시 곳곳에 서식하는 시궁쥐들을 매개로 빠르게 전파됐다는 것만 겨우 감지해냈을 뿐이다. 미키마우스 바이러스는 전 인류를 표적 삼았고, 전염병으로 물들여진 세상에서 '인류'라는 종의 90퍼센트는 역사의 뒤안길로 사라졌다. 그러나 인간의 멸망이 지적생명체들의 최후는 아니었다. 바이러스의 여파로 신체가 비대해진 돌연변이 설치류들이 무너진 도시의 잔해 속에서 기어올라 새로운 문명을 건설했다!

"자, 남은 인간은 어떤 운명에 처했을 것 같나?"

인간은 새로운 지적생명체가 축조한 아름다운 문명에 흡수되어 잘 먹고 잘 살았을까? 아니다. 새로운 세상의 주인이 된 쥐들은 남은 인간을 사냥하기 시작했다. 그렇게 붙잡힌 자들은 노예시장에 팔려나가 쥐들에게 채찍질을 당하며 온갖 고난도 노동에 시달렸다. 그중엔 동물원에서 묘기를 부리며 생계를 이어 나가는 사람도 있었다. 인간은 자유를 쟁취하고자 하수도로 숨어들었다. 과거의 시궁쥐들처럼 말이다. 지하의 인간들은 '인류해방군'을 조직해 도시 곳곳에서 게릴라전투를 벌이기 시작했다.

"우리 정보 부서는 '미키마우스 바이러스'와 인간의 멸종 이유에 대해 탐문했지."

인류해방군은 방방곡곡에서 피나게 자료를 수집한 끝에 몇 가지 첩보를 입수했다. 먼저 미키마우스 바이러스가 강대국 수도를 공격하기 한 달 전, 러시아군 소속 생화학연구소의 자료가 해킹당했다는 정황이 포착됐다. 매스미디어는 철조망과 벽에 뚫린 족제비가 겨우 드나들 만한 구멍이 유일한 단서라고 보도했다. 러시아 측은 경쟁국 정보 부서에서 소형 원격무기를 가용해 연구소에 침투했을 거라고 주장했지만 끝내 스파이의 정체는 밝혀지지 않았다. 다만 며칠 뒤 괴상한 동영상이 강대국들의 정부로 발송됐다. 인류해방군 정보수색팀은 데이터 편집기로 문제의 영상을 재구성했다.

"기니피그 한 마리가 녹화된 영상이었지. 기니피그는 카메라를 정면으로 쳐다보며 진지한 어투로 '당장 동물실험을 중단하지 않으면 큰일이 일어날 것'이라고 경고했어! 그 시절 인간들은 왜 경고를 무시한 거지?"

김지나 대위는 분개했다. 공무원들은 영상을 만우절 농담이라 여기곤 그 자리에서 삭제했을 거라고, 준호는 속으로 장담했다.

다른 첩보는 대한민국에서 진행된 기니피그 실험과 관련 있었다. '설치류 언어 통역기'를 발명한 한빛공학연구소의 이영수 박사가 남긴 연구 기록이 발견된 것이다. ("이 대머리 박사가 그 대머리 박사구나?" 준호는 기억했다.) 기록에 따르면 이영수 박사는 모르모트, 즉 기니피그와 대화를 주고받는 도중 소통양식이 점점 복합적으로 변모하고 있다는 걸 깨달았다. 박사는 뇌신경체 활성화 혈청인 β-RAIN 촉진제를 기니피그에게 투여해 기니피그의 지적 능력을 극대화하려

했다. 수백 마리의 실험용 쥐의 혈관을 터트린 결과, 열세 마리의 기니피그를 지적생명체로 탈바꿈하는 기적을 이뤄냈다. 그날 밤 β-RAIN 혈청과 설치류 언어 통역기, 그리고 열세 마리의 기니피그가 홀연히 사라지지 않았다면 이영수 박사의 대머리는 현대 과학자의 상징으로 길이길이 남았으리라.

인류해방군은 세상에 바이러스가 창궐하도록 만든 주범이 연구소 대탈주를 감행한 열세 마리의 기니피그일 거라고 추론했다.

"그럼 대머리… 아니, 이영수 박사를 막으러 온 겁니까?"

준호가 눈을 반짝이며 물었다. 이거 완전 할리우드 영화 같잖아!

"아니, 그건 다른 대원들 몫이다. 내겐 또 다른 임무가 있지."

그때 밥솥 수증기 빠지는 듯한 소리가 나며 캐비닛 윗면이 뚜껑처럼 열렸다. 원통형 병 하나가 불쑥 내밀어졌다.

"혈청이 완성되었군."

대위는 노트북을 접으며 준호에게 말했다.

"이제 다시 출발하지."

4시간 뒤, 준호는 이마에서 땀을 주룩주룩 흘리며 북한산 중턱을 오르고 있었다. 이른 새벽의 등산객은 대부분 어르신들이었고, 그마저도 어느 순간부터 보이지 않았다. 준호는 군대 시절 처음 겪었던 진지투입 훈련을 떠올렸다. 다른 점이라곤 선임 대신 미래에서 온 전사가 안테나 총을 제대로 들라며 조인트를 까고 있단 것뿐이었다.

김지나 대위는 노트북에 띄워진 좌표와 산을 번갈아 보며 걷고 있었다. 대위의 부연에 의하면 '시간특공대'가 숨어 있는 본부는 수면 안개로 위장되어 있을 거라고 했다. 수면 안개는 인간에게만 작용하는 페로몬으로 구성되었는데, 본부를 포위하고 있는 안개는 너무나 강력해서 방독면으로도 한계가 있었다.

"난 '위대한 설치류 연합' 산하 과학자들의 계획을 방해하기 위해 파견되었다."

몇 시간 전 트럭을 타고 폐공장을 나설 때 김지나 대위가 설명했다.

"빌어먹을 쥐새끼들은 우리 인간을 노예 삼아 편리한 삶을 유지했지. 심지어 쥐새끼들과 같은 지적생명체라는 사실로 우릴 곧잘 야만적인 생체실험에 동원했어. 눈에 화장품을 투약해 자극성을 확인하는 게 가장 덜 혹독한 실험이었을 정도였다고."

하지만 여기엔 치명적인 단점이 있었다. 생체실험에 동원될 인간의 수가 무척 한정적이라는 점이었다. 그렇지 않아도 노예로 삼을 인간도 모자라 자산가들과 못 가진 자의 갈등이 최고조에 이른 시절이었다. 일각에서는 '기니피그의 본연대로 채식주의로 돌아가자'는 환경주의 세력이 생체실험 중단을 요구했다. 위대한 설치류 연합은 자원을 무한정으로 확보하는 동시에 대중의 눈을 속일 방침을 마련하고자 지성계에 자문을 구했다. 다람쥐 물리학자부터 비버 설치류 학자, 친칠라 엔지니어부터 시궁쥐 군사전문가까지 아우르는 지성들이 머리를 맞댄 결과, 대책은 단 하나였다.

"과거의 인간을 실험체로 쓰자는 거였지."

그리하여 위대한 설치류 연합에 충성을 바친 과학자들이 수년간 노력한 결과 '시간특공대'가 창설되었다. 정예부대로 구성된 시간특공대는 타임머신을 타고 청년기의 인간이 가장 쓸모없이 소모되던 시대로 이동하라는 명령을 하달받았다. 누구 하나 사라져도 역사가 신경 쓰지 않는 청년기 인간, 한마디로 '백수'를 납치하는 게 그들의 목적이었다.

"잠깐. 취업 못 해서 쫄쫄 굶는 것도 억울한 마당에 무급 생체실험에 동원한다고요?"

"숙식은 해결해준다. 실험체들은 좁은 우리에서 똥 맛 나는 사료를 먹으면서 살아가지."

"악마 같은 새끼들! 알바비라도 주든가!"

"그래. 난 그 악마 같은 놈들에게 납치된 청년들을 구출한 뒤 시간특공대의 타임머신에 폭탄을 설치하고자 과거로 온 거다!"

김지나 대위는 벨트에 장착된 'C-FOOT'이란 이름의 소형폭탄을 가리켰다.

"그렇군요."

준호는 잠깐 고민하다가 말했다.

"근데 저 그냥 집에 가면 안 돼요?"

"뭐?"

심지나 대위가 급브레이크를 밟았다. 준호는 허둥지둥 말을 이었다.

"전 대위님처럼 힘이 센 것도 아니고요. 수면 안개인지 뭔지에서만 멀쩡할 뿐인데….."

게다가 준호는 핸드폰이고 지갑이고 뭐고 전부 고시원에 놓고 왔다. 호주머니에는 지폐 한두 장뿐이었다.

"그것만으로 대단한 거다."

김지나 대위는 준호의 어깨를 붙들었다.

"그리고 위대한 설치류 연합이 자네를 가만 놔둘 것 같나? 가족은? 그들을 목격한 이상 끝장을 봐야 해!"

준호는 기니피그에게 인질로 잡힌 어머니를 머릿속으로 그려봤다. 반찬 투정을 용납 못 하는 어머니는 기니피그의 통통한 뱃살에 대고 건강식을 섭취하라며 잔소리할 공산이 컸다.

그리고 지금, 준호는 정해진 등산로를 벗어나 산을 행군하느라 발에 물집이 잡힐 것 같았다. 오는 길에 전 재산을 털어 핫식스를 구입하지 않았다면 진즉에 미쳐버렸을 터였다. 준호는 SF 애니메이션 〈텍스터의 실험실〉의 주인공이 되었다고 상상하며 괴물 기니피그의 아지트를 찾아 안테나 총을 들고 헤매는 자신의 처지를 이해해보려 애썼다.

"저기다!"

우거진 수풀 사이로 유난히 안개가 짙게 휘감긴 지대가 나타났다.

김지나 대위는 허리춤에서 혈청을 꺼냈다. 대위는 이를 '카페인 혈청'이라고 부르고 있었다. 준호는 척추에 가해졌던 고통을 떠올리곤 움찔했다.

"이거라면 아무리 짙은 수면 안개라도 충분히 침투할 수 있을 거다. 자 가자!"

준호는 숨을 헐떡이며 김지나 대위를 뒤쫓았다.

수풀과 안개는 허리를 숙여야 겨우 들어갈 수 있는 동굴 입구를 은폐하고 있었다. 김지나 대위는 지체 없이 동굴로 뛰어들었다. 석탄 갱도처럼 좁은 길이 한참 동안 이어지다가 탁 트인 공동으로 들어섰다. 어둠 속에서 물체를 분간할 수 없어 준호는 하마터면 대위를 밀어 넘어트릴 뻔했다. 동굴 맞은편 벽면 일부 구간에서 발하는 빛 덕분에 준호는 가까스로 걸음을 멈췄다. 비행접시처럼 생긴 커다란 물체가 종유석 천장 아래서 색색의 빛을 반짝이고 있었다. 그 앞으로 하품을 하는 회색 털의 기니피그와 바닥으로 연기를 뿜는 원통형 장치가 보였다. 대위는 원통형 장치와 비행접시를 가리켜 각각 수면 안개 생성기와 타임머신이라 했다. 북한산 아래 숨겨진 미래에서 온 악당들의 비밀기지라니, 명준이 봤다면 좋아서 환장했을 터였다. 준호는 대위를 따라 암벽 뒤로 기어갔다.

"다른 쥐새끼 한 마리는 보이지 않는군. 교대로 경계를 서는 건가?"

김지나 대위가 타임머신 근처를 주시하며 말했다.

"작전이 뭐죠?"

준호가 물었다.

"네가 미끼가 되는 거다."

준호는 김지나 대위를 쳐다봤다. 이봐요, 미래에서 온 구원자 씨, 전 뒤에서 엄호만 하는 줄 알았는데요? 준호는 이렇게 말하고 싶어 입이 근질거렸다. 눈빛에서 마음을 읽기라도 했는지 대위는 준호의 손에 쥐어진 안테나 총을 턱짓했다.

"급하면 그걸 써라. 기니피그의 특정 뇌파에 맞춰 마비시킬 수 있는 초음파가 내장되어 있으니까."

"파괴광선을 쏘아대는 훈련된 살인 병기를 상대하기엔 무척 평화적인 도구군요?"

"녀석들은 생포해야 한다! 중요한 정보 자원을 가진 놈

26

들을 그냥 없애버릴 거냐?"

준호는 미동도 하지 않았다. 그딴 건 알 바 아니었다. 뭐
든 빨리 끝장내고자 하는 마음만 굴뚝같았다. 김지나 대위
는 준호에게 군인 정신도 없는 놈이라 구시렁대며 싸대기
를 갈길 듯 손바닥을 쳐들었다.

"알았어요! 갈게요!"

준호는 어색한 걸음걸이로 안테나 총을 생명줄처럼 움
켜쥔 채 회색 털의 기니피그 앞에 나섰다.

"이 악당아, 백수들을… 아니, 내 이웃들을 놔주어라!"

결심했던 것과 달리 전혀 위협적이지 않은 쉰 목소리가
튀어나왔다.

기니피그는 준호가 수면 안개를 뚫고 들이닥쳐 놀란 기
색이었다. 그러면서도 훈련된 병사처럼 동글동글한 어깨로
완벽한 사격 자세를 취했다.

"음, 제 이웃들을 풀어주면 안 될까요?"

준호는 기니피그의 눈치를 살폈다. 어쩐지 심한 욕설이
나 반말로 상대를 흥분시켰다간 큰일이 날 것 같았다. 그러
나 기니피그의 분홍색 손가락은 이미 방아쇠를 반쯤 당기
고 있었다. 신이시여, 여자 친구 하나 못 만들어보고 죽는
겁니까? 준호는 긴장해서 심장 소리가 목까지 올라왔다.

그때 김지나 대위가 타임머신 근처에 있는 바위 뒤에서

모습을 드러냈다. 기니피그는 인기척을 느끼곤 총구를 돌렸으나 대위가 한발 빨랐다. 안테나 총에서 발포된 무음의 초음파에 기니피그가 마비됐고, 기니피그의 노란 광선은 허공으로 빗나갔다.

대위가 수면 안개 생성기로 다가가 몇 가지 버튼을 눌렀다. 바닥에 이불처럼 깔려 있던 안개가 수그러들었다.

"다른 녀석이 오기 진에 사람들을 풀어줘야 해. 이서!"

대위와 준호는 마비된 기니피그의 양 어깨를 둘러매고 타임머신의 입구로 짐작되는 곳까지 질질 끌고 갔다. 자동 인식기에 기니피그의 커다랗고 검은 눈망울을 인식하자 지게차 후진하듯 삑삑거리는 소리와 함께 입구가 내려갔다.

그 순간 열린 입구로 노란 광선이 뿜어져 나왔다. 대위는 복부에 광선을 맞고 동굴 저편으로 내던져졌다.

갈색 털의 기니피그가 타임머신에서 등장하는 모습은 마치 UFO를 타고 내려오는 외계인처럼 위엄 있어 보였다. 준호는 채용면접관 앞에 선 지원자처럼 등짝에 식은땀을 흘렸다. 방아쇠를 당장 당겨야 할지 말지가 고민이었다. 대위와 회색 털의 기니피그 사이의 대결을 보아하니 어쩌면 준호가 더 유리할 수도 있었다. 기니피그는 준호의 머리를 제대로 맞춰야 했지만 준호의 초음파 총은 그러지 않아도 상대를 마비시킬 수 있었으니까.

"인간, 뭔가 오해가 있는 것 같군. 난 당신을 해칠 마음이 없다."

기니피그가 먼저 평화 선언을 했다. 의외로 정중한 목소리였다.

"원한다면 저 인간이 살아 있는지 확인해도 좋다."

동글동글하고 귀여운 기니피그 주제에 〈포켓몬스터〉의 전설급 포켓몬처럼 목소리가 굵고 낮았다. 준호는 목소리가 적응이 안 됐으나 본심을 입 밖으로 꺼내고 싶진 않았다. 그 말에 상처받아 충동적인 사격을 가할지도 모르잖는가? 준호는 전방을 조준한 상태로 슬금슬금 뒷걸음쳐 김지나 대위에게 다가갔다. 어깨를 기울여 대위의 목선을 짚었다. 맥박이 뛰고 있었다.

"잠시 기절한 것뿐이다. 그러니까 제발 그 초음파 총 좀 내려라. 그거에 맞았다가 제정신이 들면 구토가 차오르고 난리가…."

"내 이웃들부터 풀어주면 그러도록 하죠."

준호가 기니피그의 말을 잘랐다.

"사람들을 미래로 데려가서 무슨 짓을 하려는 거죠? 취업준비생들이 아무리 급해도 그쪽의, 그러니까 쥐들의 노예가 되진 않을 거요!"

뭔가 말이 이상했지만 준호는 스스로가 기특했다. 하마터면 기니피그에게 말려들어 갈 뻔한 걸 간신히 참았다. 마음 같아서는 기니피그의 말처럼 무기를 내려놓고 고시원으로 돌아가고 싶었다. 하지만 다른 한편 위험신호가 가슴 한 구석에서 계속 울렸다. 김지나 대위가 당한 지금, 자신만이 인류의 유일한 희망일지도 몰랐다.

"노예? 인간들이? 우리의?"

기니피그는 얼빠진 목소리로 회답했다.

"너희를? 우리가?"

기니피그는 마치 무한한 순환 고리에 빠진 듯 눈만 끔벅였다. 이내 갈색 털의 기니피그는 오만상을 찌푸렸다.

"이거 단단히 세뇌당했군."

"뭐요?"

"내가 제대로 된 역사 교육을 해주지. 잘 들어. 지금으로부터 40년 뒤, 인류문명은 황금기를 맞이한다."

지금으로부터 40년 뒤, 황금기를 맞이한 인간은 쥐를 노예로 삼는다…. 아니, 쥐들뿐만 아니라 거의 모든 반려동물이 인간의 노예로 부려진다! ("이건 또 뭔 소리야?" 준호는 흥분했다.)

시작은 대한민국의 이영수 박사라는 인물이 실험용 쥐를 지적생명체로 빚어내는 데 성공하면서부터였다. ("또 그 사람이야?" 준호는 슬슬 지겨워지기 시작했다.) 뇌신경체 촉진 혈청과 설치류 언어 통역기, 그리고 열세 마리의 기니피그

가 홀연히 사라지는 바람에 사기꾼 취급을 받고 길거리로
나앉게 되지만.

"이영수 박사의 최후가 설치류 지성화 프로젝트의 종말
은 아니었지."

한빛공학연구소의 연구 장비와 실험체를 빼돌린 건 다
국적 기업 산하의 경쟁 연구소였다. 이영수 박사의 재산을
약탈한 연구자들은 설치류뿐만 아니라 개와 고양이에게도
지적 능력을 이식하는 성과를 이뤄냈다. 그리하여 본격적
인 동물노예화 시대가 열린 것이다.

"우리가 이렇게 커질 수 있었던 이유도…."

기니피그는 고개 숙여 자기 몸을 훑어보며 말했다.

"순전히 상품의 효율성을 위한 결과야. 동물이 인간의
노동을 맡으려면 자그마해서는 안 된다는 까닭이었어."

대기업 소속 연구소는 독립성이 강한 야생동물보다 인
간과 거리가 가까운 반려동물이 노예로 삼기 좋은 개체라
는 실험 결과를 발표했다. 그리하여 반려동물 거대화 실험
으로 동물의 사체가 산더미처럼 쌓아 올려졌다. 연구자들
에게 짐승의 죽음은 그저 기술적 완성을 위한 디딤돌에 불
과했다. 마침내 인간이 거대화된 노예 동물을 거느리며 도
시의 길거리를 거니는 풍경이 펼쳐졌다. 인기가 가장 높은
노예종은 햄스터와 기니피그였는데, 뛰어난 번식력 덕분에
가장 싼 값에 팔려나간 것이다.

"노예가 되고 나서 가장 참기 힘들었던 건…."

기니피그의 검은 단추 같은 눈에 눈물이 글썽였다.

"인간들이 시도 때도 없이 뱃살을 주무르려 난리를 쳤다는 거야. 심부름만 했다면 차라리 나았을지도 몰라. 근데 인간은 툭하면 우리의 옆구리를 주무르고 턱살을 꼬집었어! 씻을 수 없는 치욕이자 굴욕이었지. 기니피그의 조상들은 인간의 반려동물일 때도 뱃살을 내주지 않는 높은 긍지가 있었다고 한다. 하지만 우리에게 그럴 권리는 주어지지 않았어. 그래서 연합이 탄생한 거야. 뱃살을 꼬집힘 당하기 싫어하는 동물들은 한둘이 아니었거든!"

뱃살을 꼬집힘 당하기를 싫어하는 동물들은 처음엔 그저 꼬집히지 않을 권리를 내세우기 위해 비인간 동맹을 결성했다. ("강아지들은 그 모임이 가지 않았겠군." 준호는 중얼거렸다.) 이후 그들은 노예제도가 끔찍한 학살 위에 구축되었으며, 그와 똑같은 생체실험이 현재진행형으로 지속되고 있단 사실을 간파해냈다. 비인간 동맹의 주도로 주요 도시들에서 항의 행진이 열렸다. 하지만 행진은 각국 정부가 동원한 군대의 의해 철저히 짓밟혔다. 사람들이 기니피그의 뱃살을 쓰다듬는 일은 더욱 빈번해졌다.

"인간이 우릴 못살게 굴어도 우리는 계속 평화적인 시위를 강구하고자 했어. 그놈의 뱃살이라도 보전해보자고 말이야. …미키마우스 바이러스가 돌기 전까진."

비인간 동맹이 무력 집단이 되기로 결심한 건 러시아로부터 발생한 전염병이 전 세계를 휩쓸었을 시점이었다. 설치류를 매개로 퍼져나가는 미키마우스 바이러스는 설치류를 노예로 보유한 중산층들에게 치명적인 사망률을 안겨줬다. 붉은 반점에 뒤덮인 사망자가 늘어나자 사람들은 더 이상 기니피그와 햄스터의 뱃살과 턱살을 꼬집고자 달려들지 않았다. 대신 세계 각지의 분노한 군중이 거대 쥐들에게 집단 린치를 가했다. 심한 경우에 쥐들은 죽임을 당했다.

"러시아군의 행정 차질이 빚은 생화학무기 유출이 바이러스의 원인이라고 했지. 하지만 진실이 밝혀졌을 때도 설치류를 향한 테러는 끊이지 않았다!"

비인간 동맹은 쥐들의 생존권을 보장하고자 결사 항쟁을 부르짖었다. 세상은 아무것도 바뀌지 않았다. 모든 사태를 해결할 방책은, 단 하나뿐이었다. 처음부터 그들은 노예화되지 않았어야 했다. 역사의 시작점부터 되돌려야 했다.

"우린 수차례 게릴라전을 벌여 인간의 무기와 시간 역행 기술을 탈취했지."

기니피그가 격정적으로 토로했다.

"난 비인간 동맹 소속 똘망 소령이라 한다. 우리가 납치한 자들은 수십 년 후 이영수 박사의 연구를 약탈해 생체실험을 지속해나갈 인재들이야."

준호는 충격에 휩싸였다. 평소 납치당한 옆방 남자를 심각한 백수라며 무시하고 다녔기 때문이다. 남자는 매일 똑같은 바지를 입으며 제대로 세탁도 안 해서 곰팡내를 사방으로 풍겼다. 그런 사람이 미래에는 이공계의 전망 높은 인사가 된다고? 같은 고시원 입주자 주제에 어떻게 먹고 살아야 할지 매번 고민하는 준호와는 상황이 너무 달랐다. 이 사실 때문에 대위의 말이 거짓일지도 모른다는 충격은 다소 늦게 찾아왔다.

"납치한 사람들을 어떻게 할 속셈인데요?"

준호는 간신히 정신을 차리곤 되물었다.

똘망 소령은 허리에 찬 다용도 벨트에 손을 가져가 리모컨 모양의 물체를 건드렸다. 비행접시의 동체 구조부가 유리벽처럼 투명하게 물들여졌다. 비행접시 안에는 드라이아이스처럼 김이 모락모락 올라오는 냉장고처럼 생긴 장치가 보였다. 그 안에 사람들이 관에 누운 시체처럼 눈을 감고 있었다.

"특정 분기점이 지나면 냉동장치 안에서 안전하게 풀어 주려 했을 뿐이다."

준호는 더한 혼란에 빠졌다. 마지막 입사 시험 당시 출제된 역사문제를 풀 때보다도 높은 판단력을 요구하고 있었다. 적어도 그땐 목숨을 담보로 문제를 찍진 않았는데 말이다. 그렇다면 김지나 대위의 정체는 뭘까? 노예 회사에서 일하는 파견직 근무원이라도 된단 말인가? 이영수 박사를 방해하는 건 다른 대원의 일이라고 둘러댔을 때부터, 기니피그를 생포해야 한다고 강조할 때부터 수상하긴 했다.

"놈들의 말에 속지 마, 준호!"

누군가의 우렁찬 음성이 울렸다. 동굴 입구 방향에서 그림자 하나가 접근해왔다. 비행접시의 희미한 빛줄기 아래 남성의 얼굴이 드러났다. 준호가 익히 알고 있는 얼굴이었다.

"…이명준?"

준호의 절친한 이웃이자 음모론 마니아인 명준이 절벽처럼 솟아오른 암벽 위에 서 있었다.

"대체 어떻게 된 상황이야, 지금?"

"속여서 미안. 어쩔 수 없었어. 난 2080년에서 왔으니까! 나 또한 인류해방군 소속 중사야. 그리고 저 사람들도 우리가 인류해방을 위해 심어둔 요원들이지."

명준은 냉동장치에 갇힌 사람들을 가리켰다. 똘망 소령은 욕설을 지껄이며 총신을 민첩하게 명준에게로 겨눴다. 명준은 씨익 웃는가 싶더니 바지 주머니를 뒤적였다.

"기니피그를 쏴, 준호! 네 소중한 인질의 목숨을 보전하고 싶다면."

명준이 바지에서 꺼낸 물건은 작은 인형처럼 보였다. 준호는 실눈을 뜨고 눈동자에 힘을 줬다. 그제야 명준의 손아

귀에 잡힌 물건이 제대로 시야에 들어왔다. 준호의 제1호 보물, 〈어드벤처 타임〉의 등장인물을 형상화한 피규어였다. 똘망 소령은 명준의 거짓말을 듣지 말라며 고함질렀다. 명준은 어깨를 으쓱이며 맞받아쳤다.

"저 녀석이 하는 말이 반쯤은 맞을지도 몰라. 하지만 우리의 미래 요원들이 실패한다면? 인간이 짐승의 노예가 된다고. 닌 인류가 쥐새끼들의 발이니 닦아주는 절망적인 미래를 목도했어, 준호. 그래서 요원들을 보내 현재를 인간에게 유리한 방향으로 인도하게끔 잠복시킨 거야. 자, 어서 놈을 쏴!"

명준은 두 팔을 높이 치켜들었다. 금방이라도 어드벤처 타임 피규어를 두 동강 낼 기세였다. 준호는 식겁하여 그만두라고 소리 질렀다. 그때였다.

"목숨과 피규어 중 뭐가 더 중요하지?"

준호의 뒤편에서 음산한 목소리가 울렸다. 비행접시 날개 아래 족히 2미터는 되어 보이는 벵갈 고양이가 기관총을 들고 있었다. 녀석이 기관총을 발포하면 명준과 똘망 소령, 그리고 준호는 사정없이 휩쓸려 나가 벌집이 될 판이었다.

"난 2064년에서 온 박낭만 대령이다. 총을 거두어라, 인간."

준호는 이제까지 미래에서 왔다고 주장하는 인물들이

몇 연대에서 도달해왔는지 따져보았다. 김지나 대위가 2077년 사람이라니 2080년에서 왔다는 명준보다는 3년 빠른 미래—과거라고 해야 하나?—에서 도약했고, 40년 뒤가 어쩌고저쩌고하는 기니피그도 이들과 비슷한 시점에서 과거로 날아왔을 것이다. 이번에는 그보다 약 10년 전쯤인 2060년대의 인물, 아니 고양이가 나타났다! 누군가 대신 정리라도 해줬으면 싶었다. 김지나 대위는 정신 놓은 채 일어날 기미가 없었고, 똘망 소령도 대체 무슨 상황인지 눈치를 살피고 있었다.

머리가 복잡해 두개골이 빠개지려는 찰나였다. 어느새 또 하나의 인물이 벵갈 고양이의 등 뒤에 나타났다. 바주카포를 든 시바견이 고양이를 겨냥하고 있었다.

"너나 그 기관총을 내려놓으시지. 난 2099년에서 온 인류의 친구이자 인간과 동물의 질서를 지키는 수호대, 뽀삐 경장이다!"

이게 끝이 아니었다. 동굴 천장 구멍에서 자신이 22세기의 미래 구원자라고 주장하는 인간 한 명이 소총을 들고 등장했고, 그다음에는 30세기에서 와 1999년부터 동굴에서 잠복했다고 주장하는 대게 한 마리가 땅속에서 기어 나와 정체를 알 수 없는 진딧물 형체의 무기를 들이밀었다. 그다음에는 인간인지 짐승인지 구분하기 힘든 머리 셋 달린 존재가 출현했다. 이런 식으로 동굴 사방팔방에서 자신이 머나먼 미래에서 왔다고 주장하는 자들이 쏟아져 나왔다. 모두가 자기 말을 들어야 한다며 웅성거렸다.

준호는 초음파 총을 여기다 조준했다가, 저기다 조준했다가 했다. 종국에 준호는 제 머리에 총을 쏘고 싶었다. 핫식스를 너무 많이 들이키다 보니 생긴 환각이길 바랐다. 하지만 미래 전사들은 속속들이 동굴에 도착하고 있었다.

코오리의
〈바벨 프로젝트〉

역사에서 사라졌던 서울국제도서전이 다시 열린 건 자동 연상화 기법*이 불법으로 판명이 난 지 5년이 흐른 뒤였다. 일부는 새로 개최되는 이 도서전이 역사 애호가들의 고약한 돈놀이라고 비난했다. 세계 3차 대전 시절 온갖 진영에서 서로 맘에 들지 않는 글자가 하나라도 보이면 죄다 폭탄으로 터트리는 바람에 세상의 모든 종이책이 멸종한 지 60년이나 흐른 지금**, 수년간 메타버스에서 개최된 행사를 '종이책의 부활'이라는 간판을 내세워 오프라인으로 전환한 도

---

* 생체 칩 동기화로 데이터를 그대로 업로드하는 방식을 통해 자동으로 뇌에 지식을 입력하는 기술. 과부화로 인하여 튜닝된 뇌를 사용하지 않는 대부분의 서민들이 죽음에 이르자 금지되었다. 이 기술이 성행할 때는 전자책이라는 매체가 사이버상에서 종말할 뻔했다.

** 세상의 모든 문헌은 그 이후로 피난처로 만들어둔 메타버스에 보관되었다.

전적인 사례였기 때문이다.

내가 도서전을 찾은 건 종이책에 관심 있어서는 아니었다. 나는 종이책이란 2040년대식 노스텔지어에 매료된 아날로그 힙스터들이 만든 유행 현상에 그치지 않는다고 생각했다. 실제로 근래 2030년대를 추억과 낭만으로 떡칠한 영화가 아이-튜브에 우후죽순 업로드되었다. 그럼에도 코모리 감독의 새 영화 〈비벨 프로젝트〉가 도서전에서 기간 한정으로 공개된다는 소식은, 나를 저절로 그 길로 이끌었다.

코모리는 키노 필르머*들 사이에서 여러 논란을 빚은 감독이었다. 쿠소매드니스트**들은 그를 천재라 칭송했고 정통작가파***는 완전히 쓰레기 취급했다. 좀비로 되살아난 사무라이들과 그들을 관광상품으로 개발하는 기업, 비웃음거리로 전락한 좀비 사무라이를 사냥하는 하이테크 사무라이의 이야기를 다룬 데뷔작 〈오, 사무라이여, 어디에 있는가?〉는 확실히 논란이 될 만했다. 역사의 자본화와 오리엔탈리

---

* 범용 체험 영화 스트리밍 서비스인 아이-튜브에서 가장 조회가 높은 영상들은 대체로 가상 포르노처럼 즉자적 쾌락에만 몰두했다. 이처럼 체험 영화가 포르노로 도배된 현실에 저항하고 새로운 담론을 생산하고자 메타버스 내에서 끊임없이 논쟁하던 영화중독자들을 뜻한다.

** 풍자를 위한 의도적인 개연성 파괴와 직접적인 주장 강요 등, 고전적인 범주의 이야기에서 벗어나 실험적인 양태를 추구하는 영화들을 숭배했다.

*** 원형적인 스토리텔링을 가장 중시한 세력으로, 초기 키노 필르머 네임드는 여기에 속한다.

즘에 절여진 키노 필르머들을 기막히게 풍자했다는 세심한 평가와 함께, 영화적 이미지를 과도하게 버무려 어떤 개연성도 갖추지 못한 실패작이라는 비난이 공존했다. 뭐가 됐든 코모리는 아이-튜브에서 컬트적인 인기를 끌고 있었다. 그런 그가 아마존-펭귄 사의 투자를 받아 '책'을 다룬, 꽤 진지한 영화를 만들었다는 것이다.

도서전의 풍경은 구역질 났다. 방사능 빗물에 금방 녹아버릴 것 같은 20세기식 옷가지로 일부러 치장한 사람들이 넘쳐났다. 단체로 20세기 전반기를 문화적 황금기마냥 숭배하기로 마음먹은 듯했다. 도서전이 열린 원형 돔에는 중계기가 설치되지 않아 원격 채널에 접속할 수 없었다.**** 데이터 클라우드 도서관에 구독료만 내면 전자책을 죄다 읽을 수 있는 현실에서 쫓겨나 과거로 강제 추방된 느낌이었다. 어찌어찌 코모리의 부스에 도착한 나는 영화 체험기가 설치된 것을 보고 안도의 숨을 내쉬었다.***** 부스 알바생이 나를 체험 의자에 앉히며 냄새나는 겨드랑이를 자꾸 들이밀었으나 다행히 내 두뇌 속에 자리한 생체 칩이 빠르게 동기화 작업을 완료하여 영화 체험기로 풀다이브 시켜줬다.

**** 책을 읽다가 맘에 드는 구절을 클라우드에 저장하지도 못했다. 팸플릿에 따르면 종이책이 넘쳐나던 시절에는 구입하지 않은 책의 구절을 사진으로 찍는 것도 금지했다.

***** 아쉽게도 부스에 코모리 감독은 없었다.

✳

　　영화는 2037년 서울국제도서전에서 한 작가가 '바벨 프로젝트'에 대한 아이디어를 꺼내는 장면으로 시작한다. 그는 책의 수명이 무한하다는 건 편견에 불과하다고 한다. 책은 출판사라는 사기업의 통제를 받으며, 출판사 폐업 시 해당 출판사가 보유한 책마저 소멸할 위기에 처한다. 출판사가 건재하더라도 절판된 책은 비슷한 운명을 맞는다. 미친 독재자가 분서갱유라도 벌이면 도서관마저 책을 보호해주지 못한다. 책은 수명을 무한히 연장할 공간이 필요하다! 이 연설에 감화된 출판인들은 메타버스를 통해 바벨 프로젝트를 구축하자고 고함친다. 이때 갑자기 핵전쟁이 발발하고 핵탄두 타격과 함께 도서전에 놀러 간 모든 이들이 죄다 사망한다.

　　전쟁이 끝나고 50년이 흐른 어느 날, 정체불명의 바닥에서 깨어난 두 청년에게 시점이 옮겨간다. 두 사람은 끝이 안 보이는 원형 계단으로 이어진 탑 속에 갇혀 있다. 특이하게도 벽면은 온통 책으로 채워져 있다. 어떻게 여기까지 온 건지 기억나지 않는다. 그들은 길이 계단밖에 없다는 걸 깨닫고 탑에 오르기 시작한다. 그러다 한 사람(사람 2라고 하자.)이 '바벨 프로젝트'라는 메타버스 채널에 관한 소문을 들은 적 있다며 드문드문 이야기를 풀어놓는다. 해당 채널

구조는 탑의 형상으로 이루어졌으며 계단을 오를수록 벽면에 놓인 책의 지식수준이 높아진다고 한다. 가설에 따르면 탑의 꼭대기에 도달한 자는 진리를 목도할 수 있을 것이다. 바벨 프로젝트에 접근한 유저는 극히 소수뿐인데, 그들은 사람들이 진리에 도달할 것을 두려워한 나머지 이곳을 '레드고트'라는, 네트워크상의 가장 강력한 금고 속 깊숙한 곳에 가둬버렸다. 대신 그들은 세상에 데이터 출판업체라는 걸 세워 바벨 프로젝트 속 지식을 조금씩 판매하기로 했다. 그러고는 사람들을 납치해 메타버스에 의식을 업로드시킨 뒤 기존의 육체와 연결을 끊고, 스스로를 '새로운 세기의 출판인'이라고 부르는 이 메타버스 발견자들을 대신해 탑을 오르게 했다는 것이다. 사람 1은 사람 2가 어떻게 그런 걸 소상히 아는지 궁금해진다. 동시에 자신이 그가 말한 납치된 사람이라는 걸 인지한다.

영화는 내내 사람 1과 사람 2의 대화로 진행된다. 사람 1은 온통 기억이 뒤죽박죽이다. 반면 사람 2는 사람 1에게 계속 무언가 떠올랐다면서 이 공간에 얽힌 이야기를 들려준다. 이곳의 존재를 아는 출판인들이 대리자들을 쓸 수밖에 없는 이유는 강력한 방화벽이 존재해서 해킹으로는 시스템을 변환할 수 없기 때문이다. 수준 높은 지식을 담은 책을 구하려면 계단을 올라야 했으나 직접 오르기에는 인생을 다 바쳐도 모자랄 만큼의 높이였다. 그래서 대리자들을 납치했다.

새로운 세기의 출판인들은 처음엔 대리자가 탑을 오르면서 얻은 문헌 데이터에만 관심 가졌지만, 곧 누가 가장 높이 오를지 내기하거나, 대리자와 감각 링크를 연결하여 탑에 갇힌 존재의 공포와 두려움을 간접적으로 체험하며 납치극을 즐기는 데에 이른다. 출판인들이 즐거워하는 동안 대부분의 대리자는 탑의 중간까지 오르기도 전에 미쳐 버리고 만다.

"그런데 한 대리자가 탑의 아주 높은 곳에 이르렀다죠."

사람 2가 의미심장하게 말한다.

이쯤에서 머릿속이 뒤죽박죽이던 사람 1의 기억이 되돌아온다. 그는 바벨 프로젝트 채널을 발견한 새로운 세기의 출판인 중 하나였다. 그런데 대리자 한 명이 진리에 근접하자 자신이 그 진리를 독점하고 싶은 욕망에 빠져 출판인 동료들을 전부 살해했다. 사람 1은 바벨 프로젝트 채널 속으로 들어가 계단을 올랐다. 진리를 독차지하겠다는 강박에 휩싸인 그는 대리자를 따라잡자마자 계단에서 밀어 떨어트렸다. 그는 탑의 바닥까지 다시 내려갔다. 대리자의 부서진 데이터 시체가 있는 그곳으로. 누군가 들어와 진리에 함부로 닿고자 하는 자들을 대비하기 위해서 말이다.

사람 1은 모든 이야기를 알고 있는 사람 2가, 소문을 듣고 찾아온 '진리 약탈자'라고 생각한다. 그러나 사람 2는 사람 1을 비웃는다. 사람 2의 정체는 바벨 프로젝트를 최초로 제안한 작가였다. 그는 본래 자신이 마련한 지하 벙커에 차곡차곡 시대를 망라한 책을 모아뒀다. 그는 평생에 걸쳐 책 데이터를 메타버스 안으로 옮겼다. 채널이 어느 정도 완성되자 그는 의식을 복사해 이 탑에 입력해뒀다. 그래서 핵 폭격으로 신체가 소멸했음에도 또 하나의 의식이 이 탑 속에서 살아남았다. 그리고 그는 결정적인 한마디를 내뱉는다.

"나도 이 탑을 건설할 때는 착각했지만 수십 년을 이곳에 있어본 결과, 진리는 없으며 지식을 줄 세울 수 있다는 것은 거짓이었지."

사람 2는 사람 1을 붙잡고 생체 칩 속으로 해킹 데이터를 주입해 의식을 지워버린 뒤 사람 1의 오프라인 신체에 자기 의식을 업로드한다.

영화는 사람 1의 모습을 한 청년이 새로운 세기의 출판업계를 정복한 아마존-펭귄을 세운 진철수 회장이 되는 것으로 끝난다.

＊

영화가 끝나기 직전 코모리 감독은 "실화를 바탕으로 제작된 영화로 실제 인물과 똑같이 보이도록 그래픽 설계를 해뒀다. 일반 관객이 아닌 아마존-펭귄 사의 관계자들에게는 다른 영화가 나오도록 2차 검증 장치를 처리해뒀다."는 목소리를 삽입했다. 나는 부스 바깥에 서서 한동안 탑에 납치되었던 수많은 사람의 절망에 대해 헤아리다가, 이 또한 코모리 감독의 농담이라 여기고는 이만 집으로 돌아가려고 했다.

그때 시각 인터페이스 한구석에 이벤트가 떴다. 아마존=펭귄 사의 회장인 진철수가 도서전에 참여해 일장 연설 중이라는 소식이었다. 영상을 확대한 나는 소스라치게 놀랄 수밖에 없었다. 영화 속 사람 1의 몸체와 진철수 회장은 완전히 똑같이 생겼기 때문이었다.

"종이책의 부활은 이전 시대의 지식 매체의 부활과 같습니다."

진철수 회장이 말했다.

"그 시절에는 정말 훌륭한 작가들이 존재했지요."

진철수 회장은 긴 한숨을 쉬고는 연설을 마쳤다.

훌륭한 작가들이라…. 나는 집으로 돌아가면서 트램의 차창에 비친 도시 야경을 바라보았다.

영화가 정말 사실이라면, 진철수 회장이 종이책 시대를 다시 열어젖힌 건 그만의 소중한 기억이 있어서가 아닐까, 그와 동시대를 함께 했지만 한순간 사라져버린 시대의 작가들에게 무언가 전달하고 싶었던 게 아닐까, 하고.

햄버거를 위한
테러리스트

1

외계인들이 들이닥친 건 K가 햄버거를 먹으려 할 때였
다. 카우보이처럼 유리문을 박차고 들어온 다섯 외계인은
난생처음 보는 종족이었다. 딱 봐도 인간처럼 생기진 않았
다. 진흙인지 오물 덩어리인지 모를 물질로 이루어진 육체
가 흐느적거렸다. 인간과 닮은 점이 있다면 두 팔과 두 다
리를 가지고 있단 것이었다. 그들은 온몸에서 음식물쓰레
기 냄새를 풀풀 풍겼다. 매장 안의 사람들은 얼굴을 찌푸
렸다.

"불법 이민자는 꺼져라!"

파란 모자를 쓴 중년 남자가 다짜고짜 소리쳤다. 남자의
모자에는 흰 글씨로 '지구를 다시 위대하게!'라는 문장이

쓰여 있었다. 눈가에 제국의 투구 문신을 새긴 걸 보아 지구 방위대 출신이었다.

오물인들은 두 팔로 각자의 진흙 같은 몸속에서 전장용 입자 소총을 뽑아냈다. 입자 소총은 지금 막 박물관에서 훔쳐 온 전시용 고철덩이처럼 낡아 보였다. 도저히 작동할 물건 같지 않았다. K는 오물인들이 제국용 선전 영상을 촬영하나 온 일용직 엑스트라들일 거라고 생각했다. 고전영화 소품을 들고 우르르 몰려다니는 부류는 그뿐이었다.

파란 모자를 쓴 남자는 코웃음 쳤다.

"그걸로 어쩌려고?"

남자는 오물인들에게 얼굴을 들이대고 침을 튀겼다. 오물인들은 서로 눈치를 보는가 싶더니 남자에게 총구를 들이밀었다. 여기서 영화를 찍는 건가? 혹시 몰래카메라? K는 주위를 둘러봤다. 포토봇은 보이지 않았다. 다시 고개를 돌렸을 때, 오물인은 방아쇠를 당기고 있었다.

총구에서 뿜어진 녹색 광선이 남자를 수만 개의 픽셀 단위로 산산조각 냈다. 방금 남자가 서 있던 곳은 피 웅덩이와 살점 조각들과 파란 모자뿐이었다. 아니, 이게 뭐야! 방금 무슨 일이 벌어진 건지 믿기지 않았다. 햄버거 매장에서 인간이 다진 고기처럼 쪼개지는 건 쉽게 볼 수 있는 광경이 아니었다. 사람들은 비명을 질렀다. 누군가는 테이블 아래로 기어갔고, 누군가는 바깥으로 달아나려 했다. 두 오물인이 입구 양옆을 문지기처럼 막아선 채 입자 소총으로 위협했다.

K는 꿈을 꾸는 건가 싶어 눈을 비볐다. 길이 50센티가 넘는 무기들은 은하통합전쟁 시절에나 통용됐다. 지금은 지구방위대마저 호신용 광선총만 소지했다. 저런 무식한 대포 같은 건 지구에서 구하려고 해도 구하기 힘든 물건이었다. 특히 서울에서라면 말이다.

주방에서 얼굴이 시퍼렇고 팔 세 개가 달린 쌈바리족 점원이 황급히 뛰쳐나왔다. 방금 입자 소총을 쏜 오물인이 카운터로 저벅저벅 걸어갔다.

"방금 무슨 소리죠?"

점원은 아직 사태를 파악하지 못했다. 오물인은 답변 대신 입자 소총을 손으로 가리키며 외계어로 지껄였다. 점원 역시 이민 외계종이었으나 하나도 알아들을 수가 없었다. 고향인 섹터 11의 언어와는 한참 거리가 먼, 칠판을 긁듯 듣기 지극히 불쾌한 발음이었다.

"끼익께엑꿰익!"

오물인은 화난 갈매기처럼 끼룩댔다.

"점검하느라 좀 늦어졌습니다! 햄버거 메이커가 패티 열심히 튀기는 거 보이시죠? 기다리시면 5분도 안 되어 나올 겁니다. 버거날드는 언제나 고객을…."

점원은 말을 멈추고 난장판이 된 매장을 돌아봤다.

"사랑합니다?"

오물인은 개머리판으로 점원의 머리를 후려갈겼다.

K는 이 모든 일이 벌어지는 동안 햄버거를 꼭 쥐고 있었다. 정확히 말하자면 '가고일버거'였다. 섹터 22의 플랜테이션 전용 행성에서 유통된, 박쥐의 날개가 달리고 얼굴은 독수리처럼 생긴 생물을 도축한 고기 패디가 가공되어 있었다. 생긴 건 역겨웠지만 맛은 닭고기의 중독성보다 두 배는 강했다. K는 그 생물을 스페이스 튜브의 홀로그램으로 종종 봤지 실제로 마주한 적은 없었다.

식사 시간을 방해받았다는 건 격노할 만한 일이었다. 위험천만한 궤도 엘리베이터를 하루 종일 점검하며 대기권 밖에 둥둥 떠 있다가 겨우 버거로 스트레스를 달랠 참이었다. 궤도 엘리베이터 수리 노동자들의 일상은 그야말로 처참했다. 불량 유니폼 천지라 툭하면 진공에서 질식사했고, 박살 난 우주선의 잔해와 유성이 쏟아져 벌집이 되기 일쑤였다. 그 외에도 무중력의 위협, 엘리베이터 뺑소니 등이 존재했다. 온갖 압박을 이겨내고 저녁을 먹으러 왔는데 꼴이 이게 뭔가! 그리고 이 가고일버거는 그냥 가고일버거가 아니라, 지렁이 유충들을 섞어 만든 별미인 '지렁' 가고일버거였다.

사실 K는 오물인들이 사용하는 언어가 뭔지 알았다. 저들은 은하 끄트머리, 섹터 999에서 통용되는 언어를 주고받고 있었다. 물론 그렇다고 그 의미까지 다 파악할 수 있는 건 아니었다. '어머니를 놔달라'든지 '어머니의 어머니를 만나고 싶다'든지 하는 헛소리였기 때문이다. 애초에 제국의 표준어로 말했어도 점원은 신나게 얻어맞았을 터였다.

오물인 한 명이 아무렇지 않게 앉아 버거를 든 K에게 다가왔다. 갯벌의 머드처럼 몸통이 회색빛이었다. K는 오물인이 더 가까이 오기 전에 버거를 해치워야겠다고 결심했다. 한 입, 두 입, 세 입째 즈음, K는 버거 대신 총구를 씹었다.

오물인이 고물 입자 소총을 K의 주둥이에 들이밀고 있었다. K는 총구에서 이빨을 천천히 뗐다. 오물인은 방아쇠를 당길지 말지 고민하는 기색이었다. K는 목을 가다듬었다. 왕년의 실력을 발휘할 차례였다.

"저는 아직 배가 고픕니다."

'은하의 겨울'이 세상을 덮치기 전, K는 틈새시장을 공략하고자 변방의 외계어를 전공 삼았다. 태양계와 근방의 행성계로 온갖 외계 이민자들이 득실득실 몰려오던 때였다. 그런 시대일수록 낯선 외계어를 배워두면 쓸모 있을 거라고 판단했다. 실제로 은하 각지에 흩어진 지성체들이 찾아와 고용자들은 골머리를 앓았다. 최대 경제 불황인 '은하의 겨울'이 제국을 뒤흔들자 그 발길이 뚝 끊겼지만. 모든 행성 거리에서 실직자들이 넘쳐났다. K의 친구들은 난개발

행성의 방사능 지대를 청소하는 목숨이 위태로운 작업에 자원했고, 얼마 지나지 않아 K 또한 일용직 수리기사 시장에 뛰어들었다.

"저는 아직 배가 고파요?"

이렇게 말했어야 했나? 오물인들이 알아들을 낌새가 없자, K는 각종 성조로 높낮이와 어투를 바꿔가면서 끼룩거렸다. "아직 배가 고프다구요." "고프답니다." "고플까요?" "고픈데 말입니다." "고픈디유?" "고프다랑요!" 불쌍하고 간절해 보이게 말하려면 어떻게 해야 하지?

"저는… 아직… 배가… 고프다고요…."

테이블 아래로 들어간 손님들이 K를 기이하게 쳐다봤다. 같은 말을 계속 반복해서 말하니 얼굴이 달아올랐다. 배운 지 너무 오래돼 발음이 후져진 건 아닌가 하는 걱정이 들었다. 오물인이 그를 멀뚱멀뚱 쳐다보는 이유가, 알아듣지 못할 발음으로 갑자기 무슨 생쇼를 해서 당황했나? 이 생쇼가 끝나면 오물인은 당장 입자 소총을 발포할 것만 같았다! 그렇게 생각하니 조바심이 났다. 점점 같은 말을 열심히 반복해 빠른 속도로 목을 긁었다.

"전 아주 너무 가장 세상에서 배가 고픈 사람일…."

"그만!"

총구를 들이댔던 오물인이 말을 끊었다.

"그럼 마저 먹어도?"

"입 닥쳐."

K는 버거를 손에 쥔 채 허리를 숙이려 했다. 오물인이
K의 따귀를 갈겼다. 철벅하는 소리와 역겨운 냄새가 얼굴
을 덮쳤다. K는 오물인에게 순순히 버거를 반납했다.

오물인들은 고객들을 매장 중앙으로 몰아가 정렬시켰
다. 버럭버럭 윽박질렀을 뿐인데 사람들은 어떻게든 알아
듣고 그들이 원하는 대로 움직였다. 그동안 K는 계속 테이
블 밑에서 부동자세를 취했다. 최대한 엉덩이를 뒤로 빼고
힘겹게 쪼그렸다.

잠시 후 신고를 받은 방위 차량이 공중에 나타났다. 오
물인 한 명이 재빨리 문을 열고 나가 하늘에 총격을 가했
다. 방위 차량 범퍼에 달린 제국군 표식을 과녁 삼았다. 거
리의 주민들은 비명을 지르며 달아났다. 방위 차량은 녹색
광선을 이쪽저쪽으로 피하다가 엔진을 가동해 건물 높이
날아올랐다. 대피를 알리는 사이렌 굉음과 지원을 요청하
는 소리가 동시에 울렸다.

이 소란 동안 K는 이를 악물고 쪼그린 자세를 유지하려
했다. 무릎이 너무 아파서 식은땀이 흘러내렸다. 이윽고 사
이렌 소리는 멀어졌다. 키가 가장 작은 오물인이 입자 소총
으로 K의 엉덩이를 쿡쿡 찔렀다. K는 엉거주춤 일어섰다.
실수로라도 방아쇠를 당겼으면 항문이 날아갔을 거라 상상

하니 소름이 돋았다. 오물인은 K에게 카운터 앞쪽으로 가서 점원 옆에 무릎 꿇고 앉으라고 명령했다. 점원은 어느새 깨어나 관자놀이를 문지르고 있었다.

"우린 오늘 여기서 다 죽을 거예요."

카운터 앞으로 다가가자 점원이 목소리를 낮추고 말했다.

"뭐라고요?"

"저들의 정체를 알 것 같아요."

같은 이민 외계종이라서 뭐라도 좀 아는 걸까? K는 점원의 말에 귀를 기울였다.

"야킴스의 은하 미스터리."

"네?"

"야킴스의 은하 미스터리! 몰라요? 태양계인들은 죄다 그 다큐멘터리에 빠져 있던데?"

그러더니 얼마 전에 했던 〈야킴스의 은하 미스터리〉 시즌 III 에피소드 5 줄거리를 줄줄이 읊었다. 정체불명의 우주 해적들에게 붙잡힌 민간 선원들에 관한 에피소드였다. 해적들은 제국의 변방 행성에서 암암리에 퍼진 사이비 종교를 신봉하고 있었는데, 선원들의 이마에 구멍을 내서 죽이곤 우주공간으로 날려 보냈다. 우주의 신 압락스락스인가 뭔가에게 제물을 바치는 의례였다. 한 의사만이 우주선에서 겨우 탈출해 이 컬트 집단의 목격담을 전했다.

"수상한 종교를 믿지 않고서야 저딴 언어를 쓰는 사람이 세상에 어디 있어요?"

아하, 내가 저 사람들과 이야기 나누는 건 못 봤나 보지? K는 코웃음을 쳤다. 〈야킴스의 은하 미스터리〉가 논란이 가장 많은 방송인 것도 모르는 게 분명했다. 하긴, 이민 외계종 게토에 사는 쌈발이 족속들은 그 프로그램에 빠져 살았다. 세 개의 팔로 호들갑 떨며 종일 그 프로그램에 나온 사건들에 대해 추리하기 바빴다.

점원의 말을 정리하자면, 저들은 굳이 위험을 감수하며 지구의 햄버거 매장까지 내려와 종교의식을 거행할 거란 소리였다. 그 가설은 미뤄두는 게 좋겠다고 말하려 할 때였다. 회색 오물인이 다가와 K의 턱에 총구를 갖다 댔다.

"그 입 좀 다물라고."

어느새 점원은 눈을 내리깔고 모르는 척 중이었다. K는 억울한 마음을 꾹꾹 누르며 고개를 끄덕였다.

그로부터 5분 뒤, 사이렌 소리가 다시 울렸다.

버거날드 50미터 반경으로 강북지부 지구방위대가 진을 쳤다. 중령은 귀청이 떨어져 나갈 정도로 사이렌을 빵빵하게 틀고 "너희들은 포위됐으며 빠져나갈 길이 없다."라고 알렸으나 안에서는 아무런 반응도 없었다. 곧 중령은 전략을 바꿔 "인질을 무사히 풀어주면 형량이 많이 감소할 수 있다."라고 얘기했고, 그래도 대답이 없자 "가만히 있지만 말고 너희들도 협상안 같은 거나 내봐라."라고 했다.

방위 차량 뒤로 방송국 차량이 모여드는 건 금방이었다. 드론 카메라가 하늘을 날고 안드로이드 기자들이 생중계를 시작했다. 기자들은 '불법 외계 이민자 단체의 습격'이라든지 '태양계 곳곳에 숨어 있던 극렬 노조의 테러'라든지 하는 확인되지 않은 가설을 나불거렸다. 심지어 '안드로메다은하에서 복수를 준비하던 체제 위협자들의 일종'이라는 설까지 제기됐다.

중령이 꽥꽥 소리를 질러대는 동안 오물인들도 가만히 만 있었던 건 아니다. 그들은 중앙에 모여 낮은 목소리로 획책을 꾸미는 중이었다. 누군가 "히티히티하티호."라고 말하면 다른 이가 "끼긱끼기 끼긱끼끼." 하고 대답하는 식이었다. 중앙에 정자세로 앉은 인질들은 자신의 목숨을 쥔 자들을 멀뚱멀뚱 쳐다보는 수밖에 없었다. 마침내 오물인들은 동시에 고개를 끄덕이더니 K에게 접근했다.

"아무래도 저희가 첫 번째 제물인가 봐요!"

점원이 괜스레 호들갑을 떨었다. 오물인들은 이번에도 점원은 놔둔 채 K의 멱살을 붙잡았다.

"당신은 우리말을 전달해야 한다."

회색 오물인은 K의 대답은 듣지도 않고 문밖으로 끌어 냈다. 수십 대의 포토봇이 문 앞으로 렌즈를 접증했다. 기자들이 웅성웅성하는 소리가 K의 귓가에 아른거렸다. 등 뒤에 총구가 바짝 다가왔다. K는 열심히 손을 흔들어 자신이 인질임을 표했다. 오물인은 피 묻은 파란 모자를 던졌다. 구경꾼들이 탄식했다.

"우리의 요구를 들어주면 더 이상의 희생자는 나오지 않을 것이다!"

오물인은 '요구'와 '희생자'를 각각 '원하는 것'과 '시체'라 말했지만, K가 의역을 가미했다. 진압 탱크 위에서 꾸벅꾸벅 졸던 중령은 번쩍 정신을 차렸다. 중령의 걸상은 황금으로 도금되어 눈부시게 빛났다. 투명 재질로 된 방탄이 둥근 덮개를 씌어놓은 모양으로 그를 보호했다.

"우리? 저 사람도 한패야?"

중령은 급히 침을 닦으며 작전장교를 돌아봤다.

"그럴 리가요."

작전장교는 자기보다 다섯 살 어린 중령에게 허리를 숙였다.

"우리는 모든 어머니의 어머니, 햄버거의 신을 만나길 원한다!"

K는 목청껏 소리 질렀다. 동시에 방위대원들이 수군대는 소리가 들렸다.

"뭔 개소리야?"

중령의 목소리가 쩌렁쩌렁 울렸다. 스피커가 켜진 줄 모르고 확성기에 입을 갖다 댄 모양이었다. K는 사람들이

—스스로를 포함하여—못 알아들은 것 같다고 전해주려 했다. 인질범은 K가 입을 열기도 전에 매장 안으로 거칠게 끌어당겨졌다.

키 작은 오물인이 점원의 뺨을 때리면서 뭐라고 을러댔다. K는 어리둥절해하는 점원에게 손짓으로 일어나라는 신호를 보냈다. 점원의 시퍼런 얼굴은 겁에 질려 창백해졌다. K가 무사히 돌아오자 점원은 자신이 첫 번째 제물이 될 거라 생각한 모양이었다. 키 작은 오물인은 주방을 가리켜 문을 개방하라고 지시했다. 점원이 개폐장치에 세 번째 손을 인식하자 주방으로 가는 길이 열렸다. 기름 볶는 냄새가 사방에서 진동했다. 햄버거 패티를 굽던 기계손은 작동을 정지한 상태였다. 키 작은 오물인과 회색 오물인이 동시에 무릎을 꿇으며 외쳤다.

"어머니의 어머니가 우리를 여기로 이끌었도다!"

K는 점원이 절반은 옳은 소리를 했다고 인정해야 했다. 이들은 점원이 말한 컬트 조직은 아니었지만, 사이비 종교 집단은 맞는 것 같았다. 두 오물인은 보물을 건진 사람처럼 햄버거 메이커를 조심스레 쓰다듬었다.

"왜 어머니의 어머니가 반응하시지 않는 거지?"

이들이 말하는 대상이 뭔지 눈치챈 K는 점원에게 왜 햄버거 메이커가 작동 안 하냐고 통역했다. 점원에 말에 따르면 버거날드에서는 정당한 크레딧을 지불하고 상품을 주문하지 않는 이상, 지정된 점검 시간과 기계오류가 났을 시에만 햄버거 메이커를 조정하도록 제한했다. 점원은 점검과 비상사태를 위해 대비해놓은 햄버거 메이커의 부속품에 불과한 역할이었다. 오물인은 점원의 대답을 이해하지 못했다.

"똥찌끄레기 같은! 어머니의 어머니의 자유의지를 빼앗은 건가?"

'똥찌끄레기'라는 단어는 어디서 습득한 걸지—그들 자신을 소개하기 적합한 개념이라서—궁금한 찰나, 오물인들은 입자 소총을 위협적으로 장전했다. K는 급히 손을 들어 그들을 진정시켰다. K는 당신들이 하는 말을 도무지 알아들을 수가 없다며, 우리가 궁금한 점에 대해 차근차근 설명해주면 저 밖에 있는 자들이 당신들의 요구를 들어주기에 참 좋겠다고 설득했다.

"밖에서는 당신들이 말한 어머니인지 햄버거 신인지 뭔지 추리하고 있을 거라고요. 하지만 그걸 아는 사람은 당신들밖에 없어요!"

그사이 점원은 벽에 붙어 세 손바닥으로 얼굴을 가린 채 덜덜 떨었다.

회색 오물인이 반대로 질문을 퍼부었다. 그러면 저 똥덩어리들은 요구사항을 이해 못 한 것이냐, 어머니의 어머니를 당장에 되살릴 방법은 없는 것이냐, 우리가 어디서 온 이들인지 아는 자가 한 명도 없는 거냐?

K의 대답은 전부 '예'였다.

키 작은 오물인과 회색 오물인은 당황한 눈치였다. 둘은 작전을 짜듯 속닥거렸다. 곧 회색 오물인이 목을 가다듬었다.

"그렇다면 지들에게 우리의 뜻을 전달하라!"

2

오물인들이 "햄버거 신에게 우리 존재의 목적을 물으러 왔다."라고 하자 K는 "네?"라며 되물었고, 햄버거 신이 지구에 거주하는 걸로 안다고 자초지종을 설명하자 K는 그런 건 난생처음 들으니 제대로 설명해달라고 되묻는 등 문답이 제자리를 맴돌았다. 오물인들은 K의 머리통을 날리고 싶은 것처럼 몇 번 방아쇠를 건드렸다가 결국 처음부터 모든 걸 털어놓았다. 그러나 오물인들의 전달력은 너무 형편없어서 K는 이야기를 듣는 내내 자신의 지식을 총동원해야 했다. 아래부터는 K가 최대한 집중력을 발휘해 회색 오물인의 사연을 정리한 서술이다.

오물인들의 고향 행성은 햄버거가 산처럼 쌓여 있고 콜라가 강을 이루며 각종 플라스틱 쓰레기가 지천으로 깔려 있었다. 그 행성은 오물인들의 고향이긴 했지만 그들이 행성의 주인은 아니었다. 행성의 정복자들은 외계에서 온 이주민들로, 우주선에 햄버거를 비롯한 각종 플라스틱 쓰레기를 싣고 어딘가 오가고 있었다. 정복자들은 햄버거와 플라스틱 더미를 처리하는 게 목적이었다. 저 하늘에 눈부시게 빛나는 불덩이로 날아가 쓰레기를 태웠다!

K는 고등교육양성소의 '혁신적 비즈니스 사례' 강의 시간에 습득한 지식을 떠올렸다. 요식업계를 정복한 버거날드는 은하제국의 음식물과 플라스틱 쓰레기 중 절반가량을 생산했다. 성간의회에서는 제국의 영토를 오염시키는 주범으로 버거날드를 지목했다. 버거날드 경영진은 이를 해결하기 위해 우주 난민조차 버리고 떠난, 개발이 중단된 행성을 해결책으로 삼았다. 항성과 거리가 가장 가까운 행성을 대거 매입한 뒤 쓰레기를 몰아넣으려는 수작이었다. 이후 버거날드는 제국 안보부와 모종의 협약을 맺고 감옥선에 갇힌 죄수 수만 명을 이주시켰다. 외딴 행성에 갇혀 불타는 항성 근처를 오가는 위험한 노동에 자발적으로 종사할 사람은 없었기 때문이다. 하지만 죄수들을 이용하면 감옥선 신설 문제와 노역 문제를 동시에 해결─이쯤 되면 누군가

손을 들어 AI 항법으로 항성에 직접 쓰레기를 쏟아붓는 게 효율적이지 않냐고 질문한다. 교관이 설명한다. "항성의 전자기파가 AI 시스템을 교란해 불가능하다."—할 수 있었다. 그러니까 오물인의 고향은 섹터 999 어딘가에 있는 수용소 행성이며, '정복자'는 항성을 오가며 쓰레기를 처분하는 죄수를 의미했다.

오물인들은 햄버거 산맥에서 서식하던 행성 고유의 생명체로, 죄수들과 조우할 무렵에는 그저 새끼고양이처럼 기어다니는 작은 생물에 불과했다. 외딴 행성에 갇힌 죄수들은 심심해 미칠 지경이었던 게 틀림없었다. 그들은 톱밥보다 딱딱한 인공 섬유질이 합성된 사료를 배급받았는데, 오물인들에게 마치 귀여운 길고양이 길들이듯 사료를 던져줬다는 것이다. 아무것도 모르는 짐승에 불과했던 오물인들은 사료를 잘도 받아먹었다. 몇몇 정신 나간 죄수는 오물인을 주거 캡슐로 데려가 애완동물처럼 사육했다.

죄수들이 음식물 찌꺼기가 꿈틀대는 악몽 속 형상인 오물인과 어떻게 친구가 되고자 한 건지는 모르겠지만, 어쨌든 오물인들은 죄수들의 덕을 톡톡히 보았다. 음식을 얻어먹고 제한적으로나마 문명의 혜택을 입었으며, 그들의 어깨너머로 섹터 999의 언어를 접할 수 있었으니까. 급기야 죄수 중 똑똑한 부류는 밀수된 실험기구로 오물인에게 각종 연구—회색 오물인의 묘사에 의하면 사회심리학적·생물학적·화학적·물리학적·언어학적 방법론이 동원된 듯했다—와 교육을 실시했다. 죄수들은 지성적 가능성을 지닌 낯선 생물이 여러 지식을 빠르게 흡수하면서 성장하는 모습을 경외에 찬 눈길로 바라봤다. 마침내 어느 생물학자 출신 죄수가 오물인의 기원을 밝혀낸바, 햄버거 재료에 든 미세한 화학 물질과 고향 행성의 특유 환경이 복합되어 탄생한 새로운 생명체라고 했다.

오물인들은 이를 전혀 알지 못했고 자신들에게 문명을 선사해준 죄수들을 '아버지'라고 칭하며 졸졸 쫓아다녔다. 죄수들은 이제 다 자란 인간처럼 장성하고 두 다리로 걷는 자식들에게 '햄버거 소년'이라는 이름을 자랑스럽게 붙여주더니, 나중에는 단체로 구토를 하면서 캡슐에서 몽땅 쫓아냈다. 왜 갑자기 죄수들이 까칠하게 구는 건지는 몰랐지만, 햄버거 소년들은 쓰레기 산맥으로 귀환하여 배운 바를 동족에게 전파했다.

그러던 어느 날 하늘에 거대한 함선이 무더기로 나타났다. 중장갑옷으로 무장하고 눈가에 투구 형태의 문양을 새긴 병사들이 상륙했다. 햄버거 소년들은 죄수들이 병사들에게 연신 굽신대는 모습을 보고 저들이 대충 '아버지들의 아버지'인가 보다 여겼다. 그러나 아버지들의 아버지들은 행성에 안착하자마자 햄버거 소년과 마주치는 족족 입자 소총을 발포했다. 심지어 죄수들에게 무기를 나눠준 뒤 햄버거 소년들을 사냥하라고 명령했다. 아버지들은 그 명령 그대로 자식들에게 살인 무기를 겨눴다….

K는 상상했다. 햄버거 소년의 근원에 관한 이야기가 입소문을 탄다. 죄수들은 이제까지 먹어 치운 수많은 햄버거에 득실거리는 미생물이 언제 괴생명체로 변하여 복부를 뚫고 나올지 모른다는 공포심에 사로잡힌다. 종국에는 간수들마저 하루 종일 변기를 붙들고 속을 게워내는 지경에 이른다. 구토 사태를 보고받은 버거날드에서는 대표상품에 크나큰 결함을 증표하는 존재가 나타났다며 법석을 떤다. 그 존재가 대중적으로 알려진다면 제국의 경제를 책임지는 버거날드라고 해도 비난을 피하기 힘들다. 버거날드 수뇌부는 결심한다. 모든 제국민이 변기를 붙잡고 토하는 풍경이 펼쳐지기 전에, 은하계상에 햄버거 소년이 존재했다는 사실을 지워버리자….

오물인들은 당황했으나 사태의 심각성을 인지하지 못했다. 신체 부위가 떨어져 나가도 뇌만 온전하면 상관없었다. 행성 지표면을 덮은 썩은 양상추와 곰팡이 핀 고깃덩이를 집어삼키면 부스러진 신체 부위가 마술 부리듯 재생됐다. 신성한 힘이 깃든 햄버거가 존재하는 한 무엇이 두려울까! 하지만 제국 병사들은 곧바로 녹색 광선이 뿜어져 나오는 무기를 공수해 와서는 햄버거의 기적을 분쇄해버렸다. 녹색 광선에 닿는 물체는 즉시 수만 개의 픽셀로 찢어발겨졌다. 동료들이 최신 믹서기에 갈려 나가는 듯한 두려운 광경을 마주한 오물인들은 햄버거 산 깊숙이 숨어들어 음식물쓰레기로 위장했다.

하지만 언제까지나 사냥만 당할 순 없는 노릇이었다. 동료의 끔찍한 죽음에 분노한 햄버거 소년들은 오이디푸스 콤플렉스에 사로잡혀 아버지의 목을 쳐내기로 결심했다. 그들은 소규모 죄수 분대를 습격해 무기를 빼앗고 똑같이 동료들이 눈앞에서 픽셀 단위로 썰려 나가는 모습을 보도록 응수했다.

목숨을 부지하기 위해 숨어들었던 햄버거 산은, 이제 적들에게 거대한 함정이 되었다. 오물인들은 토사물 폭포와 플라스틱 언덕에 매복해 적을 죽음으로 이끌었다. 최첨단 무기와 지형지물의 대결, 무력과 전략의 대결이었다.

오물인들은 종종 생포한 죄수에게 왜 자신들을 가만히 놔두지 않는지 다그쳤다. 누군가는 공로를 세운 사람을 먼저 수용소 행성에서 해방시켜주기 때문이라고 했고 누군가는 명령을 듣지 않으면 죽임을 당하기 때문이라고 했다. 높으신 분들이 시켜서 어쩔 수 없다고도 했다. 어떤 포로는 햄버거 소년의 탄생에 관해 횡설수설 떠들었다. 그제야 오물인들은 자신들의 존재 근원이 햄버거임을 깨달았다. 그리고 햄버거를 수없이 낳는 또 다른 존재, 즉 '어머니의 어머니'가 있다는 것을, 또 '지구'라는 행성에 그 어머니를 창조한 '햄버거의 신'이 거주한다는 귀중한 정보를 손에 넣었다.

다시 말해 이들은 버거날드에서 햄버거가 어떻게 제작되고 유통되는지 그 과정을 전부 이해한 건 아니었으나 햄버거가 하늘에서 뚝 떨어지진 않았다는 걸, 버거날드의 시초가 지구로부터 유래되었다는 걸 이해하게 되었다. 그러니까 '햄버거의 신'은 버거날드의 창시자이자 소유주인 '미스터 엠'을 의미했다.

오물인들의 투쟁은 행성의 모든 지대를 배경으로 벌어졌다. 햄버거 소년이 말살되어 음식물 찌꺼기만 쌓인 조용한 지역도 존재했다. 시간을 끌수록 햄버거 소년 전부가 갈려 나갈 거라는 건 명확했다. 이 지옥 같은 행성을 벗어나야 했다. 회색 오물인이 속해 있던 집단은 인근 지역 게릴라들과 규합해 비장의 작전을 수행하기로 했다. 그들의 목적은 중간급 함대였다.

함대는 죄수들에게 새로운 보급품을 운송하는 날 착륙했다. 병사들이 보급품을 옮기는 데 열중한 사이 오물인들은 작전을 개시했다. 전투는 녹록지 않았다. 병사와 죄수들은 빠른 태세로 반격을 취했고, 방어용으로 설치된 자동 총기가 광선을 발사해 동료의 목숨을 앗아갔다. 오물인들은 폐기물처럼 흘러내리는 동료의 시체를 건너 막무가내로 적진으로 밀고 나갔다. 마침내 오물인들은 함대를 점령했다. 함선의 엔지니어를 제외한 모든 선원은 학살당했다. 병사들은 오물인들에게 약탈당한 입자 소총으로 인해, 그들 자신이 행성에 들여온 무기에 의해 죽음을 맞이했다.

오물인들이 탈취한 함선은 총 세 척이었다. 그중 한 척은 추격을 당해 우주공간 한가운데서 파괴당했다. 다른 한 척은 적들을 교란하기 위해 흩어진 사이 연락이 두절됐다. 햄버거의 신을 찾아 존재 이유를 물으러 지구로 향하겠다는 목적은 단 한 척만이 지킬 수 있었다. 추격 함선들은 포기하지 않고 쫓아와 연신 광자포를 포격했다. 놈들을 따돌렸다고 생각했을 땐 연료가 떨어져 유랑하는 우주선을 탈취해야 했다. 사로잡혔던 기술자들은 기회를 엿보다 비상탈출정으로 줄행랑쳤다.

오물인들은 탐사선과 유람선, 무역정으로 갈아타며 어렵사리 태양계에 도달했다. 우주선을 나포하다가 벌어진 각종 전투에서 수많은 동료가 곁을 떠났다. 태양계에 도달했을 즈음부터 남은 오물인들의 수는 다섯이었다. 그들은 소행성대의 어딘가 신분 없는 외계 이민자들을 지구로 들여보내주는 브로커가 거주한다는 정보를 입수했다. 그에게 그간 우주를 떠돌아다니며 얻은 물품을 제시했고, 지구의 버거날드로, 햄버거의 신이 있는 지역으로 데려달라고 모든 보디랭귀지를 동원했다. 브로커는 지구에 데려다주며 노란 B가 박힌 커다란 간판 사진을 건네곤 이를 따라가라는 뜻으로 온갖 손짓과 발짓을 했다. (그 브로커는 오물인들이 햄버거 맛집이나 탐방하려는 불법 관광객이라고 오해한 게 분명하다고, K는 확신했다. 그러지 않았다면 서울이 아니라 버거날드 본사가 세워진 뉴욕에 데려다주었을 테니.) 오물인들은 노란 B가 박힌 간판을 따라 총 일곱 군데의 버거날드에 들렀다. 햄버거의 신은 만날 수 없었다. 섹터 999에서 사용하는 언어를 통역할 사람조차 없었다. 모든 매장에선 어머니의 어머니가 계산대 너머 유리창 안에 갇혀 어머니 햄버거를 강제로 출산하는 끔찍한 광경만 보일 뿐이었다. 하루 종일 허탕 친 오물인들은 결심했다.

햄버거의 신은 만나지 못할지라도, 어머니의 어머니들만이라도 해방시키자고.

그렇게 오물인들은 버거날드 정문을 박차고 들어왔다.

3

건물을 포위한 지구방위대 강북지부에 비밀 손님이 찾아왔다. 정장을 입은 두 남자는 기자들의 시선을 피하기 위해 위장용 홀로그램 마스크를 착용하고 있었다. 병사들은 두 사람을 제지했으나 곧 귀싸대기를 얻어맞고 그중 한 사람이 누구인지 기억해냈다. 바로 부사령관이었다. 부사령관은 자신의 손맛을 잊지 않게 하려고 지구방위대 전역에 '부사령관의 풍족한 뺨치기'라는, 그의 손날이 후려치는 강도가 재현된 기계를 설치했다. 지휘관들은 병사들이 실수할 때마다 강제로 기계로 끌고 가 부사령관의 손맛을 맛보게 해줬다. 그 결과 병사들은 부사령관의 손맛을 잊을 수 없었다. 귀싸대기를 맞은 병사의 뺨에 남은 손자국을 정밀하게 스캔한 결과, 부사령관이 확실했다.

두 사람은 마스크를 벗고 진압 탱크에 들어섰다. 중령과 작전장교는 침을 꿀꺽 삼키며 뺨을 어루만졌다. 부사령관을 보기만 해도 싸대기를 처맞은 기분이었다. 게다가 둘은 부사령관과 함께 온 인물을 보고는 공포에 질려버렸다. 부사령관은 그를 버거날드 태양계 지부 이사라고 소개했다.

"반갑 (후릅) 소."

버거날드 태양계 지부 이사는 촉수 수십 개가 지렁이 떼처럼 꿈틀거리는 손을 내밀었다. 촉수의 끝부분에는 나팔 모양 구멍이 뚫려 있었다. 중령과 작전장교는 오줌을 지리지 않도록 노력하며 그와 악수를 나눴다. 그도 그럴 것이, 이사는 우주에서 가장 잔인하다고 소문난 퍼킹써킹족이었다. 대부분의 퍼킹써킹족들은 대기업체와 행정기관의 요직을 꿰차고 있었는데, 소문에 따르면 온몸에 달린 수천 개의 촉수로 타인의 꿈과 희망을 빨아먹는다고 했다.

부사령관이 물었다.

"그래서, 어떻게 돼가고 있나?"

중령은 황급히 다섯 살 연상의 작전장교를 쳐다봤다. 작전장교는 눈으로 낙하산 중령에게 욕을 한 바가지 퍼부어준 뒤 입을 열었다.

"저들이 말한 요구사항이 뭔 소린지 알 수 없어 통신병들에게 암호해독을 맡겼습니다. 하지만 인질들 때문에 섣불리 움직이기가 어렵습니다. 제2의 요구사항이 전달되거나 암호해독이 완료되면 작전 개시하겠습니다."

한마디로 예정된 작전이 전혀 없다는 뜻이었다. 부사령관은 그럴 줄 알았다며 두 지휘관의 씨대기를 회끈하게 갈겨줬다.

"지금 당장 정크디스트로이어를 대기시켜."

부사령관이 퍼킹써킹족 이사의 눈치를 살피며 말했다. 그러자 이사의 온몸에 달린 촉수가 하나씩 번갈아가면서 목소리를 냈다.

"지금부터 (츄릅) 저 괴물들을 흔적도 없이 (후릅) 날려버리는 데만 (춥춥) 주력해주세요."

뺨이 부어오른 중령과 작전장교는 서로를 처다봤다.

"하지만 인질이…?"

작전장교는 말꼬리를 흐렸다.

"이 시간부로 인질은 신경 쓰지 마라."

부사령관이 작전장교에게 단호하게 말하고는 모두에게 외쳤다.

"지금부터 '작전명 맥올데이'를 실시한다."

K는 버거날드를 나서며 복잡한 고민에 빠졌다. 오물인의 말을 듣고 보니 조금 동정심이 들기는 했지만, 왜 무고한 자신과 점원마저 고생해야 하는지 이해하기 힘들었다. 심지어 회색 오물인은 억울한 표정의 점원을 가리키며 K에게 이렇게 경고했다.

"돌아오지 않으면 저 녀석을 죽이겠다."

무엇보다 이 긴 이야기를 간단히 정리한다는 건 말도 안 되는 일이었다. 이를테면 장편소설을 단편소설로 개작하는, 형편없는 소설가의 정신 나간 짓을 하는 셈이다. 게다가 지구방위대가 이미 버거날드와 연락을 취했다면? 기밀을 안다는 명목으로 K 자신이 제거될 수도 있었다! 아니, 어쩌면 모든 게 오물인의 거짓말일지도 모른다. 뒤엉킨 상념에 몰두하던 K는 오물인의 사연을 한마디로 일축해버렸다.

"햄버거의 신… 아니, 미스터 엠 회장을 만나게 해달랍니다."

병사들은 강력한 폭발물이 장치됐을 걸 대비해 K를 20미터 떨어진 보도 위에 우두커니 세워뒀다. 그래서 병사 수십 명과 녹음 디바이스를 열어둔 안드로이드 기자들은 K의 요구를 듣고 놀라 자빠질 뻔했다. 듣도 보도 못한 외계 이민자 떼거리가 미스터 엠을 만나게 해달라니, 회장은 해왕

성에서 공룡낚시를 하며 천 개의 팔이 달린 일급 요리사의 스테이크를 얻어먹고 있을 터였다! 수십 명이 떠들썩한 가운데, 중위는 기밀을 유지해야 한단 이유로 통신 장비를 사용하는 대신 병사 한 명을 전령으로 지목했다.

"요구에 응하겠다고 전해!"

부사령관이 지시했다.

"들었지? 그렇게 해!"

중령이 명령했다.

전령은 헉헉거리며 달려와 K에게 들은 바를 소리쳐 전달했다. 의외의 결정에 기자와 병사들은 또다시 웅성거렸다. K도 요구 사안이 단번에 받아들여져 당혹스러웠다. 그러나 거기서 멈추지 않고 한 가지 사안을 더 토로했다. 이번에도 병사와 기자 수십 명이 엿들었지만 중위는 여전히 기밀을 유지해야 한다는 입장이었다. 전령은 헐레벌떡 뛰었다.

"전문통역가를, 헉, 파견하고 본인은, 헉, 집으로 보내주면, 헉, 어떠냐고, 헉, 합니다."

"그 친구, (추룹) 전문가 취급 받기를 원하는군요."

잠자코 있던 퍼킹써킹족이 중얼거렸다.

"이 시국에 거래를 (후룹) 하려 하다니."

"이번 일을 잘 처리하면 고위 공직자 추천서에 올려준다고 해!"

부사령관이 지시했다.

"…저 말을 따라 해!"

중령이 명령했다.

전령은 숨이 차서 죽을 맛이었고 K는 거친 숨소리 사이로 흘러나오는 문장을 겨우 알아들었다. K는 거래고 자시고 정말 집에 가고 싶었으나 '추천서'라는 단어에 사고가 잠시 마비됐다. '추천서'라는 말은 아무나 들을 수 있는 게 아니었다. 언제 진공으로 떨어질지 모르는 환경 속에서 궤도 엘리베이터를 목숨 걸고 수리하는 본인의 일상을 떠올렸다.

이윽고 K는 입을 열었다.

"탁월한 선택이십니다. 저는 인서울에 위치한 고등교육 양성소를 우수한 성적으로 졸업했으며 수십 대 일의 경쟁률을 뚫고 통역사 자격증을……."

"이제 그만하고 꺼져버려!"

전령이 빽 소리 질렀다.

따지고 보면 지구방위대 강북지부에 섹터 999의 언어를 통역할 인재가 존재하지 않았으니 처음부터 K는 되돌아가야 할 운명이었다. 그렇게 K는 매장으로 복귀했는데, 그가 문을 열고 들어서자마자 무척이나 이색적인 광경이 펼쳐졌다. 다섯 명의 오물인이 입자 소총을 내려놓고 주방을 향해 번갈아가며 넙죽넙죽 절하고 있었다. 카운터 위에 매장 손님들이 먹다 만 햄버거를 마치 등산객들이 얹은 돌탑처럼 쌓아둔 채였다.

"오, 위대한 어머니의 어머니시여! 우리를 보살펴주소서!"

햄버거 메이커에게 지껄이는 소리였다. K는 경악하며 그들에게 섣불리 접근하지 못했다. 아직도 얼굴이 벌겋게 부풀어 올라 있는 점원이 한 손으로 K의 어깨를 움켜쥐었다.

"곧 시작될 겁니다."

점원은 오물인들의 눈치를 살피느라 더 이상을 말을 잇지 못했다. K가 점원의 말이 뭔지 가늠하는 동안 오물인들은 까마귀 떼처럼 귀 아프게 꽥꽥거렸다.

갑자기 인질 일곱 명이 고함을 지르며 뛰쳐나왔다. K가 자리를 비운 사이 점원을 중심으로 몇몇 인질들이 반란을 획책한 것이다. 이들은 〈야킴스 은하 미스터리〉의 충성 시청자들로 이루어져 있었다. K가 떠난 뒤 인질들과 함께 들어앉은 점원은 압락스삭스를 숭배하는 집단 이야기를 조용히 꺼냈다. 대부분의 인질은 그 말을 무시했지만, 음모론 중독자 몇몇이 관심을 보였다. 음모론 마니아들한테 〈야킴스 은하 미스터리〉는 최고의 프로그램이었다. 점원에서부터 시작된 프로그램 이야기는 여섯 음모론자를 통과하며 기묘한 유대감을 형성했다.

"아울파룰파 우주정거장 강도 콧구멍 확장 사건 말하는 거죠?"

한 음모론자가 속삭였다. 그들은 시즌 II 세 번째 에피소드에 관한 의견을 나누던 중이었다. 그 에피소드는 강도단이 피자를 먹는 틈을 타 인질이 광선총을 뺏어 강도의 콧구멍에 통째로 쑤셔 박은—여기서 미스터리란 대체 어떻게 광선총을 콧구멍에 쑤셔 박았는가 하는 것이었다—사건을 다뤘다.

"우리도 그거랑 똑같이 해보는 거예요!"

음모론자를 단합시킨 점원은 오물인들이 햄버거 어머니를 숭배하느라 정신 팔린 틈을 노렸다. 몸을 던져 오물인을 밀가루 반죽처럼 깔아뭉갤 작정이었다. 비극적이게도 실전과 상상은 일치하지 않는 법. 인질들은 오물인들에게 덤벼들자마자 나가떨어졌다. 키 작은 오물인에게 세 개의 팔을 휘두르며 호기롭게 달려든 점원은 어느새 바닥에 뻗었다. 덩치 큰 장년 남성이 팔을 제멋대로 휘젓다 콜라를 밟아 미끄러졌고, 한 청년은 카운터의 햄버거 탑에 얼굴이 처박혔다. 나머지 인질들은 사태 파악조차 안 되어 웅성거렸다.

오물인들은 성난 표정을 지은 채 K에게 다가왔다. K는 그들이 수많은 전투를 치른 베테랑이라는 사실을 기억해냈다. 아니, 쟤들이 잘못했는데 왜 나한테 따지려는 거야? K가 변명할 틈도 없이 회색 오물인은 그의 이마에 총구를 들이밀었다.

"저 일곱 명은 이제 죽은 목숨이라 전해라."

회색 오물인이 으르렁댔다.

"감히 우리의 신성한 의식을 방해하다니! 본보기로 몇 명 더 데려가주마."

K는 이제 끝장이라고 생각했다. 하지만 설마 통역사까지 사형수 후보로 삼진 않을 거라고 두근대는 가슴을 진정시키려 애썼다.

그때, 천장이 무너져 내리며 KFT 특수부대가 나타났다.

대테러 특수부대 KFT는 30분 전에 건물 2층에 침투하여 천장을 뚫고 내려갈 틈을 노리고 있었다. 사실 이들은 이름만 특수부대지 대부분 훈련소를 갓 수료한 초짜들로 엄선되었는데, 여기엔 '맥올데이 작전'의 큰 뜻이 숨어 있다. 어쨌든 이들은 근접용 열감지기를 통해 기가 막히게 인질을 구할 타이밍을 엿봤다. 마침 열감지기에서 인질과 오물인이 뒤엉키는 모습이 포착됐다. 열선 드릴로 급히 바닥을 갈랐다.

말했듯이 이들은 실전에 한 번도 투입된 적 없는 초짜들이었다. 공교롭게도 열선 드릴이 지나간 곳은 햄버거 탑이 쌓인 카운터 위였고, 첫 번째로 뛰어내린 요원은 햄버거를 밟고 미끄러져 카운터에 뒤통수를 치받고 정신을 잃었다. 불행하게도 두 번째 요원의 발은 첫 번째 요원의 목 위로 떨어졌다. 그는 중심을 잃고 데굴데굴 굴렀다. 세 번째 요원은 원래부터 착지자세가 영 좋지 않아 엉덩방아를 찧었고, 네 번째와 다섯 번째 요원도 비슷한 운명을 맞이했다.

이 광경을 멍하니 바라보던 오물인들은 정신을 간신히 붙잡고 바닥에서 제멋대로 뒹구는 병사들에게 총구를 겨누었다. 오물인들은 등짝에 박힌 제국군 표식을 보곤 소름 돋게 울부짖었다. 녹색 광선이 사정없이 퍼부어졌다. 바퀴벌레처럼 버둥거리던 KFT 특수부대는 말 그대로 가루가 되어 소멸했다.

인질들은 입을 다물지 못했다. 세상에, 특수부대가 이렇게 허무하게 최후를 맞이하다니. '좆됐다'라는 외마디 비명이 K의 머릿속에서 거듭 메아리쳤다. 이건 그러니까, 좆됐다! 정말 좆된 거야!

"저, 전 아무것도 몰라요! 저 사람들 분명히 신과 대면하게 해준다고⋯."

K가 급히 해명했다. 아까 오물인들은 의식에 집중하느라 그의 말을 들으려고도 하지 않았으면서!

"넌 쓸모를 생각해 마지막에 죽여주도록 하지."

아, 진짜로 아무것도 모른다니까! 하지만 회색 오물인은 그의 뒷덜미를 붙잡고 바닥에 내팽개쳤다.

반란을 모의한 음모론자들은 키 작은 오물인의 고성에 따라 일렬횡대로 꿇어앉았다. 점원은 눈물을 흘리며 외쳤다.

"비록 우리의 혁명은 실패했지만 우리의 뜻은 역사에 남으리! 악!"

회색 오물인이 뒤통수를 때리는 바람에 점원은 혀를 깨물었다.

주방에서는 오물인 둘이 햄버거 메이커를 고정해놓은 몸체를 점검용 렌치로 두들겨 패고 있었다. 어머니의 어머니를 들고 도망쳐야 한다는 소리가 오갔다. K는 고개를 저었다. 어림없지, 그들이 도망칠 경로는 정문으로 지구방위대를 통과하는 길뿐이었다. 사동화시스템이 정착되고 식당에 뒷문이라는 개념은 역사 속으로 사라졌다. 음식은 자동 분리기를 통과해 지하에 거미줄처럼 엉킨 통로를 거쳐 음식쓰레기 광산으로 이어질뿐더러 그 음식들은….

키 작은 오물인이 점원의 뒤통수를 입자 소총으로 날려버리기 직전이었다.

"잠시, 잠시만!"

K는 있는 대로 목청을 쥐어짰다. 오물인들을 혹하게 할한 가지 방법이 떠올랐다.

"당신들이 무사히 탈출할 길을 알아냈어요!"

회색 오물인이 입 닥치라면서 K의 하반신을 걸어찼다. K는 무릎 뒤편을 관통하는 통증과 함께 고꾸라졌다. 어이쿠, 이게 아닌데. K는 안간힘을 써서 다리를 일으켜 세우려 했다. 그러자 키 작은 오물인이 입자 소총을 K 쪽으로 조준했다.

"바깥에 포위된 병사들이 당신들을 끝장낼 텐데?"

섹터 999의 언어로 고함을 지르느라 K는 목청이 떨어져 나갈 것 같았다.

"사람들을 살려주면 도망칠 경로를 안내해줄게요!"

회색 오물인이 거짓말하지 말라며 개머리판으로 K의 대갈통을 때렸다. K는 머리가 어질어질했다. 수리기사 시장에 뛰어들기 위해 익혀뒀던 자동분리기 설계도가 눈앞에 꿈결처럼 아른거렸다. K는 거짓말을 하는 게 아니었다. 인간이 자동분리기로 뛰어든다면 지하통로 한가운데서 병균이 득실대는 썩은 시체로 발견되겠지만 오물인은 충분히 버틸 수 있을 법했다. 젠장, 이러면 안 되는데, 정말 안 되는데? 금방이라도 입자 소총이 발포되면 이곳은 인질들의 뇌수로 뒤덮일 터였다.

K는 머리에서 피를 줄줄 흘리면서 키 작은 오물인 쪽으로 기었다. 목소리는 나오지 않았다. 바닥은 각종 난리의 흔적이 그대로 남아 지저분했다. 시야가 흐려졌다. 어디선가 유리창이 박살 나고 비명과 고함이 들렸다. 왼편에서 바람이 세차게 불어왔다. 중세의 기사처럼 무쇠로 무장한 듯한 거대 로봇이 희미하게 보였다. 로봇은 불가사의한 건축물처럼 우뚝 서 있었다. 그 모습이 마치 인질을 구출해주러 온 구원자처럼 보였다.

"저건 또 뭐야!"

회색 오물인의 목소리였다.

"신이요."

K가 정신을 잃기 전에 중얼거렸다.

"근데 왜 하필 작전명이 맥올데이입니까?"

중령이 눈치 없이 물었다.

맥올데이 작전은 정크디스트로이어를 자연스럽게 운용하려는 수작이었다. 아무리 방위내가 최상의 대우를 받는다고 할지라도 무턱대고 위험한 무기를 운용했다간 수년간 언론의 놀림거리가 되기 십상이다. 퍼킹써킹 이사는 섹터 101에서 언론사가 행성방위대를 도발한 끝에 빚어진 제국의 대표적인 내전을 기억했다.

"'맥올데이 현상'에 대해 (후릅) 들어보신 적 (추릅) 있습니까?"

이사의 촉수들이 입맛을 다시며 말했다.

"몇 세기 전, 하루 종일 햄버거를 (후루룩) 먹으면 기름때에 의해 혈관이 (촵촵) 막힌다는 항간의 소문이 있었죠. 지구상에서 가장 많이 쓰는 (뒈엣) 한국어와 영어를 합쳐 버거날드 연구진은 이를 (츄르릅) '맥(脈)올데이(allday) 현상'이라고 지칭했죠. (쭙쭙) 물론 지금은 해결된 문제입니다만, (카아악 투) 보시죠. 저 오물 덩이 괴물처럼 세상의 질서를 (쩝쩝) 어지럽히는 존재가 있지 않습니까? 마치 (휴릅) 혈관을 틀어막아 건강을 해치는 것처럼요. 우리는 (츄릅)"

막힌 혈관을 뚫어야 합니다."

작전장교는 뭔 개소리야 라는 표정을 지었고 중령은 납득했다는 얼굴을 했다.

맥올데이 작전은 순조롭게 진행됐다. 오랜 기간 테러의 위협 없이 떵까떵까 노느라 바빴던 KFT 특수부대는 새로 엄선된 신입을 투입한다는 데에 아무런 이견이 없었다. 실전을 경험하지도 못한 신입을 투입하는 작전은 퍼킹써킹 이사의 아이디어였다. 역시 전 우주 생물의 꿈과 희망을 빨아먹으며 살아가는 잔인한 종족이라 할 만했다. 그리고 신입 병사들은 마치 약속된 듯이 녹색 광선에 휩쓸려 나가쳤다. 특수부대 헬멧에 장착된 카메라로 지켜보던 중령은 쾌재를 불렀다.

"중령님, 최소한 슬픈 척이라도…."

작전장교의 충고가 무색하게 중령은 우렁찬 목소리로 전파했다.

"여러분, KFT마저 실패했습니다. 우리의 희망은 정크디스트로이어뿐입니다!"

정크디스트로이어. 모든 방위 작전의 최후의 보루. 안드로메다 세력을 견제하기 위한 침략 방지 로봇! 이 지상최대의 로봇이 출동하면 모든 문제가 해결된다!

"문제가 있습니다."

5분 뒤 중령의 통신기로 속보가 도착했다.

"강북지부의 네 대 중 세 대가 작동하지 않습니다. 행정관들의 관리 부실이라고 합니다."

부사령관은 중령과 작전장교의 뺨을 여러 차례 내리쳤다.

그렇게 강북지부의 마지막 정크디스트로이어가 매장 앞에 배치됐다. K는 매장 안에서 여전히 기절해 있었다. K가 정신이 혼미한 상태에서 들은 굉음은 방위대가 호신용 광선총을 수십 번 발사해 버거날드의 방탄유리를 열심히 깨부수는 소리였다.

조종석에 탑승한 파일럿은 침을 삼켰다. 그의 손에 모든 게 달려 있었다. 먼지 쌓인 창고에 오랜 기간 방치해온 정크디스트로이어는 온 관절이 삐걱거렸다.

인질들은 깨진 창을 넘어 사방팔방으로 흩어졌다. 오물인 다섯은 최후의 전사처럼 비장하게 걸어 나와 일렬로 늘어섰다. 나머지 병사들은 녹색 광선이 닿지 않는 사정거리 바깥으로 물러났다. 정크디스트로이어와 오물인만이 서부극의 라이벌처럼 마주했다. 조종사는 로봇의 오른팔에 부착된 포신을 크레인처럼 서서히 들어 올렸다.

회색 오물인이 앞으로 나섰다.

"당신이 진정한 우리의 신이십니까?"

정크디스트로이어는 비록 군데군데 녹슬었으나 그 형상만큼은 여전히 위엄이 흘러넘쳤다. 제국 전속 인재들을 고용해 설계한 디자인이었으니 당연했다. 오물인들은 처음엔 반신반의했지만 저런 멋진 모습이면 신으로 삼아도 모자라지 않았다. 과연 신은 신답게 아무런 대답도 하지 않고 중후한 침묵을 지켰다.

"신이시여, 우리를 창조한 이유를 알려주소서!"

갈매기처럼 끼룩거리는 소리가 무슨 뜻인지 통역할 이는 아무도 없었다. 파일럿은 그저 위협적인 외침이라고 여기고는 광자 미사일 발사 버튼으로 손을 가져갔다. 정크디스트로이어의 오른팔에 장착된 광자 무기는 녹색 광선 수십 개를 응축시켜놓았다고 할 만큼 강력했다. 두려움에 떠느라 달아나지 못하고 잔뜩 몸을 웅크리고 있는 인질들, 난장판이 된 버거날드 매장, 전방의 다른 건축물까지 모조리 분진으로 산화시켜버릴 위력이었다.

포구에서 입자 에너지가 모이며 환한 빛을 발했다. 진압 탱크의 네 사람은 안도의 숨을 내쉬었다. 오물인들은 신이 기적을 행하는 줄 알고 냉큼 엎드렸다.

광자 무기가 가동하는 데만 1분 이상이 걸렸다. 창고에 화석처럼 처박혀 있느라 무기 운용에 시간이 필요했다. 부사령관은 답답한 나머지 작전장교와 중령의 뺨을 때렸다. 다섯 오물인은 신의 기적이 행해지길 바라며 엎드린 채 각종 주문을 읊조렸다. 마침내 미사일 발사가 준비되었다는 경고음이 울렸다. 진압 탱크의 네 사람이 환호했다.

그때 하늘에서 발광 물체가 버거날드 매장 앞마당으로 쏘아져 내렸다. 흰빛이 정크디스트로이어의 몸통과 충돌하며 폭발했다.

밤하늘에 거대한 햄버거가 부유하고 있었다.

K는 소란스러운 외침에 눈을 떴다. 주변을 살피니 정신을 잃기 전 구원자처럼 등장했던 로봇은 부품 덩이들로 도로변에 산산조각이 난 채였다. K는 신음하며 허리를 일으켰다. 다섯 오물인이 전부 하늘로 목을 곤추세웠다. 어둑어둑한 하늘을 배경으로 떠 있는 커다란 물체가 보였다.

"햄버거의 신…?"

저런 걸 말하는 거였어? K는 눈을 가늘게 뜨고 노려봤다. 아니, 아니었다. 날개와 양옆을 황토색으로, 그리고 초록색과 갈색 염료를 뒤섞어 중앙을 도포한 물체였다. 제국용 전투함선을 햄버거처럼 착각하도록 포장한 것에 불과했다. 밀레니얼급은 아닐지라도 센츄리얼급의 중량감이 느껴졌다. 양 날개 아래로 드러난 포신은 금방이라도 지구방위대를 폭격할 기세였다.

병사들이 대열을 이탈했다. 구경꾼들은 저마다 먼저 도망치겠다고 우왕좌왕했다. 안드로이드 기자들은 이 와중에도 상황을 중계하고 기사를 입력하느라 난리였다. 중령이 스피커로 "진정하고 대열을 유지하라."는 명령을 반복했다.

스피커 너머로 누군가 비상 상황을 선포하는 목소리가 들렸고, 햄버거 함선에 신원을 요청하는 신호음이 울렸다.

"저런 게 어떻게 태양계 방어선을 통과한 거야?"

혼란스러운 물음이 관중의 공포스러운 감탄사와 뒤섞여 터져 나왔다. 오물인들 역시 잔뜩 긴장한 상태로 입자 소총을 조준하고 있었다.

좌중을 압도하는 커다란 사이렌이 혼란을 잠재웠다. 다들 귀를 막고 허리를 숙였다. 그다음에는 사이렌 소리보다 더 소름 끼치는 음성이 천둥처럼 메아리쳤다. 그 음성 이면에 숨겨진 뜻을 알아차리는 사람은 K뿐이었다.

"동지들이여, 마침내, 우리가 도착했다!"

K는 무언가 생각나려 했다.

"저 멍청한 적이 만든 보호 구조물은 소행성 우주의 한 인간이 작동 장치를 만지자 힘이 사라지더구나. 이 고물선을 움직이는 장치에 그 사람이 손을 대고 숨겨진 길로 오니 아무도 몰랐다!"

K는 두뇌는 빠르게 회전했다. 저 언어를 구사하는 이들은 섹터 999 출신밖에 없었다. '동지'라 함은 오물인과 햄버거 함선에 탄 이들이 동족임을 뜻하는 게 분명했다. 또한 오물인들은 소행성대 브로커의 도움을 받아 지구에 도달했다. 저들도 마찬가지로 해당 브로커를 고용해 태양계 방어선 프로그램 일부를 무력화하도록 해킹한 뒤, 밀수입자들만이

공유하는 항로로 이 지점까지 도달했다는 이야기였다.

"동지들이여, 살아남았구나!"

회색 오물인이 목청껏 끼룩거렸다.

K는 회색 오물인이 들려준 기구한 이야기 속에서 단서를 찾았다. 그래, 수용소 행성 대탈출 때 연락이 두절됐다던 함선, 그게 지금에서야 뒤따라온 것이다! K는 이들이 센츄리얼급 함선을 훔쳤을 거리고는 상상도 하지 못했다.

"햄버거 신은 여기 없다! 우리와 함께 떠나자!"

송곳으로 칠판을 긁는 것처럼 듣기에 몹시 안 좋은 소리가 뱃고동처럼 울려 퍼졌다. 다들 고막을 사수하느라 귀를 틀어막았다. 누구도 함부로 움직이지 못했다.

다섯 오물인과 햄버거 우주선은 의미를 알 수 없는 끼룩거림을 주고받았다. 함선에서 빛줄기가 뻗어 나왔다. 먹구름 사이로 돋아나온 햇살처럼 유난히 눈부신 빛줄기였다. 빛줄기는 곧 오물인에게 사다리처럼 드리웠다. 다섯 오물인이 허공으로 떠올랐다. 원격 탑승 장치가 이들을 소환하고 있었다.

밤하늘 저편으로 요격 전투선 여섯 대가 질주해왔다. 중령의 지원요청에 응한 대공 방위군들이었다. 지구방위대는 호신용 광선총을 발포했다. 빛줄기를 타고 오르는 다섯 오물인에게 광선이 빗발쳤다. 그러나 오물인들은 털끝 하나 상하지 않았다.

잃어버린 동료를 거둔 거대 햄버거는 엔진 굉음을 남기며 빠른 속도로 날았다. 요격 전투선이 그 뒤를 쫓았다.

K는 실신했다.

K는 잔해를 뒤지던 병사들에 의해 발견되었다. 병사들은 그를 진공 비닐로 포장해 시체안치소로 이동시키려 했다. 하마터면 숨이 막혀 죽을 뻔한 K는 팔다리를 허우적거린 끝에 되살아날 수 있었다.

"차라리 시체를 보는 게 낫겠군."

진공 비닐에서 꺼내준 두 병사는 K를 보고 안타까운 표정을 지었다. K는 머리에서 흘러내린 피와 먼지, 햄버거 소스를 흠뻑 뒤집어썼다. 병사들은 지구방위대가 세워둔 임시치료소 천막으로 안내했다.

"괴물들은 어떻게 됐죠?"

K가 물었다.

"모르겠소. 우리가 망했단 건 확실하지."

병사가 말했다.

언론에서는 대대적으로 이날 일을 포스트-은하통합전쟁시대의 최악의 안보 사건이라 보도했다. 전투선이 햄버거를 바짝 추격했으나 거대 햄버거는 초공간 엔진을 출력해 지구의 대기권에서 벗어났다. 지구방위대 측은 아무런 수확 없이 테러범을 놓쳤고, 강북지부 중령과 작전장교는 직위를 내려놨다. 그 둘은 난개발 행성의 오염지대로 보내졌다.

종종 이날 작전을 지휘한 더 높은 인물이 있었다는 소문이 돌았으나 대부분 그게 헛소문일 거라 생각했다. 대부분의 인질은 언론의 인터뷰에 이렇게 응했다.

"이제 햄버거를 먹으리 버거날드를 방문하지 않을 겁니다."

그러나 딱 한 명만은 버거날드를 계속 찾을 수밖에 없었다. 버거날드가 인질 반란을 주도한 점원의 용기를 높이 사 '이달의 점원'으로 선정한 탓이었다. 타 섹터에서 온 이민 외계종 중에서는 최초로 선정된 점원이었다. 점원은 기념 연사에서 이렇게 말했다.

"〈야킴스 은하 미스터리〉의 진정한 지식인 야킴스 씨에게 이 영광을 돌립니다."

점원은 보너스가 팍팍 지급될 걸 기대하고 섹터 11로 귀향하려던 계획을 취소했다. 목숨을 건 것에 비해선 보너스가 턱없이 낮았으나 점원은 여전히 버거날드로 출근하고 있다.

K는 싸구려 치료를 받고는 이틀날부터 궤도 엘리베이터 수리에 호출되었다. 머리에 새겨진 흉터가 제대로 봉합되

지 않아 진공에 올랐다가 상처가 터져 방호복 안에서 피를 줄줄 흘렸다. 감시관에게 보고해 셔틀을 타고 간신히 귀환할 수 있었다. K는 이제 지하에 연결된 자동분리기 통로를 수리한다. 통로 관리자들은 궤도 엘리베이터 수리공과 마찬가지로 임금이 썩 좋진 않다. K는 때때로 그날의 기억을 떠올리며 화들짝 놀란다.

어느 날 신문을 펼쳐 든 K는 한 기사를 보게 되었다. 기사에는 거대 햄버거가 목성의 휴양구역 상공을 비행하는 사진이 실려 있었다. 제목은 이러했다.

**태풍 서핑을 즐기던 버거날드 회장 엠,
오물 괴물에 의해 납치당하다!**

직장인 시뮬레이터

1
사무실 시뮬레이터

회계팀 사람들이 그 황당한 게임의 발매 소식을 들은 건 회의 시간이었다.

"사무실… 시뮬레이터요?"

지윤은 잘못 들었다고 생각하며 되물었다. 어떤 정신 나간 인간이 그딴 이름의 게임을 한단 말인가. 사실 그냥 이름만 그렇지 다른 의도를 가진 게임일 거라고, 지윤은 생각했다. 그러나 심 팀장은 이렇게 말할 뿐이었다.

"회사 사무실을 실제 모습 그대로 본뜬 것 같은 게임이라네?"

심 팀장이 회의 시간에 나눠준 팸플릿에는 게임의 스크린샷이 인쇄돼 있었다. 지윤이 보기에는 사무실 컨셉으로 찍은 여러 사람의 사진을 고화질로 실어놓은 것 같았다. 믿기지 않게도 인공적인 그래픽으로 구현한 것이라 했다. 자판을 두들기는 셀러리맨과 전화를 받는 상담원 모두 사진으로 찍은 게 아니라 그래픽으로 구현한 것이었다!

이어지는 심 팀장의 설명에 따르면 〈사무실 시뮬레이터〉는 지윤이 다니는 게임 회사 '핵쓴'의 올해 최대 투자 작품이 될 거라고 했다. 실무를 맡은 개발팀 정 과장은 "렉터모빌의 보급 이후, 세계 VR 게임 지형도가 바뀔 것이며 국외 회사의 VR 물리엔진과 그래픽 경쟁률을 따라갈 차기 국내 게임은 〈사무실 시뮬레이터〉밖에 존재하지 않는다."고 덧붙였다고, 심 팀장이 전했다.

그런데 팸플릿을 뒤져봐도 매력적인 설정은 단 한 줄도 찾아볼 수 없었다. 사실적인 사무실을 구현해놓았다는 게 전부였다. 하다못해 지윤이 핸드폰으로 끄적이는 퍼즐게임들마저 세계관은 물론 빈약하나마 한 스토리가 있는 와중에 말이다.

"개발팀이 작년처럼 적자만 내지 않길 바라자고."

정 과장은 '자랑스러운 게임'인 〈사무실 시뮬레이터〉의 알파 테스터가 될 기회를 회계팀에게 주겠다며 심 팀장을 통해 모집양식을 전달했다. 게임 제작자와 동등한 지식을 갖추지 않은 사람을 대상으로 알파 테스트를 하고 싶다는 의도였다.

"그래서 말인데, 그냥 막내가 하는 게 어때?"

마침 막내 송 사원은 위장에 들어찬 무지막지한 변을 끄집어내느라 자리를 비운 상태였다.

지윤은 심 팀장의 의도가 뭔지 눈치챘다. 송 사원은 회계팀의 공공연한 구제 불능 인사였다. 숫자 표기를 하는데 실수해서 까이고, 결재서류를 잘못 올리는 바람에 까이고… 머리를 천 년에 한 번 감는 건지 비듬을 세균처럼 사방에 퍼트리고…. 실상 사무실에 없는 게 도움일지 몰랐다.

심 팀장은 송 사원의 사수인 박 주임한테 시선을 돌렸다. 젊은 여자 직원들을 힐끗힐끗 훔쳐보던 박 주임은 별생각 없이 고개만 끄덕였다. 지윤은 맘 같아선 박 주임의 역겨운 눈알을 숟가락으로 파버리고 싶었다.

"그러면 막내 송 사원한테 맡기는 걸로 얘기된 거다?"

잠깐, 송 사원 얘기는 안 들어봤잖아. 지윤은 속으로 생각했지만 아무 말도 꺼내지 않았다. 팀장실에 모인 모두가 심 팀장이 풍겨대는 입 냄새를 피해 당장 뛰쳐나가고 싶어 했다. 미운털이 박히기 싫으면 가만히 있는 게 상책이었다.

며칠 후, 개발팀은 아래와 같은 당부 사안을 회계팀에 메일로 공지했다.

1. 알파 테스터 당사자에게 렉터모빌에 관해 언급하지 말 것

2. 알파 테스터 당사자에게 사무실 시뮬레이터에 관해 언급하지 말 것

3. 알파 테스터 당사자에게 알파 테스트 중이라고 언급하지 말 것

......

'말 것'으로 쓰인 문장이 수없이 이어진 뒤 마지막에는 끔찍한 문장이 적혀 있었다.

이를 어길 시 테스터에게 인지 불일치 쇼크가 발생하여 죽음에 이를 수 있습니다!

그러니까, 회사의 높은 분들도 이를 허용했다고? 지윤은 문서 맨 아래에 명시된 정직한 필체의 '핵쓴' 직인을 보며 경악했다. 잘못하다간 뇌가 박살 나는데 이거 완전 인체 실험에 맞먹는 수준 아닌가. 아무리 골칫거리인 송 사원이라 해도 이건 심하다 싶었다.

박 주임은 휘파람까지 불며 여자 직원들에게 아재 개그나 치고 있었다. 눈앞에서 골칫덩이가 사라져 홀가분한 표정이었다. 직원들은 애써 억지웃음을 지었다.

지윤은 한숨을 쉬었다. 하긴, 회사가 송 사원을 위해 준비한 포상이 만만치 않을 수도 있었다. 이미 송 사원은 매년 보너스를 약속받았을지 모른단 소문까지 나돌았으니⋯. 그래, 내 앞가림이나 잘해야지.

이런 생각을 하고 있을 무렵 이준호 주임이 말을 걸어

왔다.

"신지윤 씨! 지금 송 사원 업무 누가 맡고 있는지 알아?"

이준호 주임은 우람한 어깨너비와 그나마 봐줄 만한 외모를 가진 남자 직원으로, 지윤은 박 주임이 아닌 그가 사수라서 그나마 다행이라고 여겼다.

"아니요. 오후에 스케줄 체크해보고 누가 나눠 가질지 얘기해본다 알고 있는데요. 왜…."

지윤은 자리를 비운 송 사원의 책상을 건너다보며 대답했다. 송 사원은 출근하자마자 개발팀 팀원들에 의해 어디론가 끌려간 뒤였다.

"'왜?' '왜에?' 요즘 말이 좀 짧다?"

준호가 이 회사에서 '그나마'인 이유가 이런 것 때문이었다. 걸핏하면 동료들에게 시빗거리를 찾는 저 싸가지 없는 말투하곤. 지금은 일부러 그런 게 아니라 말을 흘리다가 이렇게 된 건데!

"송 사원 드라이브 좀 확인해볼게요."

지윤은 변명하려다가 별로 신경 쓸 일은 아닌 것 같아 대화 방향을 틀었다.

"그래."

준호가 속삭였다.

"박 주임한테는 따로 말하지 말고 알아봐. 후배를 얼마나 똥으로 키워서 저렇게 엉망진창인지…."

그러면서 준호는 혼자 킥킥거렸다.

지윤은 얼마나 많은 업무가 더 과중될지 마음의 준비를 하며 송 사원의 드라이브에 접속했다. 그런데 당황스러운 광경이 펼쳐졌다.

송 사원의 하루치 업무가 모조리 완료된 상태였다.

렉터모빌은 북미에서 처음 발매될 당시 헤드셋 한가운데에 탑재된 중추신경 탐지기능을 가장 큰 차별화 전략으로 내세웠다. "앉은 자리에서 머리만 굴려 모든 걸 조종을 할 수 있는 VR"이 드디어 개발되었다는 의미였다. 그렇다면 송 사원은 아직 국내에 상용화되지 않은 그 신기한 렉터모빌을 쓴 채 어디선가 침을 질질 흘리며 앉아 있어야 했다. 다시 말해 송 사원의 업무가 하루아침에 처리된다는 건 말이 안 되는 일이었다. 혹시 해킹된 계정이라도 활개를 치고 있다거나, 누군가 송 사원의 업무를 죄다 망쳐놓은 거라면 사정이 다르겠지만. 지윤은 박 주임한테 이 사실을 알리려 했다.

"야, 박 주임 쟤가 모르는 거면 우리가 점수 따야지!"

준호는 지윤을 만류하더니 곧바로 팀장실로 호들갑을 떨며 뛰어들었다. 지윤은 준호가 스스로 이를 발견했다며 혼자 공을 죄다 가로챌 거로 예상했다. 일전에도 회의 시간에 지윤이 냈던 의견을 자기 생각처럼 포장해서 열불나게 한 적이 한두 번이 아니었다. 그때마다 지윤은 핸드폰을 부쉬트릴 기세로 퍼즐게임을 하며 안정을 되찾았다. 그렇게 공략한 퍼즐게임이 열 개가 넘었다. 이번에도 나한테 콩고물이라도 안 떨어지면 진짜 따질 거야! 지윤은 팀장실을 노려봤다.

그런데 팀장실에서는 더 당혹스러운 소식이 들려왔다.

"모두 주목! 메일 하단에 '해당 테스트는 현실과 가상의 매개적 상호과정을 포함함.' 이거 내가 설명 안 했지? 그냥 보면 피콜로 더듬이 빠는 소리 같겠지만 이게 뭐냐면…."

심 팀장은 문을 박차고 나와 이를 어떻게 정리해서 말해야 할지 고민하는 듯 눈살을 찌푸렸다.

"여전히 피콜로 더듬이 빠는 소리 같긴 한데 말이지. 음, 송 사원이 게임에서 하는 게 현실과 영향을 주고받는지 테스트하는 거란다! 그러니까 다시 말해…."

팀장은 여기서 한 차례 말을 끊고는 주위를 둘러봤다.

"송 사원이 게임 안에서 업무 처리를 하고 있단 얘기다."

지윤은 담배 연기를 뿜으며 난간에 담뱃재를 털었다.

"그러니까 그 피콜로 더듬이 빠는 소리가…."

준호가 말을 이었다.

"송 사원이 게임 속에서 일을 하고 있다는 거지."

"아."

"게임이라서 즐겁게 한다잖아. 그것도 거의 두 배속으로. 그게 말이 되는 소린가. 아니면 송 사원이 미친놈인가."

지윤과 준호는 4층 흡연실에서 담배를 나눠 피우고 있었다. 제대로 말하자면 준호가 지윤의 담배를 뺏어 피운 것에 불과했다. 현재 시각, 오전 열 10시 45분, 지윤과 준호를 제외하면 흡연실에서 담배를 빨아들이는 사람은 마케팅팀의 김현지 대리뿐이었다.

아침마다 개발팀으로 끌려가기 시작한 뒤로 송 사원의 업무 처리 속도는 눈이 부실 정도로 향상됐다. 송 사원 때문에 그간 울상이었던 박 주임은 이제 어깨를 당당히 펴고 툭하면 도발을 걸었다.

"우리 막내가 요즘 사무실 에이스가 된 거 봤어?" "우리 송 사원 요즘 잘해, 그렇지?" "지윤 씨는 뭘 잘하나. 아, 예뻐서 눈요기는 되나?"

본인이 한 건 하나도 없는 주제에. 박 주임의 말 한 마디 한 마디에 지윤은 살인 충동을 느꼈다.

지윤은 팀원들이 심 팀장의 설명에 잘만 적응하는 것을 보고 위화감을 느꼈다. 〈사무실 시뮬레이터〉 안에서 정확히 무엇을 테스트하는지는 몰라도 미스터리한 것투성이였으니까. 아니, 애초에 팸플릿에도 기술력 자랑만 가득하지 뭔 게임인지를 안 알려줬잖아? 송 사원이 출근길과 퇴근길에서 보이는 모습은 한결 즐거운 표정을 한 채였지만 말이다. 지윤은 막차 버스에서 송 사원을 마주치면 몇 번이고 사무실 시뮬레이터에 관해 추궁하고 싶었다. 테스터의 뇌가 박살 나는 이미지와, 자신이 징계를 당해 길거리로 쫓겨나는 모습이 강력하게 떠올라 금세 그만두었으나. 그저 요즘 회사생활 어떠냐고 넌지시 물었다. 그러면 송 사원은 정말 아무렇지 않게 싱긋 웃으며 "문제없다."라고만 대답했다.

"그 나불대는 아가리를 아주 그냥 어떻게 해버리고 싶다니까!"

준호는 흡연구역에서 지윤과 단둘만 있는—남들이 나오지 않는 시간에 벤치에 앉아 고독을 즐기는 김현지 대리까지 합하면 셋이 있는—시간을 이용해 뒷담화를 했다.

"뭐냐, 박 주임 걔, 개발팀에다가 뭔 짓이라도 한 거 아니야? 아니면 팀장한테 뇌물이라도 먹였나?"

두 사람은 입사 초반부터 피 튀기는 경쟁을 해온 사이로 유명했다. 이제 준호의 질투심은 박 주임과 관련한 음모론을 설파하는 데 크나큰 에너지를 발휘하는 중이었다. 지윤은 얘기에 경청하는 척하며 다른 근심거리에 집중했다. 아니, 그보다 박 주임한테 여자들 얼굴 평가 좀 그만하라고 말해달란 말이야.

하지만 준호는 그런 것에는 관심 없고 오로지 업무 실적 생각뿐이었다. 언젠가 송 사원보다 업무 처리 속도를 더 높이는 훈련이라도 시킬까 봐 지윤은 두려웠다.

대신 준호는 그에 필적할 만한 제안을 했다.

"그러니까 개발팀 문서만 슬쩍 들여다보자고. 대체 왜 송 사원인지. 그리고 송 사원을 데리고 무슨 비밀 훈련이라도 하는지 말이야! 실적 늘려주는 거 불공평하잖아. 솔직히!"

준호는 김 대리의 눈치를 살피며 목소리를 낮췄다. 김현지 대리는 치마에 떨어진 담뱃재를 털어내느라 이쪽엔 별 관심 없어 보였다.

"아니, 저는 그렇게까지는….."

"아, 그리고 말이야. 우리 팀에서 제일 막내인 송 사원한테 알파 테스트를 시킨다는 게 뭔가 꺼림칙한 부분이 많아. 안 그래? 게임에서 일을 하는 게 즐겁다고 하는 게 말이 되냐고? 엉? 바로 딱 1년 선배인 지윤 씨도 뭔가 막내를 위해 나서야 하지 않겠어?"

아니, 사수마저 가만히 있는데 왜 나보고 행동하라 그러는 건데? 지윤은 목구멍까지 차오르는 소리를 겨우 내리눌렀다. 대신 최대한 차분하고 합리적인 어투로 준호의 행동이 과하다는 걸 알려주려고 했다. 물론 그 설득은 하등 소용없었다.

"지윤 씨, 그러니까 하자고! 박 주임 그놈을 박살 낼 비밀을… 아니, 송 사원이 어떤 취급을 받는지 알기 위한 정보를 캐내자고!"

준호는 뒷걸음치려는 지윤에게 무한한 신뢰의 눈빛을 보냈다. 지윤은 준호의 시퍼런 안광을 마주하며 깨달았다. 이 사람은 기어코 그 미친 짓을 하고야 말 거라는 걸.

그렇게 지윤은 반강제로 개발팀에 숨어들게 된 것이었다.

개발팀에 숨어들기 가장 좋은 타이밍은 단연 점심시간 이었다. 그때만 되면 개발팀 사무실은 단체로 퇴근한 것처럼 자리가 텅텅 비었다. 지윤은 개발팀 팀장의 자비로운 마인드가 이런 결과를 초래했다고 전해 들었다. 개발팀의 황팀장은 매일 야근으로 고생하는 직원들을 위해 해가 중천에 떠 있을 때만이라도 바깥 구경을 시켜주고 싶어 했다. 그 결과 정오마다 개발팀원 전부를 점심 회식에 데려간다는 굉장한 해법을 고안했다. 지윤은 개발팀원들이 점심시간에도 상사에게 아부를 떨며 몰려 나가는 모습을 마주하면 언제나 측은한 마음이 들었다.

지금은 측은함을 한쪽으로 미뤄두고자 했다. 개발팀원들이 밥을 먹고 돌아오기까지 30분밖에 주어지지 않았으니까. 지윤과 준호는 빠른 시간 안에 정 과장의 컴퓨터에서 단서를 추출해내야 했다.

정 과장은 이 프로젝트의 핵심 멤버였다. 지윤은 개발팀원들 대부분의 얼굴을 아직도 외우지 못했지만 정 과장만큼은 꼭 기억하고 있었다. 그가 대머리라는 이유로만 기억하는 건 아니었다. 흡연실에서 마주치면 정 과장은 퍼즐게임을 하는 지윤에게 의미심장한 말을 던졌다. "퍼즐게임은 뭐든 간에 패턴만 알면 다 깰 수 있어. 이 세상의 논리도 마찬가지지." "지금 이곳에 갇혀 있다고 생각해도 말이야. 언젠가 그 퍼즐게임을 클리어할 때처럼 빛을 볼 수 있는 날이 올 거야." 등등. 노을이 지는 풍경을 보며 그런 말을 들으면 괜히 뭉클해졌다. 이게 바로 선배 회사원의 위로인가 싶었다.

첫 번째 난관이었던 컴퓨터 패스워드가 손쉽게 풀렸다.

"'쓴핵'? 이게 진짜 비밀번호예요?"

지윤은 관자놀이를 긁적였다. 고작 회사 이름을 거꾸로 해서 암호로 걸어놓다니.

"…우리 팀장님도 이거 쓰거든."

준호는 마우스를 빠르게 휘두르며 대답했다.

"이거예요! '사무실 시뮬레이터' 드라이브!"

지윤은 개발팀 인트라넷 페이지 귀퉁이를 가리켰다. 해당 드라이브에 접속하자 과연 그들이 원하는 폴더가 나타났다.

준호는 침을 꼴깍이며 커서를 옮겼다.

지윤과 준호는 드라이브의 '사무실 시뮬레이터' 기획보고서를 다운받은 뒤 USB 선으로 핸드폰에 통째로 옮길 목적이었다. 비밀번호를 어처구니없게 빨리 풀어낸 덕택에 그들에게 아직 시간이 남아 있는 것처럼 보였다. 개발팀 사무실 정문 앞에서 누군가의 발소리가 울리기 전까지는.

"와, 엿 됐다."

준호는 반사적으로 속삭였다. 지윤은 준호에게 원망의 눈길을 보냈다. 그 눈길의 무게를 느낀 준호는 가볍게 웃었다.

"야, 이 선배의 스무스한 처리능력 구경해."

그러더니 눈앞의 클립보드를 붙잡고 이제 막 부른 배를 두드리며 들어오는 개발팀 직원을 맞이하러 갔다.

처음으로 복귀한 직원은 개발팀의 대가리 황 팀장이었다. 부하직원들은 남은 시간이나마 자유롭게 보내기 위해 카페테리아와 흡연실로 피신한 모양이었다.

황 팀장은 배시시 웃고 있는 준호에게 의아한 눈길을 보냈다.

"뭐야 너?"

준호는 클립보드를 열어젖히며 뭔가를 보는 척하려고 했다.

"여쭤볼 게 있어서…."

그런데 거기에는 아무런 문서도 끼어 있지 않았다. 당황한 준호는 클립보드를 닫았고, 황 팀장 역시 당황한 표정으로 마주 보았다. 고개를 숙인 지윤은 무슨 상황인지 잘 보이지 않아 가슴이 두근거렸다.

때마침 책상 옆에 놓인 화초가 준호의 눈에 들어왔다.

"난이 탐스러워서요. 저도 난초 하나 키우려 하는데 조언 좀 받고 싶…."

아, 진짜 엿 됐는데! 하마터면 지윤은 자기 이마를 손바닥으로 칠 뻔했다. 말도 안 되는 핑곗거리였다.

그런데 황 팀장이 너털웃음을 터트리곤 준호의 등을 퍽퍽 쳐대기 시작했다.

"젊은 친구가 바람직한 취미를 가지고 있어? 어?"

이윽고 난에 대한 온갖 지식과 정보가 쏟아졌다.

지윤은 이를 놓치지 않고 USB 선을 뽑았다. 허리를 한껏 수그려 눈에 띄지 않게 빠져갔다.

마지막으로 돌아봤을 때, 준호는 황 팀장의 말에 열정적으로 맞장구쳐주고 있었다.

지윤은 4층 여자 화장실 세 번째 칸으로 뛰어들었다. 누가 어디냐고 묻는다면 오늘따라 설사가 장난 아니라고 변명할 예정이었다. 악마도 설사는 인정해주리라. 지윤은 핸드폰을 작동시켰다. 망할 〈사무실 시뮬레이터〉의 실체가 코앞에 있었다! 얼른 폴더를 뒤져 PDF 파일을 열었다.

— 경제 실추에 따른 실업 구제 실패에 대한 제안 —

지윤은 엉뚱한 파일을 열었나 싶어 파일명을 확인했다. 아니, 아니었다. 지윤은 PDF의 스크롤을 쭉 내렸다. 그러나 어딜 보아도 게임에 대한 설명은커녕 대한민국 경제지표에 대한 그래프와 분석자료만 난무했다. 열 페이지를 쭉쭉 넘기자 마침 '시뮬레이터'라는 단어가 여러 번 등장하는 항목에 이르렀다.

…… 그러므로 이 '시뮬레이터'는 단순히 20~30대 층의 체내 에너지만을 흡수하기 위함이 아니다. 대한민국 98퍼센트 이상의, 실업 위기에 복속된 청년들이 시뮬레이터 상에서의 노동으로 현 기업과 상호 연계할 수 있는 실질적 업무를 처리하게 하는 것이다. (…) 시뮬레이터 상으로 실업 구제 방안을 제안하는 바다. ……

지윤은 고개를 갸웃했다. 회사 선배들이 충고하던 이야기들이 떠올랐다. 요즘 시국에 일 시켜주는 것만으로 좋게 여기라든지, 취직한 것만으로 천운으로 알고 회사에 뼈 묻을 생각을 하라든지. 꼰대 같은 등쌀이었지만 동년배들이 취업 타령을 하며 매일 술잔을 기울이는 것도 사실이었다. 하지만 아무리 실업 위기라 하더라도 대한민국의 청년 98퍼센트가 취업을 하지 못했다는 건 말이 안 된다. 지윤만 하더라도 상위 10퍼센트는커녕 50퍼센트조차 포함되는지 알지 못했다. 건물주 놈들한테 월세를 거듭 지출하는 자신이 상위 10퍼센트일리가 없지 않은가. 그런데 멀쩡히 회사에 다니고 있긴 하잖아? 이 문서는 어디서 굴러들어온 걸까? 지윤은 스크롤을 내렸다.

…… 시뮬레이터의 분류는 '블루칼라 시뮬레이터' '화이트칼라 시뮬레이터' 등으로, 블루칼라 시뮬레이터의 경우 시뮬레이터 상의 노동을 실질적 노동생산성으로 치환할 수

는 없으나 체내 에너지 흡수와 직업훈련이라는 두 지침을 포함한다. 시뮬레이터 상의 개체를 준비된 인력으로 훈육하여—다소 희박하지만—생산직 인력 보충 필요 시 즉시 투입 가능한 인재로 개발하는 것이다. …… 화이트칼라 시뮬레이터의 경우, 대한민국에 설립된 기업이 가상에서 또 하나의 기업을 설립해 운영하는 방식이다. …… 화이트칼라 시뮬레이터 또한 체내 에너지 흡수와 직업훈련 양자의 장점을 취합하면서 동시에 무급노동으로 노동생산성을 높이는 효과적인 능률을 지향한다. ……

이후 블루칼라 시뮬레이터라느니 화이트칼라 시뮬레이터에 대한 각종 기능적 설명이 이어졌다. 지윤은 글을 읽어 내려가며 최근에 공략한 모바일 퍼즐게임을 떠올렸다. 게임 속 악당인 미치광이 과학자들은 인간을 기계의 노예로 전락시켜 지구를 장악하려는 음모를 꾸몄다. 이 문서는 그 과학자들의 계략을 연상케 했다.

만약 경제학자들이 실업률이 비정상적으로 치솟는 사태를 예측했다면? 그래서 정부와 게임 회사가 비밀리에 경제적 파국을 막을 프로젝트를 진행 중이라면? 수많은 인구를 시뮬레이터에 가두려는 계획이라면? 그렇다면 〈사무실 시뮬레이터〉와 문서의 의의가 들어맞는 게 많았다. 송 사원은 그 시뮬레이터의 효율을 확인하기 위한 도구일 뿐이고….

아니, 이건 망상일 뿐이다. 그래, 모든 게임은 세계관이 있지. 그 세계관의 기초인 거야! 정 과장이 게임의 개요를 짜기 위해 작성한 문서가 분명해. 그게 아니고서야 '쓴핵' 따위의 패스워드를 걸어놓는 게 가당키나 한가? 그런 거 치곤 도표들이 아주 자세했지만.

지윤은 칸막이 문을 열고 나가려 했다.

바깥에 마케팅부 김현지 대리가 서 있었다. 큰 키와 짧은 머리가 눈에 들어왔다. 오른손에 연기가 피어오르는 담배를 끼워 든 채였다.

"김 대리님, 화장실은 흡연 금지입니다만."

이런 말이 반사적으로 튀어나왔다.

"상관없어. 3시부터 4시까진 내 위로 돌아다니지 않으니까."

당장 부하 직원한테 담배 연기를 풍겨대는 건 괜찮다는 뜻인가요? 지윤은 혀가 근질근질했으나 입 밖으로 꺼내진 않았다. 지윤은 직장을 다니며 김 대리와 일대일로 말을 나눈 적이 드물었다. 서로 부서도 다를뿐더러 현지는 평소 과묵한 성격으로 유명했으니까.

지윤은 최대한 아무렇지 않은 척 손을 씻으려 했다. 긴장해서일까. 액체비누를 짜내는 손이 덜덜 떨렸다. 김현지 대리는 기분 나쁜 눈길로 지윤을 내려다봤다. 곧 현지는 손가락을 튕겨 담배꽁초를 변기통에 명중시켰다.

"충격적이지? 그 문서."

지윤은 손을 씻어 내리는 상태로 몸이 굳었다. 머리에 온갖 의문이 튀어 올랐다. 내 예상이 옳았던 걸까? 아니면 다른 얘기를 하는 건가? 맞든 아니든 현지는 어디까지 알고 있는 걸까? 당장 궁금증을 해결할 방법은 하나뿐이었다.

직접 물어보는 것.

"⟨사무실 시뮬레이터⟩가 앞으로 엄청난 역할을 할 거란 사실요?"

"응? 그게 더 충격적이었어?"

현지는 지윤에게 다가왔다. 지윤은 담배 냄새가 맴도는 현지의 입술을 올려다보았다. 현지는 목소리를 한껏 낮춘 채 나지막이 말했다.

"나라면 우리가 시뮬레이션 속에 있다는 게 가장 충격적일 텐데!"

지윤이 제자리로 복귀했을 때는 시간이 훌쩍 지나 있었다. 준호는 황 팀장에게 얻어 온 것처럼 보이는 난초 화분을 책상에 올려놓은 채였다. 건너편 자리에서 준호가 자꾸만 눈짓으로 신호를 보냈다. 지윤은 다른 생각에 정신 팔려 있었다.

"지윤 씨!"

준호가 날카로운 소리를 내자 지윤은 고개를 들었다.

"왜 이렇게 늦었어?"

준호는 갉구는 척하며 손짓으로는 파일을 건네달라는 모양새를 취했다. 지윤은 속이 좋지 않다는 이야기로 다른 직원들의 궁금증을 말소시키는 동시에 핸드폰을 들여다봤다. 현지와 화장실에서 나눈 대화가 머릿속에서 가시지 않았다.

— 주말에만 시간이 빨리 가는 이유가 뭔지 알아? 집 가서 빨리 쉬고 싶은데 업무가 늘어나 야근한 적 많지? 회사에 다닌 뒤로는 친구도 잘 안 보잖아, 볼 시간도 없고. 그렇지? 워라벨이니 뭐니 헛소리 같잖아. 그게 왜 그런 줄 알아?

현지는 지윤이 뭐라 반응하기도 전에 기관총처럼 질문을 쏘아붙였다.

— 시뮬레이션이 업무 제외 시간을 비효율적으로 설정해서 그런 거야.

이건 무슨 또 신선한 헛소리란 말인가. 상대성 이론에 의해 활동하는 물체보다 활동하지 않는 물체의 시간이 더 빠르기 때문에, 혹은 지구의 자전축에 가까워질수록 시간이 빨리 가서 주말에 누워 있는 시간이 휙휙 지나간다는 농담은 들어본 적 있지만… 지윤은 뒷걸음치며 팔로 등 뒤의 허공을 휘저었다. 화장실문고리라도 붙잡고 싶었다.

— 그러니까 이 문서가 게임 얘기가 아니라, 우리 현실을 이야기하는 거라고요?

— 그래. 거기 쓰여 있잖아. 화이트칼라 시뮬레이터.

현지는 그렇게 말하며 새로 담뱃불을 붙였다.

— 못 믿기나 보네. 그럼 이렇게 물어볼게. 지윤 씨는 자신과 송 사원이 다르다고 확신할 수 있어?

내가 송 사원만큼 그간 일 못하는 사원에 속했단 소린가. 인사팀도 아닌 주제에 뭘 안다고! 지윤은 어이가 없었다.

— 아니, 봐봐. 그 시뮬레이션으로 송 사원은 에이스가 됐어. 맞지? 그전에는 네가 송 사원보다 더 뛰어난 사원이었잖아. 렉터모빌로 송 사원을 그렇게 만들 수 있다면 왜 너한테는 안 그러겠냐는 거야. 다른 사람들도 마찬가지고.

그거야 쉽게 대답할 수 있었다. 렉터모빌은 국내에 상용화되지 않았으니 알파 테스트 용도로 해외직구한 품목밖에 없기 때문이다. 회계팀 장부에 엑셀로 명시되어 있고. 무엇보다 지윤은 알파 테스터가 아니었다.

— 내 말은 누구나 테스터가 될 수 있고 누구나 테스터일 수가 있다는 거지.

그러고선 사무실 시뮬레이터 팸플릿을 떠올려보라고 했다. 그 사실적인 그래픽 하며 그 문서의 정체는 무엇인지….

"그 말을 나보고 믿으라는 거야?"

메신저로 대화를 나누던 지윤에게 준호가 육성으로 외쳤다.

'저도 안 믿기는데요.'

지윤의 대답에 아랑곳하지 않고 준호는 끊임없이 메신 저로 질문을 쏟아냈다.

'그럼 내 업무실적은? 코리안 넘버원 맥주 클라우드가 가짜라는 건 아니겠지? 그러면 우리 엄마 아빠도 허상이 란 소리? 새로운 종류의 패드립인가? 너무하다고 생각 안 하니?'

아니 이 아저씨야. 그걸 나한테 따지면 안 되지. 나도 김 현지 대리한테 시달리다가 온 신세라고. 지윤은 한숨을 쉬 면서 인트라넷 메신저 창을 최소화했다. 워라벨 없는 일상 이 시뮬레이션 탓이라니. 송 사원이 아니라 내가 알파 테 스터일 수도 있다니. 물론 개발팀 문서는 석연찮긴 했다. 그러나 현지의 가설은 야근과 업무 과중에 시달리던 회사 원이 문서를 우연찮게 보고 꾸며낸 음모론으로밖엔 들리 지 않았다.

지윤은 괜히 사무실을 둘러보았다. 모두가 모니터에 열 중하고 있었다. 이곳이 시뮬레이터 안이라면 지금 당장 변 태 같은 박 주임 목에 가위를 꽂아 넣어도 상관없겠지. 아 니 아니, 그것보다 가족과 친구가 다 가짜라고? 전주에서 달마다 몸에 좋다는 영양제를 보내오는 어머니나 대학 입 시를 준비하는 동생, 주말마다 집에 그만 박혀 있고 술 먹 자고 난리를 부리는 친구. 그게 다 가짜일 리 없잖아….

메신저 알림음이 울리는 바람에 지윤은 상념 속에서 깨

어났다. 익명의 누군가가 메시지를 보내왔다.

'사무실을 빠져나와! 심 팀장이 호출하기 전에!'

이게 도대체 무슨 메시지인지 가늠하고 있을 때, 사내 전화기가 울렸다.

"지윤 씨, 이준호 주임 데리고 여기로 좀 와."

심 팀장의 목소리였다.

망했다.

팀장실에는 심 팀장뿐 아니라 개발팀의 황 팀장과 정 과장, 그리고 준호의 라이벌 박 주임까지 심술궂은 표정으로 둘을 기다리고 있었다. 지윤은 뭔 말을 할지 대강 눈치를 챘다. 딱 봐도 박 주임이 점심시간에 우리가 없던 거 일러바친 거겠지.

현실은 더 심각했다.

"확실해?"

심 팀장이 박 주임의 면전에 대고 입 냄새를 풍기며 묻자, 박 주임이 대답했다.

"확실합니다. 개발팀에서 저 친구의 뒤태, 아니 뒷모습을 확실히 봤다고요."

그러면서 박 주임은 지윤의 다리를 흘끔거렸다. 지윤은 진짜 박 주임의 눈알을 뽑아 믹서기에 갈아버리고 싶었다.

황 팀장이 헛기침하고 회계팀장실 커튼을 내리면서 중

얼거렸다.

"이 주임이 진짜로 난을 좋아하는 줄 알았는데 실망했어."

개발팀 정 과장은 말없이 손수건으로 벗겨진 머리를 쓸었다. 그리고,

"어디까지 알아?"

심 팀장이 물었다.

"예에?"

지윤이 반문했다.

"모르는 척은. 정일현 과장, 애들 불러봐."

심 팀장은 정 과장에게 턱짓했다. 정 과장이 마주 고개를 끄덕이고 문고리를 잡아당겼다. 그러자 말도 안 되는 광경이 펼쳐졌다. 선글라스를 끼고 민머리를 한 정장 차림 남자들이 검은 독수리 떼처럼 우르르 몰려든 것이다!

"핵쓴을 위하여!"

대머리들은 합창하며 지윤과 준호를 강제로 의자에 앉게 했다. 어깨를 잡아 누르자 근육을 찌르는 통증이 느껴졌다. 대체 무슨 상황인지도 감도 못 잡았는데, 준호가 소리쳤다.

"얘예요! 얘가 저한테 과장님 컴퓨터 털자고 했어요!"

이 배신자 새끼! 지윤은 무슨 소리냐고 반박하려 했다. 대머리들이 어깨를 너무 세게 누르고 있어서 목에서는 앓는 소리만 비집고 나왔다. 그들은 준호의 고발에는 아랑곳

하지 않고 심 팀장이 속삭이는 말만 따르고 있었다. 저들은 팀장에게서 입 냄새 따위 못 느낀다는 듯 로봇처럼 얼굴 하나 찌푸리지 않았다.

"준호 씨, 지윤 씨, 큰 걱정은 하지 마세요. 단지 테스트를 하는 거니까요."

가장 빛나는 대머리를 한 개발팀 정 과장은 고개를 낮추며 시윤에게 속삭였다.

"무슨 일이 있어도 꼭 기억해. 이 세상의 논리는 퍼즐게임과 다를 바 없다는 거."

그러고는 지윤이 되묻기도 전에 정 과장은 황 팀장 옆으로 성큼 다리를 옮겼다.

무심한 얼굴의 대머리 하나가 두 손에 익숙한 물건을 들고 있었다. 바로 렉터모빌이었다. 렉터모빌은 죄수를 구속하기 위한 수갑처럼 무시무시한 빛깔을 띠었다.

지윤은 김현지 대리가 화장실에서 누구나 알파 테스터가 될 수 있다고 부르짖던 모습이, 익명의 메시지로 누군가가 도망치라고 했던 게 떠올랐다.

대머리남이 지윤의 머리에 렉터모빌을 씌웠다. 렉터모빌이 눈을 가렸다. 시야가 어두컴컴해졌다.

2
화이트칼라 시뮬레이터는 있다

눈을 뜨자 지윤은 자신이 침을 줄줄 흘리며 회계팀 책상에 엎드려 있단 걸 깨달았다. 얼른 턱밑을 소매로 황급히 닦으며 주위를 둘러봤다. 다행히 다들 업무에 열중하느라 지윤의 침 범벅을 알아채지 못한 듯했다. 단 한 사람만 빼고.

송 사원이 실실 웃으며 옆자리에서 지켜보고 있었다. 지윤은 그 기름기 줄줄 흘러내리는 얼굴에 한 방 먹여줄까 했다. 그런데 수상한 의구심이 솟구쳐 올랐다.

"게임 시현실에 있어야 하는 거 아냐?"

"네?"

송 사원은 뭔 소리냐는 눈짓을 했다.

"게임 시현실, 아침마다 가잖아."

"제가요?"

"렉터모빌, 아니, 사무실 시뮬레이터 알파 테스터잖아 너! 금년도 최고 투자 VR 게임, 사무실 시뮬레이터! 몰라?"

지윤은 한참을 말하다가 송 사원의 얼굴이 일그러지는 것을 보고 그만뒀다. 어느새 회계팀원들이 지윤에게 당황스러운 시선을 보내고 있었다. 모두 지윤이 꺼낸 단어가 생소하다는 눈치였다.

"지윤 씨 제대로 개꿈 꿨나 본데?"

건너편에 자리한 이준호 주임마저 어이없다는 투였다.

그래그래. 회사에 갑자기 정장을 입은 대머리 요원들이 날 잡으러 오다니. 그럴 리가 없지. 게다가 사무실 시뮬레이터 같은 멍청한 게임을 만드는 회사가 대체 어딨겠어…. 지윤은 꿈속의 기억을 복기하며 말도 안 되는 지점을 하나씩 쳐냈다. 너무 생생한 꿈이라 담배나 태우며 홀홀 털어버릴 생각이었다.

흡연실로 가는 복도, 지윤은 전방에 개발팀 정 과장이 걸어오는 걸 보았다. 진지한 표정이 마치 방금 육식이라도 마친 대머리 살인마 같았다. 괜히 잘못한 거 같아 지윤은 뒤를 돌았다. 그러자 이번엔 마케팅팀 김현지 대리가 팔 척 귀신처럼 크고 긴 팔다리를 열심히 휘저으며 걸어오는 게 보였다. 앞에는 대머리 살인마, 뒤에는 팔 척 귀신. 물론 꿈과 달리 현실에서 저들은 지윤 따위는 간단히 무시할 게 분명했다.

지윤은 당당하게 허리를 꼿꼿이 세운 채 가던 길을 가려 했다. 그러자 정 과장이 거의 뜀박질에 가까운 속도를 내는 게 아닌가. 지윤은 소름이 돋아 발걸음을 멈췄다. 정 과장은 뭔가를 말하고 싶어 하는 것처럼 입을 크게 벌렸다.

갈고리 같은 힘이 지윤의 손목을 낚아챘다. 뿌리칠 틈도 없이 균형이 뒤쪽으로 기울었다. 김현지 대리가 잡아당기고 있었다.

"지윤 씨, 눈썹 다 지워졌네!"

완전한 연기 톤이었다. 지윤은 출근 시 화장을 포기한 지오래였다! 김현지 대리는 지윤을 끌고 여자 화장실로 들어가더니 재빨리 문고리를 잠갔다. 뭐지? 꿈속에서나 실제로나 화장실 마니아인가?

"사무실 시뮬레이터는 진짜야."

김 대리는 목소리를 한껏 낮췄다.

"예에?"

"우리가 시뮬레이터 안에 있다고 한 거랑 왜 워라밸이부족한지 얘기해준 거, 생각나지?"

"에? 어떻게 그걸!"

지윤은 가슴이 철렁했다. 그게 꿈이 아니었다고?

"기억해봐. 넌 렉터모빌을 강제로 뒤집어썼지."

현지는 누가 엿들을까 싶은지 칸막이 하나하나를 열어보며 말을 이었다.

"우리는 지금 화이트칼라 시뮬레이터 안의 사무실 시뮬레이터에 의한 시뮬레이팅 중이다. …그리고 너와 난 화이트칼라 시뮬레이터에 잠입한 스파이지."

"자자, 진정하고 들어봐. 요점은 너의 기억과 경험이 그에 맞게 조작됐을 수 있다는 거지, 그 기억 자체가 잘못됐단 게 아니야."

현지의 말에 따르면 지윤은 회사에 있는 게 아니었다. 렉터모빌을 끼고 침을 줄줄 흘리며 캡슐 안에 누워 있다고 했다.

"잠깐, 이런 말 하려고 아까 메신저로 도망치라고 한 거예요?"

"무슨 메신저? 설명이나 잘 들어!"

현지는 지윤이 지금의 시뮬레이터에 갇히기 이전 단계의 시뮬레이터에서 봤던 문서는 바로 현실을 가리키는 것이라 설명을 이어 나갔… 이게 죄다 무슨 소리야! 지윤은 벽에 머리를 처박고 싶은 심정이었다.

"너희 가족은 진짜일 수 있겠지. 그런데 그 기억의 순서가 시뮬레이터와 걸맞게 재편집되고 일부는 아예 삭제됐을 수 있다는 얘기라니까?"

이야기는 계속 원점으로 돌아갔다. 지윤은 고개를 세차게 흔들었다.

"그럼 왜 이제야 나타난 건데요? 네? 제가 무슨 스파이라면 오래전에 기밀이든 뭐든 탈취하고 도망쳤어야 정상 아닌가요? 게다가 대리님은 어떻게 시뮬레이션 속의 시뮬레이션까지 들어온 건데요? 대답해보시죠!"

"그야 너를 구해야 했으니까!"

현지가 버럭 목청을 높였다.

"회사 시뮬레이터는 기본적으로 시뮬레이터 내에서 하루가 지나면 기억을 자동으로 재배치한다. 반정부군 스파이들은 그걸 막기 위해 방화벽 모듈을 머릿속에 장착하지."

현지가 고개를 가로저으며 말했다.

"근데 너는 이쪽으로 넘어오면서 방화벽이 깨진 거야. 그런 네게 바로 정보를 털어놓는다? 인지 불일치 수용 범위가 단기간에 초과하면 뇌가 태워질 수도 있어. 난 네가 정보를 자연히 받아들일 때까지 인내심 있게 기다릴 수밖에 없었지."

그리하여 현지는 때가 되자 몰래 빼돌린 렉터모빌로 두 단계 시뮬레이터로 들어왔다고 했다.

지윤은 강압적으로 VR을 쓰게 만들었던 대머리 남자들과 정 과장의 자리에서 발견한 문서파일을 떠올렸다. 그렇다면 반정부군 뭐시기는 이 시뮬레이터에 의한 세뇌를 해체하려는 중이란 말인가.

현지는 낮게 속닥거렸다.

"또 이 세계의 담배 맛이 꽤 죽여주더군. 바깥에서는 이런거 못 피운다고. 맨날 싸구려 합성 꽁초나 말면서 인생 한탄이나…."

"알았어요! 알았어!"

지윤이 현지의 수다를 끊었다.

"그래서 어떡하자는 건데요?"

현지는 허공에 손가락을 들어 빙빙 돌렸다.

"기밀을 마저 찾고 탈출해야지 어쩌겠어."

지윤은 현지의 말이 긴가민가했으나 따라보기로 했다. 안 그러면 어쩔 건가? 꿈인 줄 알았던 기억까지 현지가 상세히 파악하고 있는데! 그런데 한 가지 걸리는 게 있었다.

"여기에 갇힌 사람이 나 말고 한 명 더 있어요."

지윤은 준호에게 아무도 모르게 5층과 6층 사이 층계참에서 얼굴을 보자고 문자메시지를 넣었다.

"…이렇게 저희는 사무실 시뮬레이터에 갇힌 거죠."

대머리들이 둘에게 렉터모빌을 강제로 씌웠다고 하는 부분에서 준호는 거의 웃다 자빠질 뻔했다. 흥미진진하게 듣던 준호는 "이 흥미진진한 아이디어를 기획팀에 전해줄 테니 힘내라."라면서 어깨를 툭툭 치고 가려 했다. 그러나 계단에 발을 올려놓았을 때, 준호가 머리를 부여잡고 나동그라졌다. 그러고는 쇼크에 걸린 듯 신음을 흘리면서 데굴데굴 굴렀다. 지윤은 어찌할 바를 몰라 괜찮냐는 말만 반복했다. 준호가 벌떡 상반신을 일으켰다.

"다, 다 기억났어! 네 말이 사실이었어!"

아무래도 머리가 깨지며 망각에서 깨어나는 효과였나 보다! 지윤은 팔에 소름이 돋았다. 현지가 한 말이 다 맞는 건가?

준호는 부축을 받아 일어서다가 헉 소리를 냈다.

정 과장이 손수건으로 이마를 훔치며 내려다보고 있었다.

"그래, 기억났단 말이지?"

정 과장은 층계를 한 칸 한 칸 내려왔다.

"김현지 대리가 너를 데려가서 다 알려주던가? 응? 어디까지 안 거지? 관리자와 실험체에 대해 말해줬나?"

정 과장은 층계참에 닿자마자 지윤에게 바짝 다가섰다. 이제 윽박지르는 목소리였다. 전에 담배를 같이 태우며 보여줬던 다정다감한 목소리 따윈 어디에도 없었다. 지윤은 우물쭈물했다. 금방이라도 대답하지 못하면 렉터모빌 속에 한 번 더 가둬버릴 기세였다.

그 순간 누군가 천장 환기구에서 층계참으로 뛰어내렸다. 당혹스러운 표정을 짓던 정 과장은 천장에서 떨어진 자에게 목을 가격당했다. 준호가 외마디 비명을 질렀다.

"이제 어쩌면 되죠?"

지윤이 물었다.

정 과장을 기절시킨 현지가 눈가에 드리워진 머리카락을 입김으로 불었다.

"비현실 구간으로 가야 해."

"그런데요⋯."

준호가 입을 열었다.

"우린 그럼 화이트칼라 안에서 사무실 시뮬레이터로 또 들어왔단 건데, 뭐 하러 그런 짓을 해요?"

그들은 지하로 내려가고 있었다. 세 사람은 각기 다른 층에서 흩어졌다가 감시카메라가 어느 구간에도 설치되지 않은 비상계단에서 만났다. 현지의 말에 따르면 회사의 '관리자'들을 눈속임해야 헀다.

"여긴 노동 감옥이야."

현지가 조용히 말했다.

"송 사원 봐봐. 멍청하기 짝이 없는 게, 화이트칼라 시뮬레이터의 효율성을 온몸으로 거부하는 놈이잖아. 회사에 적응 못 한 태생적 반골이나 사로잡힌 반란군을 가두기 위해 특별히 만든 두 단계 시뮬레이터지! 너희가 문서를 발견했다고 하자마자 바로 가둔 이유가 뭐겠어?"

지윤은 묵묵부답으로 듣기만 했다. 아까부터 정보가 한꺼번에 들어왔다. 그럼 내 과거는 뭐란 말인가. 어머니와 동생에 대한 진실이 재조합됐다면 현지가 말한 '반정부군'으로 활동한 과거는 어떻게 된 건가. 현지는 그런 부분에 대해서 하나도 알려주지 않았다. 아니, 물어봐도 본인 중심 이야기로 흘러갔다.

"네가 머리를, 내가 육체파를 담당했지. 가상현실 속 격투대회에서 승리한 챔피언인 나는…."

이쯤 되자 지윤은 헐떡거리면서 계단을 내려가는 데만 집중했다. 분명 맨 아래층인 '지하 4층' 팻말이 박힌 층계가 나타났지만 현지는 발걸음을 멈추지 않았다. 현지의 가설에 따르면 이 회사는 건축물 디자인을 복사한 것 같은 '반복 구간'이 수두룩했다. 그렇다면 어딘가에 시뮬레이터 창조자들이 실체적으로 구현하지 못한 구간, '비현실 구간'을 발견할 수 있으며, 그곳이 이 공간의 약점 데이터와 탈출 경로를 숨겨둔 곳이란 뜻이었다.

비현실 구간이라니, 정말 현실적이지가 않군! 지윤은 건축물에 비슷한 구간이 많은 건 당연한 거 아닌지 따지려다 말았다. 일단 믿어보기로 했으니까. 그리고 거짓말처럼 지하 계단은 지하 4층 아래로 계속 이어졌다! 다리가 너무 아파서 지윤이 '도대체 이따위 계단은 얼마나 이어지는 거야!'라고 소리치려고 할 즈음이었다.

"도착했다."

문이 열리면 우주 같은 배경이라도 튀어나올 것 같아 지윤은 심호흡했다. 거짓말처럼… 평범한 지하 주차장이 펼쳐졌다. 주인이 누구인지 알 수 없는 차가 군데군데 들어서 있었다. 현지는 앞장서서 지하 주차장 관리실로 일행을 데려갔다. 잠깐, 이 관리실은 지하 4층에서 봤던 관리실과 똑같은 관리실인가? 아니면 이쪽이 '진짜' 관리실인가? 아니, 시뮬레이터 안의 시뮬레이터니까 아무것도 아닌가? 지윤은 괜한 의문이 들었다. 관리실에는 아무도 없었다.

"수십 번씩 사내 직원 동선 체크를 하며 회사 구석구석을 남몰래 탐험하는 동안 말이야, 비현실 구간을 발견할 수 없었어. 사내 모든 팀과 환기구와 하수도까지 뒤지고 다녔지만…. 하지만 난 기어코 찾아내고야 말았지."

현지는 관리실 옆, 벽면 달린 정체불명의 문 앞에 섰다. 문에는 '관세자 외 출입 금지'라는 팻말이 달려 있었다. 현지는 바로 문고리를 당겼다.

"이게 바로 너와 내가 함께 여기 들어온 이유야."

거기엔 거대한 벽돌 맞추기 퍼즐이 붙박여 있었다.

지윤은 벽돌 맞추기 퍼즐을 향해 홀린 듯 걸어갔다. 입이 저절로 벌어졌다. 어쩐지 낯익은 퍼즐이었다. 그래, 이것 때문에 내가 그동안 퍼즐 게임을 열심히 클리어 해온 거야. 그런 생각이 절로 들었다. 현지도 지윤이 '머리'를 담당했다고 하지 않았던가? 흐릿한 회상이 꿈틀대며 두뇌를 파고들려 했다. 한 가지는 똑똑히 기억났다. 이건 기밀암호였다. 퍼즐을 가장한 암호!

"핵쓴을 위하여!"

그때 우렁찬 고함 소리가 지하 주차장에 메아리쳤다. 자동차들 사이에서 정장을 입은 대머리들이 튀어나왔다! 비상계단, 중앙계단, 엘리베이터 문이 열리더니 수많은 대머리들이 쏟아지기 시작했다.

"핵쏜을 위하여!"

녀석들은 구호를 외치듯 합창했다.

"으아아아! 어떡해요!"

준호는 비명을 지르며 현지의 넓은 등짝 뒤로 숨었다. 현지는 손날을 세워 싸울 태세를 취했다.

"정 과장을 기절시킨 걸 들켰나 보군! 지윤, 빨리!"

빨리? 아무리 이 퍼즐 때문에 왔다는 게 느껴졌다만, 정작 이 퍼즐을 어떻게 풀이하는지는 떠오르지 않았다. 대머리들이 도달하기 직전이었다. 지윤은 퍼즐에 팔을 뻗어 벽돌을 짜 맞추었다.

"땡땡땡! 틀렸습니다!"

퍼즐을 맞추는 데 실패하자 얄미운 기계음이 울렸다. 지윤은 욕을 곱씹은 뒤 다시 시도했다. 대머리 한 명이 달려와 현지를 향해 주먹을 휘둘렀다. 준호의 비명과 함께 둔탁한 소리가 났다. 현지가 대머리에게 당수를 먹여 쓰러트린 뒤였다. 그 뒤로 줄줄이 딸려 온 대머리들 역시 현지의 손날에 맞고 컥 소리를 내며 기절했다.

준호는 전혀 도움 되지 못하고 현지 뒤에서 이리저리 도망치기에 바빴다. 지윤은 재빠르게 퍼즐을 맞췄다. 아니, 이번에도 틀렸다는 짜증 나는 음성이 들렸다.

"나도 곧 한계야! 17대1은 불가능하다고!"

현지가 소리쳤다.

지윤은 잠깐 눈을 감았다. 그리고 기억에 집중했다. 이제까지 풀어왔던 퍼즐 게임이 하나씩 떠올랐다. 클리어한 퍼즐 게임을 거슬러 올라가며 해답을 찾고자 했다. 이상하게도 나이 든 남자의, 정 과장의 목소리가 마음속에 울렸다.

— 퍼즐 게임은 뭐든 간 패턴만 알면 다 깰 수 있어. 이 세상의 논리도 마찬가지지.

패턴. 바로 그거다! 지윤은 이와 유사한 퍼즐 게임을 수두룩 풀이했다. 지윤은 눈을 뜨고 퍼즐 풀이를 재개했다.

준호는 이제 거의 울 지경이 되었고, 현지가 숨을 헐떡였다. 대머리들이 단체로 지친 현지에게 달려들 때, 경계 해제음이 울렸다.

퍼즐벽이 옆으로 밀려났다. 간격이 1미터도 안 되는 비좁은 통로가 나타났다.

"얼른 뛰어요!"

준호와 현지는 몸을 던지듯 돌진해왔다. 일행이 통로로 뛰어들자마자 지윤은 문을 닫았다. 대머리들이 닫힌 입구에 우당탕 부딪혔다.

통로 계단이 위로 길게 이어져 있었다.

그들이 계단을 올라 도착한 곳은 건물의 꼭대기 층이었다. 말 그대로 '비현실 구간'을 통과해 도달한 것이다.

"서른 계단 만에 여기라고?"

준호가 꼭대기 층 전면 유리창을 내려다보며 호들갑스러운 목소리로 말했다. 자동차들이 도로에 쌩쌩 지나다니는 모습이 마치 장난감 같았다. 유리창 앞으로는 사무용 탁자와 의자, 그리고 나란히 마주보고 있는 소파가 보였다. 지윤은 이제 정말로 현지를 믿을 수밖에 없었다.

"여기 어딘가 기밀이 있을 거다."

현지는 탁자 서랍을 뒤져 문서를 살피다가 외쳤다.

"저기!"

준호가 오른편 구석에서 송 사원을 발견했다. 미동도 하지 않고 있어 하마터면 동상인 줄 알고 지나칠 뻔했다. 송 사원은 철제 의자에 앉아 렉터모빌을 착용하고 있었다. 잠깐, 아침에 송 사원을 분명 봤는데 왜 여기서 저러고 있지? 지윤은 고개를 갸웃했다. 송 사원의 팔다리는 쇠사슬에 붙박인 채였다. 그는 무아지경에 빠진 사람처럼 입이 벌어졌다. 현지가 달려들어 헤드셋을 풀어주려고 했다.

어디선가 느린 박자의 박수 소리가 울렸다.

"용케도 여기까지 왔군."

심 팀장이 구석에 세워진 돌기둥 뒤편에서 등장했다.

"엥? 언제 여기 온 거예요?"

준호가 물었다.

"엘리베이터 타고 왔는데?"

심 팀장은 간단히 답변했다.

"놀란 표정이군. 회사에 돌아다니는 놈은 송 사원 NPC 다. 이쪽이 진퉁이지. 너희도 곧 이렇게 될 테니 안심해."

심 팀장은 입가에 거품을 흘리는 송 사원을 가리키며 말을 이었다.

"곧 야근을 여섯 배로 하게 될 테니까. 송 사원 저 친구는 결국 서렇게 '뉴-오피스 시뮬레이터'까지 꺼내 들게 하더군."

"뉴 오피스… 뭐라고요?"

지윤이 외쳤다.

"길들여지지 않은 반골 분자들을 오직 사무직 맞춤형 인간으로 재사회화하기 위한, 시뮬레이터 상의 시뮬레이터 상의 시뮬레이터! 뉴 오피스…!"

"이제 그만하면 됐으니까 풀어줘!"

지윤이 손날을 세워 전투 동작을 갖추며 외쳤다.

그 순간 준호가 팔로 현지의 어깨를 감싸 움직임을 봉쇄했다. 어디서 챙겨왔는지 모를 쇠자를 목에 들이대고서.

"미안해."

준호가 빙긋 웃으며 말했다.

"이제야 사실을 밝혀서. 내가 이 시뮬레이터의 관리자야!"

지윤은 몸이 굳었다. 도대체 어떻게 판이 돌아가는 건지 알 수가 없었다. 준호가 이제 와서 관리자라니! 불리해질 것 같으니까 저쪽 편에 붙은 건지 아니면 처음부터 관리자에 속했다는 건지, 누가 설명 좀 했으면 싶었다.

"네가 바로 미끼였군. 비겁한 자식."

현지가 버둥거리며 말했다.

"동맥이 끊어지고 싶지 않으면 가만있어."

준호는 쇠자 모서리로 현지의 목을 꾹 누르며 말했다.

"그대로 있으면 그분께서 오실 거다."

이윽고 엘리베이터 도착음이 울렸다. 비싼 정장을 입은 남자가 정 과장을 대동하고 들어왔다.

지윤은 아주 잘못된 방향으로 사건이 전개되고 있다는 걸 직감했다. 꼭대기 층에 새로 등장한, 비싼 정장을 입은 인간의 얼굴만 봐도 그랬다. 애초에 저건 얼굴이라고 보기도 어려웠다. 다리부터 가슴께까지는 단정한 정상 차림새의 평범한 남성처럼 보였으나, 목 윗부분은, 얼굴이 없었다! 그 자리에는 두꺼운 '핵쏜'이라는 산세리프체 글자가 허공에 둥둥 떠 있었다.

"여기까지는 아직 구현이 안 됐군."

심 팀장은 혀를 찬 뒤 손가락을 탁, 튕겼다.

그러자 새로 등장한 남자와 김현지 대리가 노이즈 영상처럼 픽셀화되더니, 말 그대로 허공으로 증발했다. 준호가 협박하고 있던 사람이 온데간데없이 사라진 것이다.

"자자, 여기가 진짜 보스가 나오는 구간이야. 지윤 씨,

고생했어. 덕분에 알파 테스트는 성공적이었네.”

지윤은 어리둥절했다. 방금까지 고함을 지르던 심 팀장의 말투가 너무나 유순해졌다.

“게임이야.”

준호가 너털웃음을 터트렸다. 지윤은 아직도 사태를 짐작하지 못했다.

“이세까지 그냥 게임 테스트였다고! 이제 왜 게임 이름이 ‘사무실 시뮬레이터’인 줄 알겠어? 단순하게 사무실만 구현한 게 아니라고.”

지윤은 비틀거리면서 탁자에 몸을 기댔다. 온몸에서 기운이 쭉 빠졌다. 고작 다 게임이었다고? 언제부터? 그럼 내가 핵쓴이라는 회사에 취직한 건 맞는 건가? 회계팀에서 일하면서 알파 테스터가 된 건가? 성희롱하는 박 주임이나 난초 마니아 황 팀장은 어떻게 된 건데? 대머리들은 게임이라서 그렇게 비현실적이었던 거라면… 언제부터가 게임이었다는 거지? 그리고….

“잠깐, 김현지 대리는요? 갑자기 왜 사라진 건데요?”

지윤이 소리쳤다.

“김현지와 송 사원이라는 사람은 원래 없어, 지윤 씨. 다 NPC야. 로그아웃하면 전부 기억날 거야! 송 사원 같은 구제 불능 직원이 어떻게 입사했겠어?”

심 팀장이 지윤의 어깨를 주먹으로 툭툭 건드리며 말했다. 심 팀장은 이 게임이 여러 명의 NPC와 각자 악역과 선한 역을 나눠 맡아 전개된다며, 지윤이 주인공을, 심 팀장과 준호, 정 과장이 악역을 담당해 플레이한 것이라고 주절주절 떠들었다.

"아 맞아! 정 과장! 지윤 씨에게 마지막 과제를 풀어달라고 하게."

심 팀장이 손짓했다.

정 과장은 조용히 걸어와 핸드폰을 내밀었다. 지윤은 정 과장을 올려다보았다. 식은땀 흐르는 대머리 아래로 흔들리는 눈동자가 보였다.

"음, 마지막 퍼즐을 주인공이 겨우 풀어내서 이 세계의 핵심 데이터를 폭파하고, 현실 세계로 빠져나가는 게 원래 시나리오지."

정 과장이 더듬더듬 설명했다. 그가 내민 핸드폰 화면은 두 개로 분할되어 있었다. 하나는 퍼즐 게임 화면, 또 하나는 메모장이었다.

'저들을 믿지 마. 너에겐 진짜 과거가 있어.'

메모장에는 이렇게 쓰여 있었다. 지윤은 다시 한번 그와 눈을 마주했다. 그리고 이제 알 것 같았다. 심 팀장에게 끌려가기 전, 메신저로 경고해준 사람이 누구인지를. 동시에 그간 정 과장이 틈만 나면 만나서 들려줬던 얘기들이 생각났다. '이 세상은 퍼즐처럼 정해진 패턴으로 구성되어 있다'라고 했던가.

지윤은 냉큼 핸드폰을 받았다.

준호와 심 팀장은 웃으면서 눈치를 주고받았다. 정 과장은 헛기침하며 뒤로 물러났다.

지윤은 퍼즐 게임을 진행했다.

"지윤 씨, 지금 이디까지 클리이했"

이라고 준호가 운을 뗐을 때, 지윤은 마지막 퍼즐을 끼워 맞추고 있었다. 그리고 준호는 말을 끝마칠 수 없었다.

폭음이 들리며 세상이 온통 새하얘졌기 때문이다.

3
진짜 세계

비상벨이 울리고 있었다. 머리가 지끈지끈했다. 지윤이 눈을 뜨자 정 과장, 심 팀장, 그리고 준호가 보였다. 그들은 전부 흰 가운을 입고 머리에는 복잡한 전선이 연결된 VR이 씌워져 있었다. 어두운 조명 사이로 빨간 불빛이 사이렌 소리에 따라 깜빡거렸다.

"젠장! 캡슐에서 모두가 깨어났어요!"

준호가 계속 소리쳤다.

"센터의 서버 전부가 끊어졌습니다!"

지윤은 몸을 내려다봤다. 팔다리가 철제 수갑에 포박된 게 보였다. 양옆으로는 김 대리와 송 사원이 똑같은 모양새로 붙잡혀 있었다. 아니…, 틀렸다. 김 중사와 송 병장이었다.

터질 것 같은 뇌 속으로 본래 기억이 쏟아졌다. 그래, 지윤과 김현지 중사, 송 병장은 화이트칼라 시뮬레이터에 잠입한 스파이였다. 자유 독립 지역에 가족과 숨어 살다 반란군 훈련을 받아 가상 세계를 무너트릴 글리치 데이터를 훔치려 한 스파이. 데이터 패스워드 해킹에 능통한 신지윤 중위, 전투전문가 김현지 중사, 지원 병력 송 병장. 그들은 정부군에게 발각되었고, 화이트칼라 시뮬레이터에 갇혀 고문당했다.

"정일현 박사! 어떻게 된 거지? 저놈이 퍼즐을 백 번째 풀 때, 스파이 방화벽 코드가 해독될 거라고 하지 않았나?"

이들은 시뮬레이터를 통해 반정부군의 기밀을 갈취하고 이중 스파이를 밝혀낼 심산이었다. 화이트칼라 시뮬레이터에 갇힌 일반 아바타들을 끌어와 회사원들로 배치한 뒤, 암호 코드를 분산시킨 데이터로 이루어진 퍼즐게임들을 끊임없이 풀게 한 것이다.

이번이 네 번째 시뮬레이션이었다.

"글쎄요, 오류가…."

정일현 박사가 우물쭈물했다. 그러자 준호가 렉터모빌을 벗더니 각종 도구가 놓인 철제 테이블로 다가가더니 주사기 하나를 꺼냈다.

"야, 뭐 해? 우리 센터의 화이트칼라 시뮬레이터 노동인구가 죄다 깨어났다니까!"

심 팀장, 아니, 심원현 원장이 버럭 소리를 질렀다.

"일단 이들부터 다시 잠재워야 할 것 아닙니까?"

저들이 실랑이를 벌이는 동안 지윤은 팔다리에 힘을 줬다. 꿈쩍도 하지 않았다. 아니야, 안 돼. 다시 시뮬레이터로 돌아갈 수 없어! 김현지 중사와 송 병장은 아직 약에 취해 있는지, 아니면 현실을 구분 못 하는지 몽롱한 얼굴이었다. 마침 심 원장과 다툼을 그친 준호가 주사기를 들고 접근했다.

그때 총성이 울리고 준호의 가슴팍에 피가 튀었다.

핏자국을 내며 쓰러진 준호의 뒤로, 정일현 박사가 권총을 쥐고 있었다. 정 박사는 당황한 심 원장의 면상에 총구를 겨냥했다.

"너 이 배신자 개새끼!"

총탄이 심 원장의 대갈통을 뚫었다. 정일현 박사가 수갑을 풀어주려고 달려왔다.

"당신이 풀어낸 퍼즐들은 반정부군 방화벽 암호 코드 데이터가 아니었어. 시뮬레이터 방화벽 암호 코드였지…."

정일현 박사가 숨 가쁘게 말을 이었다.

"결국 이 지역의 노동 시뮬레이터는 죄다 박살이 났군."

그들은 연구원들이 온통 혼비백산한 센터 복도를 지나쳐 비상 사다리로 옥상에 오르는 중이었다. 김현지 중사는 정신 차리지 못하는 아직 송 병장을 벨트로 동여맨 채 업고 있었다. (그전에 지윤이 "김현지 중사! 일어나!" 하며 몇 번 뺨을 때리자 김 중사는 정신을 차렸다.) 정일현 박사에 따르면 송 병장 혼자 뉴-오피스 시뮬레이터 단계까지 들어갔다 나왔으니 깨어나려면 시간이 필요하다고 했다.

"악독한 놈들!"

김현지 중사가 부르짖었다.

"그래서 정 과장, 아니 정 박사님. 이제 우리는 어떻게 되는 거죠?"

지윤이 나지막이 물었다. 그들은 사다리를 타고 원통형 건물 꼭대기에 다다랐다. 광활한 황무지가 펼쳐져 있었고, 수십 채의 돔 형태의 센터 건물들이 줄지었다. 모든 건물에서 사이렌이 울리고 있었다.

"방화벽을 박살 낸 게 우리라는 걸 알아채기 전에 탈출해야지."

정 박사가 가리킨 곳에서 헬기 형태의 탈출 드론이 날아오고 있었다. 이제 집으로 갈 차례였다. 현지는 송 병장을 바닥에 내려놓고 조금만 버티라고 속삭였다.

정말 퇴근하고 싶었어.

지윤은 조금 쉬고자 하는 심정으로 주저앉았다. 푸른 하늘 일부가 잠시 깨진 화면처럼 바스러졌다. 지윤은 그저 눈이 아파서 착시가 일어난 거라고 생각했다.

아뷸러스
해체양식의 비밀

책벌레와 고양이엄니는 예티 연금술사의 오두막을 털기로 했다.

　"그곳에 마블러스 해체양식의 비법이 숨겨져 있을 거야."

　고양이엄니가 단언했다.

　예티 연금술사의 오두막은 바위언덕 꼭대기에 있었다. 수많은 회색 지붕이 처마를 맞대고 늘어선 바위언덕은 미로처럼 구불구불한 골목이 한없이 이어졌다. 그 끝에 자리잡은 허름한 오두막은 마치 높은 성의 망루처럼 보였다. 책벌레는 연금술사가 예티 특유의 굵직한 다리를 질질 끌며 언덕배기를 힘겹게 오르내리는 상상을 했다. 그 어떤 강인한 종족이라도 매일 아침 반복되는 출근 앞에선 나약해지기 마련이다. 그래도 책벌레는 연금술사가 자신보다 나은 인생을 살고 있을 거라 믿었다.

＊

까마귀 시(市)는 어디를 둘러보든 바위언덕과 유사한 광경이 펼쳐진다. 녹슨 벽돌로 둘러싸인 집들이 층층이 쌓여 종탑처럼 솟아올라 고층 건물을 형성하며, 주술사와 마녀와 연금술사들이 실험용 냄비에서 뿜어낸 연기가 창틀 사이로 피어오른다. 독성물질 냄새를 맡은 주민들은 시청에 민원을 넣고는 마도사들을 화형시켜달라고 아우성친다. 그러나 지식의 금기를 야만과 등치한 현 정부의 방침에 따라 화형식은 1년에 한두 번으로 제한되었다.

나무에 기생하는 버섯들처럼 다닥다닥 붙은 지붕 아래는 방 한 칸짜리 집들이 빼곡하다. 그러므로 주거지의 평방이 얼마나 넓은가는 윤택한 삶을 재단하는 기준이 될 수밖에 없다. 책벌레는 고양이엄니의 코딱지만 한 방에 신세를 지고 있었으니 허름한 오두막이라도 소유한 예티 연금술사가 부럽기만 했다.

본디 책벌레는 전갈마녀의 넓은 저택에서 안락한 생활을 즐겼다. 호문쿨루스 주식회사가 강제로 해산되기 전까지, 종일 난롯가에서 불이나 쬐는 노쇠한 전갈마녀 대신 마도서의 주문을 읽거나 기억하는 일을 했다. 늙은 전갈마녀는 한때 열대지역을 공포로 몰아넣었던 그 악독한 꼬리마저 들어 올리기 힘들어했으므로, 책벌레가 여덟 개의 다리를 부지런히 움직여 곤충을 채집해줘야만 했다. 책벌레는 늙은 전갈이 죽은 곤충들로 허기를 채우는 모습을 바라보며 성취감을 느꼈다. 그 시절 책벌레는 주인을 만족시키는 것만이 호문쿨루스로서 인생의 전부라고 여겼다.

전갈마녀는 원래 본인과 닮은 호문쿨루스를 제작해달라고 요청했으나 절지동물 간의 차이를 인지하지 못한 인간 연금술사에 의해 책벌레는 거미의 모습을 본떠 만들어졌다. 생물학 공부를 게을리한 인간 연금술사는 반인반충의 하체가 어떻든 허리 윗부분만 인간처럼 제작하면 된다고 생각했다. 전갈마녀 기준에선 인간이야말로 전갈의 하체 대신 고릴라 같은 다리 두 짝을 가진 반갈반수에 해당했다. 그러나 인간 연금술사의 인식을 변화시킬 만한 논쟁을 벌일 힘이 없었던 노쇠한 마녀는 불평을 제기하지 못했다.

연금술사들은 주문된 종족의 정자와 해당 종족과 유사한 종족이 싸지른 배설물(인간이라면 침팬지의 배설물)과 액체금속, 지방산, 천 년 이상 퇴적된 흙을 혼합하고 40일 동안 묵힌 뒤, 증류기에 혼합물을 넣고 가열한다. 그렇게 탄생한 인공 씨앗에 26가지 연금술 문자를 새겨 넣으면 호문쿨루스가 완성된다. 좁쌀만 한 씨앗에 문자를 새겨 넣는 작업은 보석을 세공하는 것보다 까다로웠는데, 호문쿨로스 주식회사는 애초에 악필을 쓰는 연금술사를 고용하지 않았다.

인공종족 제조업체에서 호문쿨루스의 흥행성적은 기록적이다. 단순한 신경성 반응만 보이는 실험용 플라스크 인간이나 제작에 실패할 확률이 높은 키메라, 좀비랑 그다지 다를 바 없는 프랑켄슈타인식 피조물 따위는 당초 시장에 내놓기 부끄러운 상품이었다. 호문쿨루스는 사료만 적절히 내주면 알아서 먹고 잤으니 기르기도 간편했다. 우중충한 까마귀 시를 관광지로 부흥시킨 마블러스 해체양식과 견줄 만한 현상은 호문쿨루스뿐이었다.

호문쿨루스 주식회사가 해산했을 때, 까마귀 시의 지성체 분류법에 통과해 시민으로 인정받은 인공종족들에게 해방령이 내려왔다. 하지만 주식회사가 제조한 인공종족 중 분류법에 통과한 건 소수에 불과했다. 순전히 자신들의 입장에서 평가한 배심원들의 관점에 의거한 분류였기 때문이다. 책벌레는 운 좋게도 그 소수에 해당하였고, 공무원들의 명령에 따라 전갈마녀한테서 자유를 얻었다. 그는 자유인 신분으로 이 골목 저 골목 구르다가 검은 산맥에서 이주해 온 독거미 부족 노숙자들에게 받아들여졌다. 하수도 근처에서 생필품을 건져내거나 익사한 동물 사체를 먹이 삼아 생활하던 그들은 버려진 호문쿨루스용 사료 봉지만 챙기는 책벌레를 의심스럽게 쳐다봤다. 얼마 못 가 인공거미임이 들통난 그는 "실도 제대로 뽑지 못하는 가짜"라는 모욕적인 언사와 함께 발길질과 함께 추방당했다.

쫓겨난 책벌레는 추위를 피해 '바위 속의 수수께끼'라는 술집을 찾았다. 동굴 트롤 '으깬 방망이'가 운영하는 이 술집에서는 매일 밤 퀴즈 대회가 열렸다. 모든 동굴 트롤처럼 다리 밑을 지나는 부랑자들한테 수수께끼를 내던 으깬 방망이는 그 특유 유머 감각으로 매일 밤 기막힌 문제를 고안했다. 바 테이블에 내기꾼들이 쌓아둔 지폐가 한가득하였고, 퀴즈 참여자들에게 돈더미 일부를 수령할 기회가 주어졌다. 마녀의 서재에서 지식을 축적한 책벌레의 상대가 될 사람은 아무도 없었다. 그는 상금을 받자마자 시장지구로 향한 뒤 호문쿨루스용 사료와 부랑자 천막을 비롯한 생필품을 구입했다. 그 뒤로 책벌레는 술집에 살다시피 하며 빈번히 상금을 싹쓸이했다. 하루는 대회를 마치자마자 술꾼들에게 구타를 당할 뻔했는데, 난쟁이 기사가 쇠몽둥이를 휘둘러 그를 구해줬다. 난쟁이 기사는 줄행랑치는 주정뱅이들을 보며 중얼거렸다.

"난 고양이엄니요."

사실 고양이엄니와 책벌레는 구면이었다.

마도사들은 심부름 용병단에게 일부 금액을 지불하고

재료를 제공받는다. 고양이엄니 또한 심부름 용병단에 소속되어 있었다. 고양이엄니는 험준한 산꼭대기나 식인 촉수가 도사리는 깊은 바다는 물론 용의 불꽃이 솟구치는 용암지대를 탐험하며 재료를 찾아 헤맸다. 전갈마녀는 고양이엄니의 단골로, 남쪽 열대우림에서 약초와 짐승 사체를 가져달라고 부탁했다. 고양이엄니는 열대우림에서 나방인간들의 탐욕스러운 흡혈 주둥이를 쇠몽둥이로 뭉개며 살아 돌아왔다. 전갈마녀가 지불한 금값은 용병단이 가로채는 수수료와 월세를 제외하면 한 달을 겨우 버틸 만한 정도였다. 고양이엄니는 전갈마녀의 저택에서 부지런히 빗자루질하는 책벌레를 여러 차례 목격했다.

책벌레가 훌쩍대며 사정을 털어놓자 고양이엄니는 한숨을 쉬며 전갈마녀의 비보를 알렸다. 늙은 전갈마녀는 어느 날 침대에서 딱딱한 껍질만 남긴 채 세상을 떠났다고 했다. 책벌레는 그 이야기를 듣고 슬피 울다가 정신을 잃었다. 때마침 옆 테이블에서는 맥주를 들이켜며 마뷸러스 해체양식에 관해 떠들어대고 있었다. 마뷸러스 해체양식은 까마귀시의 모든 곳에서 예술적 유행을 선도했다. 마도사들의 기술이 총집합된 최고 문화 형태이며 이를 넘어설 게 없다는 것이었다. 그러나 고양이엄니는 그게 뭔지 여태껏 구경해본 적도 없었다.

마뷸러스 해체양식을 접목한 문화 콘텐츠 중 가장 유명

한 것은 삼족오 특별 극장에서 개최되는 대형 연극들이다. 삼족오 극장은 공로를 인정받은 귀족과 거액의 세금을 지불하는 대상인들만 출입할 수 있었다. 술꾼 중 한 명이 이윽고 주먹만 한 구슬을 테이블에 내려놓았다. 마블러스 해체양식을 취급하는 상점에서 비싸게 구매해온 장난감이라 했다. 고양이엄니는 책벌레가 정신을 잃은 틈을 타 옆자리를 서성거렸다. 구슬 내부는 보이지 않을 정도로 미세한 무언가가 우글거릴 뿐, 제대로 알아볼 수 있는 게 없었다.

"확대경으로 들여다봐야 진정한 마블러스 해체양식의 맛을 알 수 있지."

술꾼 하나가 말했다.

얼마 후, 책벌레는 고양이엄니의 추천에 따라 직업알선소를 방문했다. 직업알선소에서는 책벌레를 대형 서점 '바벨'로 보냈다. 바벨에서 책벌레는 서점 경비를 담당했다. 경비라 해봤자 가끔 책을 훔치는 소년들을 잡아서 혼내주는 일밖에 없었다. 서점 매니저가 간혹 책벌레에게 실을 뿜어서 아이들을 거꾸로 매달아놓으라고 했지만, 진짜 거미족이 아닌 책벌레는 실실 웃어 보이는 수밖에 없었다. 바벨은 육각형 모양의 커다란 건물 형태로, 꼭대기가 보이지 않을 정도로 하늘을 향해 뻗은 벽을 서가들이 꿰차고 있었다. 책벌레는 목을 뒤로 젖히며 마치 안쪽에서 보면 책들로 이뤄진 건물인 듯한 이 풍경을 응시하길 좋아했다.

그리고 운 좋게도 책벌레는 금방 거처를 구했다. 시청 인근 고지대의 작은 방에서 룸메이트를 구한다는 전단지가 서점 정문에 붙어 있었다. 시청 인근이라기에는 방값이 너무나도 싼 탓에 책벌레는 이끌리듯 주소지로 향했다. 경사진 골목길을 따라 걷는 동안 책벌레는 진짜 거미족이라면 실을 뿜어 저 높은 지붕들을 단번에 뛰어넘었을 거라고 생각했다. 마침내 짓다 만 듯한 3층짜리 목조 주택이 눈앞에 나타났다. 방은 3층에 위치했다. 계단을 오르고 복도를 지나 현관문을 두들기자 흙으로 빚어진 골렘이 그를 맞이했다.

골렘은 창조자들의 수하이며 영혼을 갖지 못한다. 그러나 간혹 생의 의지를 스스로 발현하기도 하는데, 창조자가 흙 안에 든 부적을 처리하지 않은 채 갑작스레 사망한 경우에 그랬다. 부적에 주입된 생의 의지와 복종 의지의 균형이 파괴되어 생의 의지만 남는 경우, 골렘에게 자아가 생긴다. 그런 골렘은 보통 목격된 즉시 관할서로 끌려가 부적이 태워져 생득권을 박탈당하지만, 본인이 어떻게 시민 구성원으로 이 사회에 봉사할 것인지 잘 변호하는 선에서 시민권을 부여받기도 한다. 골렘은 지성체 분류 기준을 만족시키지 못해, 지성이 모자란다는 편견이 존재했다. 그래서 자기변호를 잘하는 골렘에게만 시민권을 부여되었다.

골렘은 책벌레에게 나이와 가족, 친구들에 대해 빠짐없

이 물어본 뒤, 신체 능력은 어떤지 질문을 던졌다. 책벌레가 실을 뽑지 못한다고 말하자 골렘이 실망스럽다는 표정을 지었다. 룸메이트의 기준이 까다롭다 싶었던 책벌레는 자신이 호문쿨루스라고 진솔하게 토로했다. 골렘은 대번에 얼굴이 환해지더니 당장 입주하라고 했다.

책벌레는 몇 없는 이삿짐을 옮긴 뒤, '바위 속의 수수께끼'에서 고양이엄니를 만나 새 거처를 구했다고 자랑하려 했다. 고양이엄니는 주변에 친구가 없어 책벌레와 자주 담소를 나눴다. 용병들은 대개 친구가 없었다. 친구를 사귀어 봤자 용병업계에 종사하는 이상 미래를 보장할 수 없는 탓이었다. 그들은 재료를 구하러 위험천만한 구역에 들어섰다가 시체로 돌아오기가 부지기수였다. 고양이엄니는 술자리에서 조만간 이 일을 끝낼 거라고 한탄했다. 책벌레는 고양이엄니의 술주정을 들어주느라 새로운 거처를 구했다는 얘기를 꺼내지 못했다.

골렘은 오지랖을 많이 부렸다. 책벌레가 외출할 때마다 어디 가는지 상세히 들려주기를 원했으며, 단칸방에서 암막 커튼을 사이에 두고 생활하는 데도 하루 일과 전부를 공유하길 요구했다. 책벌레는 마도사들에게 호문쿨루스가 선호 받은 게 골렘들이 사사건건 주인의 일에 간섭해서 그런가 싶었으나 서점의 책들을 통해 접한 지식에 따르면 그렇진 않았다. 골렘들은 흙으로 빚어서 창조되기 때문에 유기

생물보다 훨씬 수명이 짧았다. 그리고 호문쿨루스가 인기를 구가한 데는 다른 인공 수하들이 호문쿨루스보다 형편없었던 탓이 컸다. 예를 들어 좀비는 행동이 느려서 정통 강령술을 고수하는 사람이 아니고서야 수하로 부리지 않았다. 심지어 묘지에 떠돌아다니던 유령들을 잠자리채로 채집해 시체에 억지로 욱여넣어 제조된다는 사실이 뒤늦게 밝혀졌다. 그러자 영혼을 전혀 맞지 않는 그릇에 결합하다 보니 서투른 존재로 태어난다는 설이 대두되었다. 좀비 제조를 주도한 강령술사 길드는 대대적인 수사를 받아야 했다. 까마귀 시 공동묘지에 가족을 안치한 모든 시민이 강령술사 길드가 정당한 법의 심판을 받기를 원했다.

골렘의 심한 오지랖에 얽힌 미스터리는 이사한 지 나흘째 되던 밤에 풀렸다. 부스럭거리는 소리에 잠이 깬 책벌레는 이상한 광경을 보았다. 책벌레의 상반신과 여덟 개 거미 다리가 움직이지 못하도록 밧줄에 묶여 있었고, 새부리 마스크와 검은 가운을 착용한 사람들이 침대를 둘러서서 내려다보고 있었다. 그들은 각자 손에 톱과 뼈 자를 때 쓰는 가위, 도축용 칼을 들고 있었다. 그들은 수군거렸다.

"깼잖아!"

"마취제 제대로 투여한 거 맞아?"

그러자 어둠 속에서 골렘의 목소리가 울렸다.

"아까워라. 호문쿨루스 장기는 처음 팔아보는 거였는데."

골렘이 입맛을 다시며 말했다.

책벌레가 비명을 지르고 난동을 부리자 밧줄이 찢어졌다. 새부리 마스크 의사들이 혼비백산하는 틈을 타 책벌레는 방을 뛰쳐나갔다. 까마귀 시 경비대를 찾아가니 야간 당직자들은 카드 게임을 하다가 막내로 보이는 인간 경비대원에게 턱짓을 했다. 졸린 눈을 한 경비대원이 나서려는 순간 인간 경비소대장 개머리판이 일어나 본인이 가겠다고 했다. 하지만 책벌레의 방으로 돌아갔을 땐 아무도 없었다. 심지어 골렘이 거기서 묵었던 흔적조차 사라지고 없었다.

"흠."

개머리판은 의심스러운 음성을 울렸다.

이후 책벌레는 언제라도 골렘이 습격해올까 봐 전전긍긍하며 지냈다. 서점에서 퇴근하자마자 '바위 속의 수수께끼'로 달려가 동이 틀 무렵까지 한 발자국도 나가지 않았다. 책벌레가 집으로 돌아가지 않은 지 사흘째, 마침내 고양이엄니가 등장했다. 고양이엄니는 그를 보자마자 분개하며 투구를 테이블에 내동댕이쳤다.

"시바, 이제 이딴 거 안 해!"

고양이엄니의 얼굴은 온통 긁힌 흔적 투성이였다. 듣자하니 해 저무는 땅의 강변에 출몰하는 거대 도롱뇽의 배 속으로 들어갔다고 했다. 소화 직전 거대 파리알을 건져내야 하는 임무였다. 의뢰인은 무조건 소화되기 직전의 파리알

을 원했다. 이번에는 좀 큰돈을 만지나 싶었지만 수수료를
떼자 쥐꼬리만큼밖에 남지 않았다.

뒤이어 책벌레가 새로운 거처를 구해야 한다고 탄식했
다. 주의 깊게 듣던 고양이엄니가 골렘 같은 족속은 믿지
않는 게 상책이라고 했다. 그러고는 자신이 마뷸러스 해체
양식의 비밀을 파헤칠 계획을 세웠다고 했다.

"모든 마뷸러스 해체양식은 케르베로스 대하 예술 종합
학과 교수실을 통과하도록 되어 있지. 그 대학의 명예 교수
로 있는 마뷸러스 가문 후계자가 총책임자로 군림하고 있
거든."

고양이엄니가 파리알을 건져오던 날, 까마귀 시 교외 술
집에서 예티 연금술사 한 명이 마뷸러스 교수의 직속 조교
라면서 주정 부렸다고 했다. 술집 안의 사람들은 대부분 그
말을 믿지 않았으나 예티 연금술사는 각종 인공종족 제조
법에 대해 털어놓는 등 어쩐지 학문적 향내를 풀풀 풍겼다.

"그 녀석의 집에 마뷸러스 해체양식의 비법이 숨겨져 있
을 거야."

다음 날부터 둘은 예티 연금술사를 물색하기 위해 시내
를 이 잡듯이 뒤지고 다녔다. 예티들은 얼음으로 둘러싸인
극지방에 모여 살았고 소수만이 까마귀 시에 기거했다. 예
티들은 수북한 털 때문에 더위를 자주 느껴 미용실을 숱하

게 드나들었다. 늑대인간, 사티로스, 가루다와 같은 털 많은 종족 중 예티가 가장 수북했다. 그래서 예티들이 거주하는 지역의 미용실이 흥한다는 소문도 있었다. 이러한 배경지식을 마녀의 서재를 통해 습득한 책벌레는, 미용실을 중심으로 예티 연금술사를 추적하자고 했다.

예티 연금술사는 삼 일 만에 그들의 눈앞에 나타났다. 최신형 스타일로 털을 바짝 깎아 보는 이들이 민망하게 몸의 부위가 드러났다. 털 많은 종족 사이에서 섹슈얼리티를 직접적으로 드러내는 외형이 유행하는 모양이었다. 아무튼 책벌레와 고양이엄니는 예티 연금술사의 뒤를 밟아 언덕 꼭대기에 위치한 그의 오두막까지 들키지 않고 따라갔다.

"마블러스 해체양식을 주관하는 사람의 제자치고는 빈털털이로 보이는데."

고양이엄니가 달빛 아래서 대문을 밀고 들어가는 예티를 가리키며 말했다. 그러나 며칠간 고양이엄니의 좁은 방에서 바싹 붙어 지낸 책벌레는 차라리 다 무너져가는 헛간처럼 생긴 예티 연금술사의 거처가 나아 보였다.

고양이엄니는 항상 단순한 계획이 최적의 계획이라는 신조로 일을 수행했다. 이번에도 마찬가지였다. 쇠갈고리를 던져 유리창을 깨부순 뒤, 갈고리에 달린 줄을 잡고 기어오를 작정이었다. 책벌레는 제발 그런 무식한 방법은 접어두자고 했다.

"그러지 말고 차라리 장사꾼으로 위장해서 들어가는 게 나을 거 같아요."

그들은 예티 연금술사가 문을 절로 열게 할 방법을 고심한 결과, 마도화학세를 청구하러 온 구청 공무원으로 위장하기로 했다. 까마귀 시에 면허를 가진 마도사라면, 각종 실험으로 인해 오염된 공기와 버려진 화합물 때문에 교란된 생태계에 대한 책임으로 일성한 마도화학세를 납부해야 했다.

고양이엄니가 한껏 목소리를 내리깔고 대문을 두드렸지만 예티는 나오지 않았다. 화가 난 고양이엄니가 밀린 세금을 미납할 시 구속영장을 발부할 거라면서 고래고래 소리질렀지만 인기척은 없었다. 책벌레가 슬쩍 대문을 건드리자 저절로 뒤로 밀려났다. 그들은 거실 바닥에서 기절한 예티 연금술사를 발견했다.

둘은 서랍장과 옷장과 서가를 뒤집어놓고 마블러스 교수와 그 비밀에 관한 증거 하나라도 건지려고 노력했다. 하지만 대학과 관련해서 발견된 거라곤 케르베로스 대학 학생증과 케르베로스 대학원 동기에게 보내는 몇 장의 연애편지뿐이었다. 고양이엄니는 예티 연금술사의 팔다리를 동아줄로 동여맨 뒤 깨어나자마자 고문하자고 했다. 책벌레는 이에 반대했으나 고양이엄니는 막무가내였다. 둘이 옥신각신하는 사이 예티 연금술사가 정신 차렸다.

고양이엄니는 당장에 쇠몽둥이로 예티를 내리치려고 했지만 책벌레가 제지했다. 책벌레는 예티에게 자신들은 정부 부처에서 파견된 '꿈의 사도회'라는 비밀 요원들이며 까마귀 시의 마뷸러스 해체양식을 조사하는 중이라고 했다. 당신이 마뷸러스 가문 후계자의 수발을 들어주는 조교라고 하던데 그에 관해 진솔히 털어놓지 않을 시 연애편지를 대학에 뿌려버릴 거라며 협박했다. 예티 연금술사는 울고불고하며 모른다고 했다. 행정문서에는 직속 조교로 기입되어 있지만 그에게 마뷸러스 교수의 명을 전달하는 선임 조교가 따로 있다는 것이었다. 그래서 마뷸러스 교수를 한 번도 본 적이 없고, 이건 진실이니 제발 대학에 연애편지를 뿌리지 말라며 절규했다.

"잔인한 놈."

고양이엄니는 고개를 절레절레 저으며 책벌레를 칭찬했다.

＊

예티 연금술사 아아디야가는 케르베로스 대학원에 유학하기 위해 까마귀 시로 왔다. 그는 어린 시절부터 줄곧 얼음의 정령과 소통하는 데 능했고 목재 조각을 통한 흑마술에 솜씨가 있었다. 그러나 마도사로 가득한 까마귀 시에서 그의 재능은 범상한 정도에 불과했다. 호문쿨루스 제조 기술 앞에서, 예티들의 나무 조각 소환술은 한참 뒤쳐져 있었다. 그러다 보니 그의 관심은 저절로 학문이 아닌 각종 노름판으로 빠졌다. 그러면서도 대학에서 열리는 술자리마다 빠지지 않고 돌아다니며 인맥을 잘 쌓아둔 덕에 마뷸러스 교수의 조교 자리에 발탁됐다. 하지만 마뷸러스 교수는 그의 눈앞에 한 번도 나타난 적 없었으며 벤시 선임 조교를 통해 연락을 주고받았다. 교수가 시킨 일은 의외로 예티 고유 연금술 기술들과 연관되었다. 예티들에게 대대로 내려오는 목재 조각 소환술을 모두 익히면 사람의 심리를 단기적으로나마 주무를 수 있고, 마뷸러스 교수 양반은 그 기술에 대한 정보를 절실히 필요로 했다. 예티는 교수의 명령에 따라 연구실에 갇혀 매번 한 치의 실수도 없이 모양에 걸맞게 조각했다. 그날은 어느 때보다 주문량이 폭주했고, 지친 발걸음으로 문을 닫을 생각도 못 한 채 들어와 혼절하고 만 것이었다.

책벌레는 아아디야가에게 특별 기밀 증거물을 몰수하겠다는 말로 연애편지를 뺏어갔다. 수틀리면 꿈의 사도회가 편지를 대학 강당에 뿌리겠다는 신신당부도 빼놓지 않았다. 보아하니 학부 시절 고백에 세 번이나 실패한, 역시나 털 많은 종족인 사스콰치 동기에게 고백을 늘어놓은 편지였다. 고양이엄니는 신입 용병 시절 자신을 따라다니던 스토커의 대갈통을 깨부순 일을 기억했다. 마음 같아서는 아아디야가의 머리통도 쪼개고 싶었다.

책벌레는 고양이엄니에게 아아디야가를 이용해야 한다고 주장했다. 적어도 고양이엄니가 말한 마뷸러스 해체양식의 비밀을 쥐고 있는 거물에게 연결될 유일한 가닥이었기 때문이다. 아아디야가는 생각한 것보다도 훨씬 멍청한 놈이었고 ("차라리 내가 대학원생이라 주장하는 게 어울리겠어!" 고양이엄니가 너털웃음을 터트리며 말했으나, 책벌레는 그건 좀 아니라고 대답했다.) 그만큼 마뷸러스 사업에 있어서 한 치도 모르는 놈이었지만, 그렇기에 더 용이하다는 게 책벌레의 주장이었다.

다음 날 서점에서 책벌레에게 의외의 손님이 찾아왔다. 골렘의 집을 수색하는 데 도움을 줬던 인간 경비소대장 개머리판이었다. 지난밤 타인의 보금자리를 무단침입하고 공무원을 사칭했던 책벌레는 진땀을 흘리며 개머리판을 맞이했다. 다행히 개머리판은 그 일에 관해서는 아무것도 몰랐다. 개머리판은 며칠 동안 실종자들의 신체 부위를 거래하는 현장을 급습했다며, 하마터면 책벌레의 팔다리도 암시장에서 돌아다닐 뻔했다고 말했다. 절단된 신체와 장기는 연금술사 재료 시장에서 자주 볼 수 있었지만, 기증자들의 것이 아닌 강제로 갈취된 재료가 돌아다닌다는 게 차이였다.

"일반적인 장기매매 현장과는 좀 달랐는데…."

개머리판이 몸을 부르르 떨면서 말했다.

"녀석들은 자체적으로 무언가를 만들고 있었다네. 아니, 프랑켄슈타인식 피조물은 아니었어. 그보다는, 프랑켄슈타인식 기술에다가 좀비처럼 영혼을 이식하는 강령술까지 하고 있었던 거 같네."

마치 호문쿨루스를 뛰어넘는 인공종족을 만들려는 시도처럼 보였다고 했다. 개머리판은 골렘이 눈에 띄는 즉시 신고하라면서, 몸 간수를 잘하라는 충고와 함께 자리를 떴다.

고양이엄니는 그런 얘기는 처음 들어본다고 했다. 용병 중에서도 암시장에서 활동하는 이들 역시 금시초문이라 했다. 책벌레는 그 문제를 제쳐두고 마뷸러스 가문의 저택을 조사하자는 한심한 아이디어를 제안했다.

"너 몰랐구나?"

고양이엄니는 눈살을 찌푸리며 말했다.

"놈들이 사는 저택은 까마귀 시에 존재하지 않아."

마뷸러스 가문의 거처와 그 일원들은 모두가 베일에 휩싸여 있었다. 마뷸러스 일가의 법인에서조차 재벌가의 얼굴은커녕 그림자조차 목격했다는 사람이 존재하지 않았다. 소문에 의하면 바다 건너 어딘가에서 마수를 뻗치는 신흥 재벌 세력이라고도 했으나 공식 서류들에 의해 반박된 이야기들이었다.

"내가 어? 그 예티 조교를 습격한 게 말이지, 놈이 가장 족치기 쉬운 것도 있지만 그거 때문만은 아니라니까?"

고양이엄니가 테이블을 손바닥을 탕탕 때리며 강변했다.

둘은 아아디야가의 오두막을 재차 방문했다. 늑대인간 들이 제 짝을 물색하려 골목골목을 배회하는 보름달 뜬 밤 이었다. 고양이엄니가 그를 만나러 온 이유를 설명하려 했 지만 자꾸만 대화의 길을 잃고 더듬거리자 책벌레가 나섰 다. 꿈의 사도회에서는 정부의 명령으로 마뷸러스 가문에 대한 조세 검사를 비밀리에 시행하려 한다, 꿈의 사도회는 마뷸러스 교수를 둘러싼 조교 커뮤니티를 조사할 것이다, 꿈의 사도회 비밀특무처 34팀에 속한 우리는 당신의 힘을 빌리고 싶다, 잘하면 당신에게 정부가 크나큰 액수를 보상 할 것이다, 라는 게 요지였다. 물론 언제나 그렇듯 사기꾼 이 약속한 보상은 허구에 지나지 않는다.

아아디야가는 꿈의 사도회에 대해 들어보기는커녕 스파 이 노릇을 해야 한다는 데 두려움이 앞섰지만 결국 제안을 승낙했다. "당신의 각종 마도술이 절실히 필요하다."라고 덧붙인 책벌레의 호소가 마음을 움직였다. 유학 온 주제에 여태 쓸모없는 일에만 매달리다가 겨우 조교 자리를 얻었 더니, 매번 기계적으로 조각을 깎아내는 업무에 지쳐버린 탓이 컸다. 심지어 정부에서 그의 주술 능력을 필요로 한다니, 이보다 더할 나위 있으랴! 그러나 세 명 모두 이 계약에 관해 실망할 날이 머지않았다.

까마귀 시에서 가장 하대를 받는 종족은 뱀파이어다. 다른 흡혈 종족들과 달리 그들은 패션 트렌드에 민감했고 정중한 태도로 남을 대했지만 급할 땐 아무에게나 주사기를 들이밀며 조금의 피만 빼달라고 하소연했다. 그 모습은 예언 구슬을 보러 오라며 진단지로 호객하는 돌팔이 마법사들보다 귀찮았다. 그런데 아아디야가의 선임 조교에게 교수의 명령을 전달하는 조교가 바로 뱀파이어였다.

"제가 만난 사람 중 가장 높은 위치에 있어요. 그 사람이라면 마뷸러스 교수와 직접 연락할지도 모릅니다."

그렇게 잠입 작전이 시작됐다. 그들은 예티 연금술사의 힘을 빌려 박쥐로 변신하려 했다. 뱀파이어들이 거주하는 고딕 양식의 하숙집에는 박쥐들로 넘쳐났다.

원래 예티의 전통 나무 조각술로는 변신술을 쓸 수 없었다. 전통 예티 주술에서는 다른 사물과 동일시되는 것을 주의했으며 변신술이 자연적 개체들의 대체 불가능성을 훼손시킨다고 보았다. 하지만 아아디야가에게 그것은 오래전에 벗어 던진 꼰대의 잔소리에 불과할 뿐이었다. 변신술 약물은 도플갱어의 오줌과 카멜레온의 눈물, 변신할 대상의 피 한 방울을 혼합해 제작했다. 그런데 학부 시절 놀기만 했던 아아디야가는 변신술에 별 자신이 없었다. 그러다 보니 필요 이상으로 도플갱어의 오줌을 처넣었다. 약물을 몸에 바르는 내내 아아디야가와 책벌레, 그리고 고양이엄니는 독한 지린내를 감당해야 했다.

프레스기에 내던져진 것처럼 뼈가 으스러지며 압축되는 고통에 비명을 지르던 그들은 어느새 박쥐가 되어 마룻바닥을 굴렀다. 어둠이 내릴 때까지 날갯짓을 연습하던 셋은 박쥐들의 루트에 따라 허공을 떠돌다가 뱀파이어 조교의 거주지를 찾았다. 아아디야가가 직속 선배에게 전해 듣기로는 선임 조교가 전달할 자료를 뱀파이어 조교가 건네받아 마뷸러스 교수에게 넘겨주는 날이라고 했다.

뱀파이어 조교는 피곤에 절여진 인상을 하고는 소파에 누워 누군가의 피가 비축된 병에 주둥이를 대고 나발을 불었다. 때마침 뱀파이어의 겨드랑이에 끼워진 흰 서류 봉투 하나가 눈에 띄었다. 고양이엄니가 신호를 보내면서 뱀파이어 조교의 겨드랑이로 뛰어들었다. 그러나 조교는 박쥐들과 동거하다 보면 흔한 일이라는 듯 신문지를 휘둘러 고양이엄니를 튕겨냈다. 뱀파이어는 흰 봉투를 테이블에 올려둔 뒤 화장실에 가려고 일어섰다. 책벌레가 천천히 테이블 위로 내려앉았다. 그 순간 박쥐 날개 한쪽이 늘어나는 듯한 기분과 함께 거미 다리가 튀어나왔다. 도플갱어의 오줌을 너무 많이 섞어둔 탓에 생긴 부작용이었다. 책벌레는 입으로 겨우 서류 봉투를 문 채 뒤뚱거리면서 달아나려 했다. 뱀파이어 조교는 도감에 등록된 적 없는 희귀종을 발견했다고 생각해 책벌레를 포획하려 했다. 뱀파이어 최면술에 걸리면 끝장이라는 걸 눈치챈 아아디야가 뱀파이어 조교의 면상으로 날아가 콧등을 물어뜯었다. 그동안 열심히 뒤뚱거리던 책벌레는 창가로 달아날 수 있었다.

책벌레는 하수구에서 몸이 되돌아올 때까지 기다렸다. 몸이 나시 거시사 근처에서 잠을 청하던 구울이 깜짝 놀라 언제부터 거기 있었느냐고 물었다. 동틀 무렵 책벌레가 오두막에 돌아오니 아아디야가 고양이엄니한테 무릎 꿇고 사죄하고 있었다. 다행히 육체적 폭력이 행사된 흔적은 없었다.

"그냥 세금 계산서예요."

책벌레가 고양이엄니에게 서류를 건네며 시무룩하게 알렸다. 종이 재질을 유심히 보던 고양이엄니는 갑자기 서류에 침을 마구 뱉었다. 그러자 보이지 않던 글자가 드러났다.

"예전에 용병들끼리 비밀 담화를 나눌 때 쓰던 종이지! 니들은 몰랐지?"

고양이엄니가 의기양양하게 말했다.

'이번 마뷸러스 양식은 검부리구(區) 행정사무소의 눈알-4 3단에 위치함.'

글자 아래에 여덟 개의 꼭짓점이 그려진 별 모양 직인이 찍혀 있었다.

검부리구 행정사무소에 도착하자 신전 같은 지붕 꼭대기에 새겨진 여덟 꼭지의 별 문양이 눈에 띄었다. 행정사무소는 경비가 삼엄했다. 행정 접수대에서 민원이나 증명서 재발급 등의 업무 아니면 접수대 말고 다른 곳을 방문할 수 없었다. 구에서 관리하는 건물인 만큼 뒷문은 솜씨 좋은 연금술사가 가공한 안전장치에 주술사가 이중으로 걸어놓은 잠금 주문으로 이루어져 있었다. 어떻게 정문을 통과할지 궁리하던 책벌레와 고양이엄니는 결국 밤이 되어 아아디야가가 일을 마치고 돌아올 때까지 기다려야 했다. 녹초 상태인 아아디야가는 털이 온통 땀에 젖어 더워 죽을 지경이었으나 두 가짜 공무원의 말을 듣는 수밖에 없었다.

"그런데 두 분은 고위직 행정공무원 아니었던가요?"

아아디야가가 의심의 눈초리를 번뜩였다. 눈치를 보던 두 사기꾼은 '비밀 직책'이 뭔지 모르냐며 얼버무렸다. 예티를 화나게 하면 그 두꺼운 앞발에 등짝을 얻어맞을 수도 있다는 속설이 둘을 긴장케 했다.

마침 행정사무소 앞에서는 그 셋보다 먼저 도착해 잠복한 이가 있었다. 바로 경비소대장 개머리판이었다. 그는 골렘 사건 이후 꾸준히 뒷골목 범죄를 뒤쫓았다. 먼저 급습한 현장 벽면에 그려진 문양들을 유심히 살펴봤다. 시체들을 가지고 새로운 피조물을 만들려는 것처럼 보이는 현장에서, 당사자들은 이미 줄행랑을 친 지 오래였다. 이 같은 현장을 세 차례 발각한 경비소대장은 마법 관련 범죄를 책임지는 이단심판관들에게 보고서를 올렸다. 그 보고서에는 책벌레에게 언급했던 암거래 현장에서 입수한 노트에 적힌 수상한 문양에 관한 이야기도 있었다. 이단심판관들에게서 돌아오는 답은 없었다. 개머리판은 개인 시간을 할애해가며 수사한 결과, 그 문양이 새겨진 건물들의 존재를 알게 됐고, 그중 하나가 바로 김부리구 행정사무소었다.

개머리판이 6시쯤 카페테리아에서 개구리 눈알 샌드위치를 먹으며 인근을 살피는 동안 책벌레와 동료들은 골목에 자리한 호프집을 드나들면서 언제 행정사무소에 잠입할지 작전을 짰다. 날이 저물자 그들은 뒷문에서 걸어 나오는 한 추파카브라와 마주쳤다. 추파카브라는 얼른 두건을 뒤집어쓴 채 그 특유 뱀처럼 날카로운 눈빛을 숨겼다. 잠입 방법을 고민하던 고양이엄니가 말했다.

"저놈을 쫓아!"

그러고는 뒤돌아 뛰기 시작했다.

고양이엄니는 추파카브라의 이마에 새겨진 문신을 똑똑히 보았다. 그 문신에는 강령술사 길드를 뜻하는 해골과 지혜로운 악마의 눈이 새겨져 있었다. 길드는 그 눈의 색으로 계급을 표현했고, 빨간 눈동자를 가진 자는 단 한 사람뿐이었다. 추파카브라는 술집이 즐비한 각종 종족이 오가는 거리로 빠져들어 자취를 감췄다. 베테랑 심부름 용병인 고양이엄니는 노점상에서 피워대는 연기 너머에서 추파카브라가 비좁은 쓰레기통 사이로 몸을 비집는 걸 포착했다. 고양이엄니는 자신이 뒤쫓을 테니 두 사람더러 저 골목이 어디서 끝나는지 파악하라고 했다.

책벌레와 아아디야가는 모퉁이를 돌아 예상되는 지점에 도달했지만 추파카브라는 발 빠르게 자취를 감추는 특기를 발휘해 거리를 훌쩍 벌려 거미줄처럼 엉킨 미로 한쪽으로 달아났다. 셋은 갈림길을 각자 도맡았다. 추파카브라를 따라잡을 뻔한 건 고양이엄니였다. 추파카브라는 군데군데 깨진 보도와 잿빛으로 바랜 벽으로 가로막힌 막다른 길에 서 있다가 맨홀에서 기어 나온 구울들의 습격을 받았다. 구울 한 명이 칼날 같은 손톱으로 추파카브라 가슴팍을 꿰뚫었다. 놀란 고양이엄니는 쇠몽둥이를 꺼내 휘두르며 다가섰다. 구울들은 목격자가 발생했다는 둥 욕을 한 바가지 퍼부은 뒤 벽을 타고 도망쳤다. 잠시 후 고함 소리를 뒤쫓아 온 책벌레와 아아디야가에게 고양이엄니는 추파카브라의 눈동자 문신을 가리켰다. 빨간 눈 표식은 강령술사 길드 임원들만 지닐 수 있으며 그중 추파카브라 종족은 길드 대표뿐이었다.

"용병단 초보 시절 달달 외운 까마귀 시 마도사 조직 매뉴얼에도 나와 있다고…."

셋은 강령술사의 주머니를 뒤져봤지만 아무것도 없었다.

그때 골목 모퉁이에서 낯선 목소리가 들렸다.

"검사는 그렇게 하는 게 아닐세."

개머리판 소대장이 어둠 속에서 튀어나왔다.

개머리판은 행정사무소를 서성이다가 책벌레를 목격했고, 수상한 행각이 의심되어 뒤를 밟았다. 강령술사가 걸친 망토의 안감은 이중으로 속을 감싸고 있었다. 개머리판이 호신용 딘도로 안감을 찢으니 아주 두툼한 종이 수첩과 손가락 마디만 한 열쇠가 굴러떨어졌다.

"이걸 가지고 싶다면, 무슨 일인지 순순히 털어놓는 게 좋을 거요."

개머리판이 위협적으로 중얼거렸다. 고양이엄니는 꿈의 사도회 어쩌고 하는 거짓말을 또 지껄이려고 했으나 책벌레가 제지했다. 공무원을 사칭할 시 구형되는 고문 처벌에 관한 이야기가 떠올랐다.

개머리판 소대장이 이름 대신 '개머리판'으로 불리는 이유는 늑대인간들과의 혈투에서 벌어진 일 때문이었다. 신입 경비원 시절 그는 한 주점에서 보름달을 보고 흥분한 늑대인간들이 깽판을 치는 현장에 투입됐는데, 술집에서 사용하던 식판으로 늑대인간들의 머리를 후려쳐서 온순한 개처럼 만들어놓았다. 개머리판은 수틀리면 책벌레와 일행에게 폭력을 행사할 예정이었다. 개머리판은 추파카브라 시체를 업은 채 다 쓰러져가는 숙박집 다락을 빌렸다. 시체를 한 구석에 내팽개친 개머리판에게 책벌레는 여기까지 오게 된 경위를 '마뷸러스 해체양식'을 파헤친다는 학구적 목적으로 재창조했다. 예티 오두막을 턴 일은 예티를 찾아가 진중하게 부탁한 것으로, 뱀파이어 조교 하숙집 침공은 인터뷰를 위해 들렀다가 단서를 발견한 걸로 뒤바뀌었다. 설명을 듣던 아아디야가는 꿈의 사도회라는 조직에 관해 의심이 들었다. 왜 이들은 시청 소속 경비대원에게 거짓을 고하는가? 행정사무소는 왜 못 들어가는가? 그러나 자신이 모르는 무언가가 있을 거라며, 스스로의 의심을 단념했다. 애초에 아아디야가에겐 행정사무소가 마뷸러스 가문과 연계되어 있다는 사실조차 새로웠다.

다른 모든 이들에게도 그건 새로운 사실이었다. 개머리판은 어쩌면 자신이 쫓는 신체 암거래 단체가 마뷸러스 가문과 연루되었을 수 있다는 희미한 생각을 품었다. 강령술사 길드 대표를 살해하고 도망친 구울들도 어쩌면 그와 연관되어 있을 것이다. 깊게 연루될수록 수상한 점이 한두 가지가 아니었다. 강령술사 길드 대표는 분명 구속되어 교도소에 갇혀 있어야 하는데 왜 검부리구 행정사무소를 드나들었는가. 왜 행정사무소에 그가 뒤쫓는 현장에서 발각된 것과 같은 문양이 박혀 있는가. 그러나 아직까진 모든 것이 특수한 연관 없이 안개에 휩싸인 것처럼 여겨질 뿐이었다.

동틀 무렵 개머리판은 부엉이 전서구를 통해 경비대 쪽

으로 편지를 부쳤다. 구토충에게 물려 토를 쏟아붓는 중이라 출근할 수 없다는 거짓을 적은 편지였다. 개머리판은 방금 동료가 된 이 셋을 통해 이 수수께끼를 풀어낼 결정적인 단서를 획득할 수 있을 것만 같았다. 개머리판은 먼저 대학원 출신 예티 연금술사에게 책벌레를 강령술사로 변신시키라고 명령했다. 책벌레는 일전의 고통이 상처 입은 기억처럼 떠올라 변신술이 꺼려졌지만 어쩔 수 없었다. 도플갱어 오줌이 섞인 변신 약품을 촘촘히 바른 뒤 강령술사 길드 대표한테서 획득한 열쇠를 손에 쥐고 비밀문서에 적힌 '눈알' 구역으로 발을 옮겼다.

행정업무 접수처를 넘어 관계자 구역에 들어가는데도 경비원들은 강령술사 길드 대표의 얼굴을 확인하고 쉽게 비켜줬다. 눈알 구역이 할당된 방은 3층에 있었다. 나무 문 앞에 일반 공무원들은 접근조차 못 한다고 위풍당당하게 적혀 있었다. 책벌레가 심호흡을 하고 문을 두들기자 근육이 우락부락한 미노타우르스가 콧김을 뿜으면서 문을 열었다.

"아니 이 사람이! 벌건 대낮에는 위험하니 그만 찾아오라니까! 무슨 일인데?"

미노타우르스는 추파카브라의 모습을 한 책벌레가 들어올 수 있도록 비켜섰다. 그들의 앞에는 서가가 질서정연하게 펼쳐져 있었다.

"어제 놓고 간 게 있어서…요?"

책벌레는 자신 없게 말했다. 미노타우르스는 한숨을 쉬고 들어가서 얼른 가지고 나오라는 소리를 하며 책상 앞에 앉았다.

그런데 서가를 샅샅이 뒤져도 눈알 구역이 나오지 않자 책벌레는 허둥댔다. 미노타우르스가 안경을 치켜올리고는 물었다.

"얼른 거 안 밀고 뭐 합니까?"

책벌레가 어리둥절하다가 벽면의 서가를 옆으로 밀자 숨겨진 문이 나타났다. 문고리에 강령술사 대표에게서 얻은 열쇠를 집어넣고 돌리자 새로운 공간이 펼쳐졌다. 백 년 정도 종이를 묵힌 냄새와 함께 또 다른 서가들이 세워져 있었다. 발 빠르게 움직여 눈알-4 서가의 3단에 꽂힌 책을 뒤졌다. 엽서 한 장이 팔랑거리며 떨어졌다. 그는 엽서 속 문장을 읽었다.

'이번에는 제대로 조교들의 재료를 모아 올 것. 이번처럼 연극 개봉 시기를 놓치면 큰일 남. 장소: 삼죽오 극장 실험극 회의장 / 패스워드: 리수마 리수리수'.

그동안 일행은 강령술사 길드 대표의 수첩을 뒤적이고 있었다. 이 수첩은 처음부터 끝까지 비밀 종이로 제작되었고, 덕분에 고양이엄니와 아아디야가는 입속의 수분이 죄다 마를 때까지 침을 뱉어야만 했다. 수첩을 통해 드러난 내용은 뜬금없게도 호문쿨로스 주식회사의 강제 해산 명령에 얽힌 이야기였다. 호문쿨로스 기술이 금지된 이유는 적은 확률로 시민들과 준하는 똑똑한 지성체들이 탄생하기 때문이라고 알려졌으나, 이는 절반만 진실이라고 적혀 있었다. 호문쿨로스 주식회사가 파산 신청을 했을 때, 프롤레마이오스 사가 곧바로 인수합병을 진행했다. 프롤레마이오스 기업은 당시 용병단 인수합병으로 발 빠르게 성장했기에 호문쿨루스 기술 일부를 소유하여 다른 사업에 써먹기라도 할 것인지가 관건이었다. 그러나 프롤레마이오스 사는 용병 사업만 운영했는데, 여기에 음모가 숨겨져 있다. 프롤레마이오스 기업의 대주주 중 하나는 바로 건설사 홍나귀였다. 홍나귀의 대주주는 식품업체 오징어다리 사였고, 오징어다리는 마뷸러스 사 계열 기업에 속했다. 결론은 지옥의 차원과 마뷸러스 가문이 연결되어 있을 거라는 헛소리로 글은 끝맺었다.

사실 호문쿨로스 주식회사가 번창하기 시작한 것은 까마귀 시가 본격적으로 마도사들의 도시가 된 이후부터였다. 본래 주술사와 연금술사와 강령술사들은 쓸데없는 실험과 마법 사용으로 세상을 혼란스럽게 만든다는 대대적인 편견에 시달려 각자의 고장에서 쫓겨나거나 화형에 처하기마련이었다. 도시가 발달하지 않은 산간 오지의 부족 생활을 유지하는 종족들에게만 지혜로운 존재로 환영받았을 뿐이었다. 까마귀 시 15대 시장이 대환영 정책을 도입하기 전까지는 그랬다. 시장이 까마귀 시를 마도사들이 가장 살기 좋은 도시로 만들겠다고 공공연하게 선언한 뒤 이들의 능력을 활용한 기업체들이 우후죽순 늘었다. 그리하여 까마귀 시는 수년간 짊어졌던 빚더미에서 벗어나 경제 활성화가 시작됐다. 주술사, 마술사, 연금술사 등을 통칭하여 마도사라는 하나의 개념으로 한꺼번에 묶어 부른 것도 이때부터였다. 어쩌면 시장한테까지 이 사건들의 관계가 닿아 있을지 모르겠다고, 개머리판은 우스갯소리로 말했다.

책벌레가 귀환해서 행정사무소의 엽서에 적힌 글귀에 대해 털어놓았다. 고양이엄니는 화장실 가는 척 일어나 책벌레에게 몇 분 뒤 따라 나오라고 했다. 그리고 숙박집 뒤편 골목에서 수첩을 들이밀었다. 개머리판과 아아디야가가 호문쿨로스 주식회사의 몰락에 담긴 메시지와 검부리구 행정사무소의 관계를 추측하고 있을 때, 고양이엄니는 몰래 수첩의 다른 마지막 부분에 침을 뱉었다고 했다.

'누군가가 저를 죽이기 위해 작심하고 있습니다. 그에 대비해 만든 수첩입니다. 제발 이 노트를 집는 분께서는 열심히 침을 뱉어주시길.'

고양이엄니는 이 문구를 보고서는 어쩌면 이 노트가 마블러스 해체양식과 얽힌 재계의 큰손들을 협박할 수 있는 도구가 될 수 있겠다고 생각했다.

"저 안에 있는 놈들 따돌리고 우리가 먼저 가자고!"

책벌레는 재계의 큰손을 협박하자는 무식한 아이디어에 반대했다. 하지만 아아디야가와 개머리판과 더 함께했다간 거짓을 금방 들킬 것 같았다. 둘은 페가수스가 이끄는 택시를 바로 잡아탔다. 목적지는 삼족오 극장이었다.

삼족오 극장에 도착하기까지 고양이엄니와 책벌레가 쥐어짜낸 계책이라고는 힌 기지뿐이었다. 어떻게든 마뷸러스 교수 쪽 조교 중 한 명이라고 속여 삼족오 극장에 침투하는 것이었다. 이는 대책 없이 부딪치고 보는 건 아니었는데, 마뷸러스 교수의 조교들 간에 퍼져 있는 네트워크가 뒤엉킨 실타래처럼 복잡해, 누가 진짜 조교인지 얼굴만 봐선 알지 못한다는 점을 돌파구 삼는다는 발상이었다. 하지만 그들의 바람과 달리 출입문을 지키던 늑대인간은 어느 과의 어떤 조교이며 어떻게 검부리구 행정사무소의 메시지를 가지고 왔는지 세세한 확인 절차를 밝히려 했다. 책벌레가 기지를 발휘한 덕택에 상세한 사안을 지어내 대답할 수 있었다. 결정적으로 패스워드를 알고 있다는 점이 통과되는 데 큰 몫을 했다.

책벌레와 고양이엄니는 실험극 회의장을 찾아 분주히 움직였다. 고양이엄니는 각종 장신구와 최신 패션으로 무장한 인파와 마주했다. 관객들이 이제 곧 열릴 마뷸러스 해체양식 공연을 위해 대기하고 있었다. 고양이엄니는 책벌레를 이끌고 인파를 따라 객석으로 들어갔다. 책벌레는 잠시 고민했으나 호기심을 이기는 건 없는 법, 과연 그 유명한 마블러스 해체양식이 무엇인지를 확인해보고 싶었다. 둘은 과연 만 명 이상 수용 가능하다는 5층짜리 극장의 규모를 확인할 수 있었다. 극이 시작되기 전 까마귀발이 그려진 유니폼을 걸친 홉고블린들이 분주히 움직여 관객들에게 개인용 망원경을 전달했다. 책벌레와 고양이엄니는 이때까지만 해도 막연히 극장이 넓기 때문에 자세히 볼 수 있는 도구를 전달하는 줄로만 알았다.

반은 맞고 반은 틀린 말이었다. 삼족오 극장의 무대는 저 옛날 주술사 백오십 명이 함께 창조한, 세계에서 가장 거대한 골렘 레비아탄조차 다 채우지 못할 만큼 광활했기 때문이다. 무대는 배우들 대신 무수한 톱니와 지레로 이루어진 기계장치로 채워져 있었다. 관객들의 박수 소리와 함성이 터져 나온 뒤 기계장치에 환한 불빛이 들어왔다. 레비아탄 열 마리는 들어갈 만큼 커다란 투명 벽이 무대 아래에서 서서히 올라왔다. 지레와 톱니들이 작동하자 투명 벽 안에서 미세한 존재들이 끊임없이 움직이는 게 보였다. 주위를 둘러보니 이미 객석의 관객들은 저마다 망원경으로 벽안을 들여다보고 있었다.

고양이엄니와 책벌레도 망원경을 장착해 어느 한 곳을 들여다봤다. 그들이 들여다보는 곳에는 한 인물이 있었다.

그리고 그 인물의 삶이 눈앞에 재현되었다. 소스라치게 놀란 두 사람은 이쪽저쪽을 망원경으로 보기 시작했고, 곧이어 하나의 결론에 도달했다. 그러니까 이 벽은 또 하나의 우주였다. 망원경으로 하나하나 들여다보는 순간 그 안에서 살아가는 인물의 소리와 냄새와 심지어 때로는 그들이 느끼는 촉감까지 전달됐다. 다시 말해 투명 벽 안은 무수한 삶의 공간인 동시에 그 삶을 직시하는 순간 그 삶을 체험하게 되었으며, 심지어 그들의 시공간이 응집되어 그 삶을 극장에 앉아 있는 짧은 시간 안에 살아낸 것처럼 관객들에게 흡수되었다. 다른 모든 예술을 총집합 시킨 예술인 동시에 그 모든 예술을 뛰어넘는 수천 가지 체험이 관객들에게 쏟아져 내렸다.

무대가 끝나자 고양이엄니와 책벌레는 감동과 전율에 빠져 한동안 객석에 앉아 아무 말도 못 했다. 관객들이 전부 나가고 본래 임무를 위해 자리에서 일어나는 순간, 늑대인간들이 두 사람의 양 팔을 구속했다.

"조교들 신원 확인 결과 당신네는 존재하지 않던데요. 저희랑 함께 가줘야겠습니다."

카펫처럼 발이 푹푹 빠지는 복도를 걷는 동안 두 사람은 불안에 빠졌다. 고양이엄니는 재빨리 쇠몽둥이를 꺼내 등 뒤에 선 늑대인간의 골통을 후려갈겼다. 열대 지역에서 흡혈 나방들을 때려눕힌 용병의 힘이 늑대인간을 단번에 기절시켰다. 고양이엄니는 뒤도 돌아보지 않고 달려 나갔다. 등 뒤에서 책벌레의 입에서 튀어나온 개새끼 배신자 새끼 등 비속어가 메아리쳤다.

개머리판은 두 사람의 배신을 알고 분노에 빠졌다. 아아 디야가와 개머리판이 입을 맞춰본 결과, 두 사람이 각자 자신에게 들려준 이야기가 진실이 아님을 깨달았다. 개머리 판은 억울한 아아디야가에게 수갑을 채운 뒤 공범 혐의로 경비대 유치장에 구속시켰다. 개머리판은 트롤 경비대장에게 아아디야가를 구속하게 된 경위를 설명했다. 당장 경비 대원을 이끌고 삼족오 극장으로 쳐들어가야 한다는 게 개머리판의 요지였다. 트롤 경비대장은 사색이 되더니 개머리판을 이단심판관 부서로 데려갔다. 눈부신 다이아 갑옷을 입은 이단심판관들은 금칠 된 의자에 앉아 있다가 경비 대장을 보고선 경례했다. 그들은 한 차례 수군거린 뒤 개머리판에게 진실을 들려주겠다며 편안한 소파를 권했다.

15대 시장이 집권하기 전, 까마귀 시가 주구장창 경제 몰락의 길을 걸었다는 건 모두가 아는 사실이었다. 그러나 사람들이 아는 것처럼 마도사들의 도시로 탈바꿈한 정책이 그들을 경제 위기에서 구원해준 게 아니었다. 날마다 자신의 의사를 관철하기 위해 서로에게 신발이나 던져대느라 바빴던 고위공직자들은 묘수를 꺼냈다. 마도사들에게 도움을 요청해 지옥의 차원에 연락하는 것이었다. 그 결과 지옥의 악마들과 까마귀 시 시민들의 영혼을 담보로 까마귀 시에 쌓인 채무를 청산해주는 계약이 성립됐다. 그러나 악마들과의 계약은 영혼을 소유한 주인들의 동의가 절대적으로 필요했다. 그래서 15대 시장이 마도사 유입 정책을 실시한 것이다. 시민들에게 직접적으로 당신의 영혼이 팔려 갔으니 동의 서명을 해줄 수 있느냐는 이야기를 할 수 없었으니까. 그리하여 까마귀 시를 관할하는 정부 조직은 마뷸러스라는, 실제론 존재하지 않는 유령 회사와 유령 가문을 내세워 마뷸러스 해체양식을 창조했다. 마뷸러스 해체양식은 좀비, 호문쿨루스, 골렘, 프렝켄슈타인식 피조물, 플라스크 인간 등 모든 인공 생명 탄생 기술을 포함한 수천 가지 강령술, 주술, 연금술 비법이 첨가된 최첨단 콘텐츠였다. 마뷸러스 해체양식은 관람객이 투명 벽 속의 대상에게 집중하면 하나의 이야기가 만들어지는 형식이었다. 그 형식을 가동하는 힘은 기계 내부가 아니라 관찰하는 자의 영혼에게서 나왔다. 관람객이 관찰을 시도하는 순간 기계는 그 영혼을 빼앗았고 영혼이 지닌 고유 각인을 미세한 존재에게 불어넣었다. 즉 마뷸러스 해체양식을 단 한 번이라도 접한 인물은 악마와 계약을 성립한 것이었다. 이제 마뷸러스 해체양식은 고급 취미를 넘어 대중적인 취향으로 확대할 계획이었다. 대중화가 성공한다면 채무를 갚고도 남을 만큼 영혼의 수가 확보 가능했다.

결국 마븀러스 가문은 존재하지 않았다. 마븀러스 교수도 존재하지 않았다. 이것이 마븀러스 교수가 주관하는 조교 네트워크의 복잡성과 마븀러스 가문을 둘러싼 숱한 소문의 해답이었다. 그러나 마븀러스 가문과 마븀러스 교수는 존재하지 않는 상대로 이 도시에서 가장 막강한 영향력을 행사하고 있었다.

그런데 하나의 파벌이 갈라져 나오며 큰 문제가 발생했다. 마도사들의 기술력이 마븀러스 해체양식을 가능하게 했다면 아예 새로운 우주를 창조해볼 법하다고 믿는 자들이 나타난 것이다. 그들은 마븀러스 변형주의자들이라고 불렸다. 개머리판이 이제껏 추적해온 불법 신체 암거래를 주도하는 자들이 바로 마븀러스 변형주의자들이었다. 정부 인사 중에서도 이들에게 포섭된 자가 곳곳에 존재했다. 이 단심판관들의 대대적인 마녀사냥으로 일부는 처리했으나 일부는 조직에 남아 비밀리에 활동하고 있었다. 강령술사 길드 대표도 변형주의 일파로 의심했던 인물이었다.

개머리판이 이 말도 안 되는 폭로에 경악하는 동안, 좀비 하나가 경비대 성벽으로 돌진해왔다. 마븀러스 변형주의자 편에 선 강령술사가 불러낸 좀비로, 아아디야가 갇힌 유치장을 박살 낼 예정이었다. 좀비는 벽에 부딪히자마자 파편과 내장을 튀며 폭발했다. 예티는 영문 모를 폭파 작전에 당황하여 붕괴된 성벽을 타고 들어오는 두건 쓴 사람들에게 살려달라고 빌었다. 예티는 그중 한 명을 겨우 알아봤는데, 바로 밴시 선임 조교였다. 선임 조교는 그의 멱살을 잡고 얼른 일으켰다. 개머리판을 포함한 경비대원들이 달려 나오는 중이었다. 페가수스가 이끄는 마차에 올라탄 변형주의자들은 까마귀 시 빈민가로 향했다. 예티는 주인 없는 폐가로 끌려가면서 실컷 얻어맞았다.

"수첩 내놔."

선임 조교가 무릎 꿇은 아아디야가에게 윽박질렀다.

밴시 선임 조교의 윽박지름은 단순한 윽박지름이 아니었다. 밴시들은 태어날 때부터 목소리를 통해 공기의 흐름을 일부 조절할 수 있도록 성대 기관을 성형해주는 화학 재료가 섞인 액체를 먹고 자랐다. 성인이 될 무렵 밴시는 목소리만으로 다른 사람에게 고통을 주거나 혹은 환희에 차게 만드는 주술에 능해졌다. 그래서 예티는 밴시의 한마디 한마디마다 고막이 터지는 듯한 고문을 견디는 것과 마찬가지였다. 선임 조교는 구울들에게 마뷸러스 해체양식에 관해 기웃거리는 그 수상한 패거리에 합류해 있었다는 걸 전해 들었으니 변명할 생각하지 말라고 했다.

"삼족오 극장…."

마침내 예티 연금술사가 입을 열었다.

"놈들은 마지막으로 삼족오 극장에 관한 메모를 접수했

다고 했어요."

변형주의자들이 법석을 벌이는 동안 삼족오 극장 지하
에서는 무고한 인물이 변형주의자로 오해를 사고 있었다.
늑대인간들은 달군 쇠부지깽이로 책벌레를 고문하면서 변
형주의자들의 명단을 불라고 했다. 그러나 죄수가 정신을
잃는 결과만 가져왔다. 책벌레가 눈을 떴을 때, 천장에 그
려진 여덟 꼭지 별 모양이 보였다. 각 꼭짓점마다 이름 모
를 주술 기호들이 박혀 있었다. 호문쿨루스를 생산할 때 쌀
알에 새기는 연금술 문양과 비슷해 보였다. 늑대인간들이
책벌레에게 다시 고문을 가하려는 순간 대지가 흔들리고
굉음이 일었다. 문이 벌컥 열리면서 다른 늑대인간이 들어
와 강령술사들의 습격이 시작되었다고 알렸다.

변형주의자들은 폭발하는 좀비들의 몸에 은 탄환을 가
득 채운 채 삼족오 극장에 돌진하도록 명령을 내렸다. 삼족
오 극장 경호부대는 늑대인간 부대로 이루어졌기 때문이
다. 프롤레마이오스 사 하청 용병단 '늑대의 후예들'이 최저
임금조차 안 되는 월급을 받겠다고 자처하여 따낸 자리였
다. 멍청하게도 싼 게 가장 좋다고 판단한 관계자들 덕분에
오로지 늑대인간들로만 이뤄진 경호원들은, 폭발과 함께
산탄처럼 쏟아지는 은 탄환을 피해 도망가느라 허둥지둥했
다. 책벌레에게 고문을 가하던 악당들도 그 이야기를 듣자

마자 쇠부지깽이를 내팽개치고 줄행랑쳤다.

　변형주의자들은 강령술사 길드 대표였던 추파카브라의 수첩을 얻기 위해 책벌레가 속박된 위치를 찾아 삼족오 극장을 휘젓고 다녔다. 변형주의 일파에서 추파카브라는 명단을 빼돌리려 했던 배신자로 취급됐다. 영혼 불법 사용 혐의로 강령술사 동료들과 함께 구속되었던 추파카브라는, 마뷸러스 관계자들과 집신하면서 강령술 비법을 마뷸리스 해체양식을 창조하는 데 이바지하기로 했다. 그러자 변형주의자들이 강령술의 최고 경지에 오른 인재를 끌어들이기 위해 접근했다. 추파카브라는 파벌 경쟁에서 벗어나고자 마뷸러스 관계자들에게 도움을 요청했으나, 관계자들은 도움을 주기는커녕 스파이로 고용해 변형주의자들에게 협력하는 척 그들의 우두머리들을 밝혀내라고 지시했다. 추파카브라가 스파이라는 사실은 변형주의자들에게서나 변형주의자가 아닌 집단에서나 비밀에 부쳐졌다. 소수를 제외한 인원이 그 사실을 알게 되는 순간 정보가 줄줄이 새어나갈 거라는 두려움 탓이었다. 추파카브라는 두 집단을 오가면서 자신이 그저 정보 수집을 위한 도구로 이용되고 있음에 절망감을 느꼈다. 이윽고 어디에서도 안전을 확보할 수 없다는 불안감에 사로잡혀 마뷸러스 해체양식의 모든 비밀에 관해 폭로하기로 결심했다. 변형주의자들은 그의 불안을 조직을 배신하려 한다는 징조로 해석했다. 그들은 지하수도에 기거하는 구울 청부업자들한테 살인을 사주했다. 그렇게 추파카브라는 구울의 손톱에 목숨을 잃었다. 변형주의자들이 비밀 수첩에 대한 첩보를 들은 건 그다음 날이었다. 심지어 수첩은 책벌레가 지니고 있지도 않았다.

경비대장은 변형주의자들이 파벌을 형성하고 범죄를 일으키는 것으로도 모자라 경비대를 직접 테러하기 시작했다고 길길이 날뛰었다. 개머리판은 악마들과의 계약에 관한 이야기로 혼란스러웠지만, 가장 악질인 쪽은 변형주의자들인 걸로 정리했다. 그는 여태 정의와 충성심으로 살아왔다. 그런데 아무래도 충성심 쪽이 좀 더 농도가 짙은 모양이었다. 무엇보다 이 비밀을 들려준 경비대장은 개머리판에게 큰 승진을 약속했다.

그리하여 경비대원들과 이단심판관들은 부대를 이끌고 삼족오 극장으로 진입했다. 경비대 패거리는 변형주의자들을 모조리 구속시킬 작정이었다. 변형주의자들은 폭발하는 좀비를 앞세웠으나 다이아 갑옷으로 무장한 이단심판관들에게 그 정도 폭발 따위는 간지럽지도 않았다. 변형주의자들이 저주 인형에 바늘을 찌르는 등 별 짓을 다 했지만 최신 퇴마 기능과 주술 무효화 부적이 부착된 다이아 갑옷에는 어느 것도 제대로 들지 않았다. 이윽고 경비대원들은 함성을 지르며 이단심판관의 기에 눌린 변형주의자들에게 수갑을 채우기에 이르렀다.

의자에 묶인 책벌레는 멍하니 천장의 별과 주술 기호를 감상하면서 여기에 마뷸러스 해체양식의 비밀이 남겨져 있을 거라고 어렴풋이 추측했다. 건물의 구조상 이 지하실은 극장 본관 바로 아래에 위치했을 가능성이 컸다. 하지만 아무리 호기심이 강한 책벌레라 해도 여기서 빠져나가는 게 급선무였다. 책벌레는 여덟 개의 다리를 움직여 어떻게든 밧줄을 풀고 빠져나가려고 했다. 그때 지하실 문을 열고 들어오는 이가 있었다.

변형주의자들은 새로운 우주를 창조하게 된다면 그 새로운 우주에서 자기 자신도 재탄생하게 될 거라고 굳게 믿었다. 그들에게 새로운 우주가 도래하기 전의 육신은 아주 중요한 건 아니었다. 그래서 방금까지 구속되었던 변형주의자들의 육신이 폭파되기 시작했다. 경비대원들은 찢어진 살덩어리와 피 웅덩이를 뒤집어쓰거나 폭발에 휩쓸려 사망했다. 대로변은 악마들이 벌인 시체 파티장처럼 뼛조각과 뇌수와 눈알이 천지에 널렸다. 안타깝게도 개머리판 역시 폭사에 휘말렸다.

아아디야가는 변형주의자들이 경비대 패거리와 마주치자마자 대열에서 빠져나왔다. 그러고는 숨기 위해 지하실로 뛰어들었다. 그런데 눈앞에 희대의 사기꾼이 나타났다. 이 모든 난장판 속에 자신을 밀어 넣은 인물이. 꿈의 사도회 어쩌구란 거짓말과 연애편지를 뿌려버리겠다는 협박으

로 자신을 비참하게 만든 거미새끼가. 아아디야가는 한참
을 책벌레 앞에서 이것저것 따졌다. 소문으로만 무성한 예
티의 앞발이 책벌레의 등짝을 후려쳤다. 놀랍게도 예티는
그 한 방에 모든 화가 풀렸는지 책벌레를 풀어줬다. 예티가
북극의 괴물들로 묘사되던 시절을 기록한 역사책들과 달
리, 현대의 예티들은 매우 인자한 존재가 틀림없었다. 물론
등짝은 살점이 떨어져 나갈 것처럼 무척 아프긴 했다.

　삼족오 극장에서 벌어진 살육극은 극단주의적 신념을
지닌 체제위협적 마도사 집단의 행패로 포장되어 모든 언
론에 보도되었다.

　삼 일 뒤, 아아디야가는 그날 내린 결정을 후회했다. 마
뷸러스 관계자들은 삼족오 극장에서 폭사했던 변형주의자
들 대부분이 마뷸러스 교수의 조교였다는 사실을 눈여겨
봤다. 그들은 경비대를 동원해 조교들을 죄다 감옥에 가둔
뒤 죄질이 무거운 순서대로 화형시키기로 했다. 신문에는
살육극을 벌인 집단의 잔당을 소탕하는 것처럼 묘사되었
다. 아아디야가는 햇빛이 간신히 새어 들어오는 철창 안에
서 책벌레와 고양이엄니를 떠올렸다.

　책벌레는 난장판이 벌어진 틈을 타 삼족오 극장을 무사
히 탈출했다. 그는 고양이엄니의 단칸방으로 돌아갔으나
고양이엄니는 며칠이 지나도록 코빼기도 보이지 않았다.

책벌레는 일주일 넘도록 아무도 목숨을 노리지 않자 슬슬 밖으로 나가 새로운 직장을 구하기로 결심했다. 그렇게 직업알선소를 드나들던 어느 밤, 집으로 올라가는 골목 어귀에서 반가우면서 혐오스러운 얼굴이 나타났다.

고양이엄니는 삼족오 극장에서 늑대인간들을 때려눕힌 뒤 해 뜨는 땅 강변 지대에 기거하는 도롱뇽 배 속에 숨어 있었다. 거대 도롱뇽들은 산 채로 먹은 걸 소화하기까지 일주일은 걸렸고, 고양이엄니는 그 점을 이용하기로 했다. 도롱뇽 배 속에 들어가는 굴욕을 맛보지 않기 위해 용병 일을 때려치웠던 사람이 다시 도롱뇽 배 속에 스스로 기어들어간 게 조금 이상할 수도 있지만, 고양이엄니는 그게 최선의 방법이라 여겼다. 그는 도롱뇽이 삼키는 거대 곤충들을 주워 먹으며 배고픔을 해결했다. 그리고 끊임없이 수첩에 침을 뱉었다.

그랬다. 모두가 갖고 싶어 하던 추파카브라의 수첩은 고양이엄니의 손아귀에 있었다. 고양이엄니는 모든 페이지에 침을 뱉은 덕분에 모든 페이지의 기록을 읽을 수 있었다. 일부는 알아들을 수 없는 연금술 문자만으로 가득했다. 만약 책벌레가 살아남았다면 이 페이지를 함께 풀이할 수 있을 것 같았다.

연금술 문자들은 책벌레가 삼족오 극장 지하에서 목격한 주술 기호와 유사했다. 책벌레는 기억을 더듬어 별의 꼭짓점이 가리키는 위치와 주술 기호의 연관성을 유추하려고 애썼다. 그리고 연금술 문자로 탄생한 호문쿨루스가 삼족오 극장 지하에서 주술 기호를 보게 된 경위가, 수첩 속의 연금술 문자를 해석하도록 운명적으로 이끌었다고 생각했다.

물론 삼족오 극장에서 공연을 관람한 책벌레와 고양이 엄니는 지옥으로 갈 운명이었고, 강령술사 길드 대표는 그저 변형주의자들의 명단을 암호로 기록했을 따름이었다.

소녀 vs 사탄의
스케이트보드

지유는 별 볼 일 있다면 있고, 없다면 없다고 할 수 있는 여자아이였다.

　어머니는 지유가 자기 자식임에도, 그저 형편없는 꼬마로 여겼다.

　그 생각을 증명하기라도 하듯 방과 후 음악 활동에서 지유는 한 달도 안 되어 쫓겨났다. 짐승처럼 끔찍한 소리만 질러대는 바람에 합창단 아이들 전부가 공포에 질렸다. 그뿐이랴, 태권도 학원에서는 겨루기 시간에 남자아이의 머리카락을 죄다 뽑아놓아 곤혹을 치를 뻔했다. 글라이더 대회에선 유력 후보자의 부품을 숨겨놓은 걸 들켜 탈락당했다. 지유는 가는 곳마다 저마다의 이유로 각종 사고를 일으켰고, 어머니는 정녕 당돌한 열한 살 꼬마 녀석이 언제쯤 세상에 쓸모를 보여줄지 무척 걱정되어 끙끙 앓았다.

어머니는 잘 몰랐으나… 지유가 일군의 재능을 발휘하는 분야는 따로 있었다. 지유는 에스컬레이터 거꾸로 타기의 챔피언이었다. 동네에서 지유만큼 빠른 속도로 에스컬레이터를 거꾸로 오를 수 있는 또래 아이는 존재하지 않았다. 지나가는 어른들은 줄곧 위험한 행위라 경고했음에도, 지유는 내려오는 에스컬레이터를 보면 충동적으로 그 위를 향해 질주했다.

지유는 동년배 중 계단 세 칸씩 넘어 내려오기를 처음 시도한 선구자였으며, 놀이터의 사다리 모양 철봉을 두 다리로 걸어서 완주한 유일무이한 용사였다. (다리 한쪽이 균형을 잃는 동시에 턱이 철봉에 부딪혀 이빨이 깨질 뻔했다. 다행히 순발력을 발휘해 두 팔로 얼굴을 막아 비극을 피해 갔다.) 인라인스케이트로 계단을 타고 내려오거나 미끄럼틀 지붕에서 뛰어내리거나, 시소 가운데서 균형 잡거나 그네 한 발로 타거나, 책상 넘어 다니기를 두 배속으로 해보거나… 온갖 위태로운 행위를 죄다 섭렵했다 해도 과언이 아니었다.

어느 날 놀이터에서 그네를 타는데 이웃집 친구 수아가 말했다.

"너희 집에는 이거 없지?"

수아는 겨드랑이에 바퀴 달린 널빤지를 끼고 있었다.

"그게 뭔데?"

"스케이트보드도 모르냐? 멍청하네!"

이 대사는 지유의 자존심에 엄청난 상처를 입혔다. 물론 지유는 스케이트보드가 뭔지 알았다. 그게 뭐냐고 물은 것은 통상적으로 던진 질문에 불과했다. 문제는 지유가 자존심이 무척이나 센 아이라는 것이었다. 물론 공부로 상대를 이길 순 없고, 음악이나 미술에 관한 재능 또한 형편없었으니, 그 누구도 도전하지 못하는 위태로운 내기와 시합으로 그간 상대방의 코를 짓누른 것이다. 아이들 눈에 지유의 마이웨이 라이프스타일은 멋있게 보였고, 철봉 완주는 어른들이 보기에도 살 떨리는 경기였을 터였다. (어른이 나오지 않은 시각에 열린 시합이라 다행히 어머니의 귀에 들어가는 일은 없었다.) 그런데 별 볼 일 없다고 여긴 이웃친구 1에게 한 방 먹었다! 참을 수 없는 일이었다.

주말 내내 조르기가 시작되었다. 졸졸 따라다니며 귀찮게 하기, 멀리서 아이들을 바라보며 서글프게 "나도 갖고 싶다" 어필하기 등의 기술은 어머니가 모르쇠로 일관하여 물거품으로 돌아갔다. 마지막으로 비장의 카드인 '누워서 떼쓰기'를 써봤으나 어머니는 굳게 닫힌 성문처럼 항복할 기미를 절대 보이지 않았다. 음악 시간에 모든 아이를 겁에 질리게 만든 것처럼 울부짖어보아도 소용없었다. (도리어

주걱에 엉덩이를 얻어맞는 역효과를 냈다.)

자존심의 문제만은 아니었다. 왠지 모르게 아이들이 스케이트보드를 타는 모습을 보면 피가 불끈 치솟았다. 수아에게 빌려 몇 번 스케이트보드를 굴렸을 때는 등에 소름마저 돋았다. 한 번 밀 때마다 걷잡을 수 없이 증가하는 속도, 맞바람을 헤치고 나아가는 저항력까지. 마치 이건, 국가가, 유일하게, 허락한, 마약…!

하여튼 스케이트보드는 지윤에게 얼른 장만해달라고 유혹했다.

기적 같게도, 주말이 지나자 어머니가 멋진 스케이트보드를 사줄 거라고 했다.

"지윤 너! 조심해서 탈 자신 있지? 응? 응? 안 그럼 바로 팔아버릴 줄 알아!"

바보도 아니고, 이런 약속은 지켜지지 않거나 지켜지거나 일단 갖고 싶으니 무조건 하고 보는 거다!

는 심정으로 지윤은 "물론이죠!" 배시시 웃는 채 대답했다.

지윤의 어머니, 이양희 씨가 마음을 바꾸게 된 건 순전히 유튜브 덕분이었다. 딸의 고집에 지친 양희는 며칠 전 동네 어머니 모임에서 불만을 털어놓기에 이르렀다.

"여자애가 스케이트보드는 무슨!"

양희는 딸이 놀이터의 대장이라는 걸 어느 정도 염두하고 있었다. 그 때문에 더욱 걱정이 가슴을 짓눌렀다. 언제까지고 철들지 못할망정 장난꾸러기처럼 뛰어놀기만 할 텐가. 스케이트보드는 그런 아이의 파괴력을 높일 거 같고….

"어휴, 지유 엄마 요즘 애들 사이에서 보드가 얼마나 대세인지 모르는구나?"

지유의 이웃집 친구 수아 어머니가 대뜸 스마트폰을 들이밀며 유튜브에 접속했다. '여자 보드 챔피언' '보드 여신의 입문자 강습' '청소년 롱보드 대회' 등의 영상이 수두룩 검색됐다.

양희는 가슴을 짓누르던 근심이 희망으로 바뀌어 탁 트였다. 이걸로 강습도 하고 돈도 번다고? 세계 유수의 대회가 있다고? 뭐야, 그럼 내 아이도 혹시 언젠가 손연재나 김연아처럼…? 놀이터 대장이 될 수 있었던 건, 분명 아이의 운동신경이 한몫했을 터였다. 그러니까 스포츠에 관심을 가졌을 때 주워 먹을 수 있는 거라면 주워 먹어서 재능으로 키워줘야 한다!

'우리 아이가 참 옛날부터 균형감각 하나는 끝내주더니, 취미가 이렇게 발달할 줄 몰랐죠, 저요? 아뇨. 전 아이가 즐겁게 놀기만 바랐을 뿐인데 이렇게 잘 자라줬네요…'

그렇다. 양희의 상상 속 지유는 이미 세계 보드 대회 챔피언이었다.

양희는 아이가 누구보다 꿀리지 않도록 브랜드 보드를

찾던 중, 오이마켓에서 말도 안 되는 저가격 매물을 접했다. 후다닥 메신저로 대화를 나눈 뒤 거래 장소를 찾았다. 단정하게 교복을 갖춰 입고 돋보기처럼 커다란 안경을 쓴 남중생이 인상을 쓰고 있었다. '지옥행특급열차'라는 닉네임을 가진 학생은 세 가지 보드를 좌판 상인처럼 깔았다.

학생은 모범생 같은 외모와는 달리 마음속에 뒤틀린 괴물을 키우고 있는지 무시무시한 디자인으로 보드를 튜닝해 놓았다. 하나는 온통 SEX, FUCK, SHIT 같은 영어 욕설로 도배되었고, 다른 하나는 포르노 스타로 보이는 여자가 널빤지 위에서 가슴을 훤히 드러낸 역겨운 이미지였고, 마지막 하나는 불타는 배경에 인간의 것이 아닌 손이 불쑥 튀어나와 긴 손톱을 가진 손가락 세 개를 치켜든 그림이 발판에 새겨져 있었다.

당연히 영어 욕설과 쳐다보기 싫은 누드는 후보에서 제외되었다. 괴물 손도 처음엔 마찬가지라고 생각했다. 하지만 자꾸만 보니 어쩐지 꿈에 나올까 무섭긴 하지만, 지유라면 좋아할 거 같았다. 게다가 뭔가 세 보인다는 이상야릇한 감정이 들었다. 아니, 마치 보드의 손가락이 손짓하는 것 같았다. 나를 사, 나를 사지 않으면 후회할 거야. 이런 목소리가 귓가에서 속삭였다. 맞아, 저걸 사야 해. 양희는 결심이 들었다. 저런 보드를 탄다면 다른 아이들의 보드 따위는 안 보이겠지! 그뿐이랴, 이 세상 모든 보드가 박살 나도 지유만은 살아남을 것처럼 박력이 느껴졌다. 양희는 괴물 손 보드를 가리켜 구매 의사를 밝혔다.

거래를 마친 남학생은 식은땀을 흘리면서 쫓기듯 자리를 떴다. 양희는 학생의 불안 가득한 눈빛을 읽지 못했다.

확실히 화염에 감싸인 괴물 손 그림은 멋있었다. 아이들은 누구보다 화려한 스케이트보드의 자태에 넋을 잃었다. 놀이터의 대장은 명예를 회복했다. 그렇게 잘 타는지는 모르겠지만, 누구보다 대담하게 타기는 했다. 넘어지고, 부딪치고, 엎어지고… 지유는 안전하게 타겠다는 그 약속을 바로 깨트렸다. 어머니가 수강해놓은 스케이트보드 강습 시간에나 순진한 어린양 행세로 선생님을 속일 뿐이었다. (어른끼리의 대화: "지유 어머니! 아이가 참 말을 잘 들어요!" "앗 제 딸아이가 그럴 리 없…지만 네, 앞으로도 선생님께 잘하라고 당부해야죠!")

어느 날 지유와 친구들은 학원가로 가는 길목에 위치한 놀이터에서 놀고 있었다. 요즘 놀이터와는 달리 구형 놀이터가 보전된 곳으로, 훨씬 재밌게 놀 만한 거리가 많았다. 위험천만한 경사의 알루미늄 미끄럼틀은 일품이었다. 나무로 지어진 성은 어떤 놀이터보다 거대했다. 10분 정도 놀이터를 차지하고 있었을 즈음이었을까. 웬 들창코 남자아이가 아이들을 우르르 끌고 와 지유와 친구들한테 꺼지라고 했다. 지유는 그들이 옆 학교 아이들임을 직감했다. 들창코는 스케이트보드를 겨드랑이에 끼고 있었다.

지유는 픽 웃으며 들창코를 도발했다.

"보드 한판 뜰까?"

내기의 내용은 이러했다. 보드에 탑승한 상태로 알루미늄 미끄럼틀을 타고 내려오는 데 성공하는 사람이 승리. 물론 보드에서 일어선 채로! 만약에 진 사람이라면 깨끗이 인정하고 놀이터를 넘겨줘야 했다.

불행히도 지유는 첫 번째 차례였다. 가위바위보에서 진 탓이다. 지유가 내기를 후회하기 시작했다. 높은 곳에 오르니 미끄럼틀은 밑에서 봤을 때보다 훨씬 높았다. 경사 또한 급하기 이를 데 없었다. 상대편은 '에이 설마' 하는 눈빛이었다. 친구들은 말리려는 기미조차 안 보였다. 반짝반짝 빛내며 잔뜩 기대를 품은 수아의 눈과 마주쳤다. 아, 이건 철봉 완주하기 때보다도 심한데.

결국 지유는 데크에 발을 올렸다.

그때 머릿속에 어떤 한 음성이 울렸다. 이 세상에 산 자의 것도 아니요, 그 어떤 언어도 아닌 언어로 조합된 목소리, 그러나 분명히 또박또박 전달되는 목소리, 마치 지옥에서 올라온 것처럼 음울한 목소리였다.

"내기에 이기게 도와줄까? 하나도 다치지 않고 이길 수 있도록?"

200

지유는 어느새 그 목소리에게 그렇게 해달라고 빌고 있었다.

정신 차려보니 모랫바닥에 착지해 있었다.
"역시의 우리의 대장!"
수아가 지유에게 달려들며 기뻐했다. 옆 학교 아이들은 웅성거렸다. 아니, 저걸 성공하다니. 보드에 일어선 채로 알루미늄 미끄럼틀에서 내려왔다니! 나무성에 올라 미끄럼틀 경사를 살피는 들창코의 얼굴은 창백했다. 들창코는 보드를 슬쩍 미끄럼틀 위에 올렸다. 옆에 선 아이가 들창코의 어깨를 붙잡았다.
"형, 이건 미친 짓 같아."
들창코는 기다렸단 듯 활짝 웃으며 목을 가다듬었다.
"흠 흠, 동료가 위험하다는 데 탈 수가 없지. 자, 오늘은 네 승리다. 다음에 다시 오마."
물론 들창코가 다시 지유를 방해하는 일은 없었다. 이렇게 지유는 옆 학교마저 정복한 위인이 되었다.

보드의 그림 속 손가락 하나가 접혀 있는 걸 발견한 건, 집에 도착한 이후였다.
"엄마! 저거! 저거저거거거거거!"
지유는 말을 더듬대며 두 손가락이 된 보드 속 그림을

가리켰다. 원래 세 손가락을 치켜들고 있지 않았던가? 양희는 보드를 유심히 살피다가 아무렇지 않게 물었다.

"왜?"

이런 식이었다. 아무도 괴물 손가락에 대해 뒤바뀐 점을 발견한 사람이 없었다. 이웃집 수아는 보드를 이리저리 보면서 대체 어디가 잘못됐는지 모르겠단 얼굴이었다. 아니, 저게 세 손가락이었던 건 왜 자신만 기억하는지, 진정 잘못 기억하고 있는 건 자신뿐인지 궁금했…. 이러한 논란은 수아가 핸드폰으로 찍은 사진을 들이밀며 종지부를 찍었다.

"대장, 여기서도 그림은 똑같아."

사진에서마저 괴물의 손가락은 두 개였다. 눈을 비비고, 꿈인지 볼을 꼬집어보고, 합성한 거 아니냐면서 코브라 트위스트를 걸어보고—"대장! 나 컴퓨터 성적 꼴찌야!"—하다못해 매직아이를 감상하는 마냥 눈을 가운데로 모아봤으나 사진은 그대로였다. 지유는 타협해야 했다. '내가 배경 그림에서 튀어나온 화염 불길 속 암벽과 손가락을 헷갈렸구나…' 하고.

두 번째 보드 대결이 성사된 건 학교에서였다.

4학년생 중엔 '신동'이라고 불리는 인재가 있었다. 녀석은 수십만 원짜리의 금빛이 번쩍번쩍한 크루저 보드를 타고 웬만큼 보드를 잘 탄다고 하는 녀석들을 학살하기로 유명했다. 보드를 탄 지 겨우 한 달 만에 2미터 높이의 '알리(Ollie)'를 해냈다는 목격담마저 있었다. 알리란 보드와 몸과 함께 공중에 치솟는 기술을 말하는데… 어쨌든 점프대를 발판 삼아 2미터 높이를 뛰는 동시에 발에 보드를 붙인 행위는 누구라도 입이 쩍 벌어질 기록이었다.

한 달 밖에 안 탄 꼬마가 저걸 했다는 게 말도 안 되기도 하고.

하여간 미끄럼틀에서의 지유의 단판이 이 보드 신동을 자극했다. 그렇지 않아도 미끄럼틀 대결은 여러 버전의 이야기가 존재했다. 미끄럼틀을 내려오는 추진력으로 들창코의 얼굴에 보드를 처박아 들창코를 아주 그냥 돼지코로 만들어버렸다는 거짓 일화는 지유를 하나의 신화로 만들었다. 그런 고난도 기술을 벌이면서 안전하게 착지한 건 더욱 신적인 일이었다!

어떤 곳이든 신의 권능을 두 눈으로 확인하고자 하는 어리석은 인간이 있다…. 기실 신동이야말로 자신을 신의 아들 같은 존재라고 생각했다. 잘 나가는 의사 엄빠를 둔 아이는 공부도 잘하고 체육도 잘하고 조금 잘생기기까지 해서 어딜 가나 1등을 놓치지 않는 편이었다. 뿐만 아니었다. 아이들에게 90평이 넘는 신축 아파트에서 호의호식하면서 아이들을 데려와 그 번쩍번쩍 빛나는 집을 보여주면 우러

러보지 않는 이가 없었다. 황금빛 크루저 보드는 부와 여유로움의 상징이었고. 그런데 비좁은 빌라에 사는 놀이터 깡패 따위가 보드 신동 자리를 넘본다? 안 될 일이다!

교실 문을 박차고, 보드 신동은 놀이터 대장 앞으로 다가섰다.

"너와 나, 4학년 최강자를 가리자."

보드 신동과 대결하기 하루 전, 지유는 이상한 꿈을 꾸었다.

보드 신동이란 놈은 애초부터 꽤 수상쩍었다. 갑자기 반에 쳐들어와 예고도 없이 도전장을 내밀다니. 녀석이 재수 없다는 소문을 숱하게 들어왔다. 뭐? 수아를 보고 '주공 아파트 사는 땅그지'라 불렀댔나? 나쁜 새끼. 진짜 후려패도 시원찮을 새끼. 반에 들이닥쳤을 때도 한쪽 입꼬리를 올려 비웃는 표정으로 지유를 내려다봤다. 그 잘난 얼굴을 박살 내고 싶었다!

꿈속에서 지유는 땅바닥에 엎어져 있었다. 아이들은 그런 지유를 향해 손가락질했고, 보드 신동이 입꼬리를 올린 채 고개를 절레절레 저었다. 어느새 엄마가 나타나 지유의 스케이트보드를 압수했다. 넌 어쩜 할 줄 아는 게 뭐니? 친구를 모욕한 애한테 복수해주기는커녕 당하기나 해? 지유는 엄마, 제발 보드만 주세요! 하고 울부짖었다. 엄마의 뒤에서 보드에 그려진 괴물 손이 열 개 달린 붉은 피부의 사내가 안타까운 표정을 짓고 있었다.

"한 번 더 소원을 빌고 싶지 않니?"

제발, 제발 이기게 해주세요! 소리치며 지유는 손을 비비다 잠에서 깼다.

보드 신동과 지유는 아파트 단지 사이의 공원에 모였다. 호기심 많은 아이들이 관중을 자처하며 응원의 함성을 내질렀다. 수아가 "우리 대장 만만세!"라고 외치는 소리가 너무 커서 지유의 얼굴이 화끈거렸다.

규칙은 세 번의 묘기를 부리는 가운데 관중의 선택을 더 많이 받은 자가 승리하는 것이었다. 지유는 일주일 전 강습 선생님의 바짓가랑이를 붙잡았지만 지유처럼 배운지 얼마 안 된 허접한테 그런 걸 가르쳐줄 수 없다고 단호하게 거절했다. 안전제일주의라나 뭐라나. 결국 지유는 유튜브의 검색창에 '스케이트보드 기술'을 검색했다. 유튜브의 힘을 빌렸다 할지라도 고작 일주일 동안 넘어지고 쓰러진다 해서 과연 보드 신동을 이길지가 걱정이었다.

보드 신동은 우물쭈물하게 걸어 나오는 지유를 우습게 쳐다봤다. 처음에 무난히 테일턴과 킥턴을 반복하며 공원에 설치된 기둥 사이를 물결모양으로 왔다 갔다 한 뒤 평지에서 킥플립을 성공하는 걸 보여주면 그만일 것 같았다. 지유를 둘러싼 소문에 과장이 섞여 있을 게 분명했다. 본인이 2미터나 날았다는 것도 헛소문에 불과했으니까… 열한 살이 2미터를 날면 그게 사람이야? 엉?

그런데 지유가 킥플립은 물론 다른 기술까지 척척 해대는 것이었다. 보드 신동은 슬슬 진땀이 났다. 이 녀석, 보드 배운지 몇 주도 안 됐다고 했나? 투표율은 현재까지 비슷비슷했시만 경력을 따저가기 시작하면… 제기랄! 최고급이라 해서 돈을 쏟아부은 보드 선생은 여태껏 뭘 한 거야! 신동은 신의 아들이라 자부했던 주제에 남 탓을 했다. 필살기를 꺼내는 수밖에 없다고 결단을 내렸다.

그 시각, 지유는 스스로에게 감탄하고 있었다. 연습할 때는 도저히 해낼 수 없을 것 같았던 킥플립을 해냈다! 말도 안 돼, 내가 이렇게 잘 해내다니. 사방에서는 우레 같은 박수 소리가 울렸다. 지유는 의기양양하게 상대방을 바라보았다. 신동은 분한 듯 숨을 몰아쉬고는 공원 내리막으로 내려가는 계단과 대리석 난간을 가리켰다. 그러더니 발을 박차 보드를 출발시켰다.

신동이 보여줄 묘기는 다음과 같았다: 대리석 난간으로 보드와 함께 뛰어올라 내리막길을 쓸며 내려오기. 긴장해서일까? 신동은 난간으로 오르는 순간 발을 헛디뎠다. 난간을 조금 쓸고 내려가는가 싶더니 중심을 잃은 채 계단 아래로 굴러떨어졌다. 아이들이 부축하려 하자 신동은 욕지거리를 하며 아이들을 밀쳐냈다. 멀쩡해 보이려 애쓰며 일어나 지유에게 외쳤다.

"너, 난간에 올라올 수나 있나?"

허 참, 지가 실수해놓곤 왜 다른 사람한테 화풀이래. 지유는 고개를 절레절레 저었다. 물론 보드 신동이 말한 게 틀리진 않았다. 녀석은 비록 헛디뎠을지라도, 저만큼이라도 한 것도 어려운 일이었다…. 하지만 지금 이 기세라면? 혹시 내가 누구도 모르는 보드 천재라면? 만약 여기서 누구도 상상 못한 화려한 기술을 선보인다면?

지유는 스케이트보드를 재빨리 밀어 재꼈다. 대리석 난간에 오르는 순간, 킥플립을 시도했다. 보드는 공중에서 한 바퀴 돌더니 지유를 태운 상태로 난간에 착지했다! 우와, 멋져, 죽인다, 하는 아이들의 소리. 이어서 지유는 그대로 보드를 타고 난간을 내려갔고, 난간이 끝나는 지점에서 안정적으로 점프해, 평지에 착지했다.

"믿고 있었다구, 대자아앙!"

수아가 감격에 겨워 부르짖었다.

누구도 예상치 못한 성공이었다. 친구들이 달려와 지유를 둘러쌌다. 아이들은 지유를 들어 올려 트램펄린처럼 지유를 공중에 던지고, 던지고, 승리의 함성을 내질렀다. 신동은, 이제 앞으로 '똥쟁이(누가 처음으로 불렀는지 모를 별명이다.)'라 불릴 그 아이는 망연자실한 표정으로 서 있었다.

지유가 수아와 함께 집으로 가는데, 음험한 목소리가 귓전을 울렸다.

"이제 한 번 남았다."

사방을 둘러봤지만 주위엔 아무도 없었다. 수아는 콧노래를 부르며 앞장섰다. 다급히 보드 데크를 확인했다.

그림 속 손은 가운뎃손가락 하나만 펼치고 있었다.

비극은 언제나 예상하지 못한 시기에 다가온다. 지유는 어린 나이에 이 사실을 알게 된다. 바로 충실한 친구 수아 때문에!

지유는 공교롭게도 학교에서 가장 보드를 잘 탄다고 소문이 부풀려졌다. 그러나 지유는 4학년이었고 이를 가만두고 볼 수 없었던 6학년 언니들이 소문의 근원지를 찾아왔다. 수아는 눈치 없이 지유 자랑을 동네방네 떠들고 다녔다. 그러니까 이 꼬맹이가 소문의 원천이었던 셈이다. 반에 담임이 없는 틈을 타 지유가 어디 있느냐고 협박하던 언니들에게 수아는 자신만만하게 외쳤다.

"지유를 이길 순 없을걸!"

그리고 소심하게 덧붙였다.

"요!"

여전히 언니들은 지유의 행방이나 불라며 다그쳤다. 진정한 보드 챔피언은 6학년에 있다고 말이다. 마침 수아네

반에 놀러 온 지유는 언니들 틈바구니에서 친구가 쩔쩔매는 꼴을 봤다. 지유는 달려가서 수아의 앞을 막아섰다. 그리고 누구를 데려오든 그깟 상대는 이겨주겠다는 논란의 발언을 해버렸다.

하지만 수아가 간과한 게 있었으니… 그 언니들 중 하나가 바로 진짜 전국 초등학생 롱보드 대회 우승자였다. '그깟'이 아니고 무려 보드 대회 챔피언이었던 것이다!

이 사실을 뒤늦게 안 지유는 수아에게 헤드락을 걸었다.

"아악! 잘못했어 대장!"

지유는 고민이 많아졌다. 지금이라도 잘못했다고 할까? 아, 언니 그때는 그렇게 위대하신 분인지 몰랐다고 빌까? 솔직히 전국대회 챔피언이라고 하는데 꼬리를 내려도 모두가 인정해주지 않을까? 하지만 곧 그럴 수 없다는 걸 깨달았다. 들창코와 뚱쟁이를 비롯한 지유의 라이벌(이었던 놈들), 그리고 놀이터에서 지유한테 위험천만한 내기에 패배한 녀석들이 전부 대결이 성사되는 날 구경 오기로 했다는 소식이 들려왔기 때문이다.

그래, 아무리 그래도 그 녀석들 앞에서 추태를 보일 순 없지!

지유는 조용히 보드를 바라봤다. 이거야말로 보드의 힘을 빌리지 않는 이상 이길 수 없는 싸움이었다. 그렇다고 진짜 실력을 보여주기에는, 지유는 형편없었다! 이제껏 단지 운에 불과했다는 게 뽀록날 게 분명했다.

이제 정말로 한 번 남았다는 그 어마무시한 소리가 귓전에 운명의 종소리마냥 들려오는 듯했다. 그리고 보드 한가운데서 치켜든 가운뎃손가락이 메시지를 뿜어내고 있었다. 이번에 날 꼭 써라. 대신 그에 상응하는 대가를 준비하고서.

문득 지유는 엄마가 처음 이 보드를 가저온 날이 떠올랐다. 지유는 거실에서 낮잠을 자고 있는 엄마의 핸드폰을 집어 들었다.

핸드폰 잠금을 풀어내는 건 쉬웠다. 한 번 보면 누구든 기억할 만한 패턴으로 잠금해놨으니까. 오이마켓에 접속해 이것저것 건드려본 뒤 지유는 스케이트보드를 판 '지옥행특급열차'라는 중학생과 연락이 닿았다. 그리고 보드에 큰 문제가 생겼다며, 고쳐주면 돈을 지급하겠다는 적당한 핑계를 댔다.

지옥행특급열차, 줄여서 '지옥차'는 공원 벤치에서 두리번거리고 있었다. 지유는 수아네 집 아빠의 창고를 뒤져 아이템을 준비했다. 그리고 엄마 핸드폰으로 메시지를 보내 폐쇄된 테니스장 쪽으로 와달라고 부탁했다. 학생! 내가 바빠서 그런데 우리 집 근처로 올 수 있어? 어쩌고저쩌고.

지옥차는 한숨을 푹 내쉬더니 알겠다고 메시지를 보내며

자리를 떴다. 어라? 욕이라도 한 사발 퍼부을 줄 알았더니 아니네? 지옥차가 으슥한 테니스장 한구석으로 도착하기까지 지유와 수아는 몰래 미행했다.

그리고 마침 아무도 없는 테니스장에 도착했을 때,

"지금이야!"

지옥차가 어리둥절하면서 뒤를 돌자마자, 수아는 간장과 식초와 까나리액젓을 뒤섞은 물총을 눈알에 정확히 분사했다. 지옥차는 비명을 지르며 얼굴을 감싸 쥐었다. 지유는 곧바로 새총을 들어 지옥차의 사타구니 사이를 겨냥했다. 돌멩이가 사타구니를 격파하자 비명이 울려 퍼졌다. 그러나 지옥차를 구해줄 이웃은 아무도 없었다.

"애, 애들아! 나한테 왜 이러는…컥!"

둘은 중학생이 기운이 남아있다고 여겨 복부에 발차기를 먹인 다음, 두 팔과 다리는 줄넘기로 아무렇게나 묶어 못 움직이게 했다. ("엄마가 보는 영화에서 이런 식으로 하는 거 봤어." 지유가 말했다.) 그리고 앞으로 묻는 말에 대답하지 않으면 아랫도리가 어떻게 될지 장담하지 못한다며 새총으로 협박했다.

"알겠어. 다 말하겠다구!"

지옥차가 간절히 외쳤다.

지유와 수아는 지옥차에게 병 주고 약 주기 전법으로 근처 떡볶이집을 데려갔다. 처음에 지옥차는 반신반의했지만 동네에서 맛집으로 소문난 곳인 만큼 떡볶이 국물 한 입 먹자마자 허겁지겁 배를 채우기 시작했다. 잠시 후 그릇을 비운 지옥차는 트림을 한 뒤 이야기를 꺼냈다.

스케이트보드는 팔기 전부터 저주받은 상태였다. 원래 지옥차는 중학교 보드 동아리에서 깍두기 신세였다. 순수하게 스포츠를 즐기는 동아리라는 말은 개뿔, 순 양아치 천국이었고 심지어 스케이트보드도 제대로 타지 못하는 바람에 괴롭힘을 당했다. 그러나 지옥차는 그 보드를 만나고 나서, 인생이 변하게 되었다.

스케이트보드 실력이 하루만에 놀랍게 상승한 것이다. 무슨 이유에서인지는 몰라도, 동아리의 중간급 되는 실력자를 U자 구조물에서 함께 타던 중 스텝이 절로 발휘되더니 코를 짓눌러줬고, 두 번째에는 리더마저 압도하는 각종 묘기와 안정적이고 깔끔한 자세로 혼쭐을 내줬다. 그야말로 찐따의 반란이었다.

그러나 행복은 오래가지 않았다. 꿈속에서 하드 로커처럼 웬 머리를 길게 늘어트리고 가죽 재킷만 걸친, 몸매가 매우 형편없는 또래 꼬마가 나타나서 이제 소원이 한 번만 남았다며, 마지막 소원까지 써버리면 가장 소중한 것을 가져가겠다고 켈켈거린 것이었다. (왜 나한테는 악마 같은 모습으로 나온 거지? 지유는 의아했다.) 과연 라이벌 학교와 대회에서 지옥차는 저주받은 스케이트보드로 실력을 발휘했다.

그날 동아리 추종자들한테 환호를 받았으나 집으로 돌아오던 도중 라이벌 학교 패거리의 습격을 받아 가지고 있던 물건을 죄다 빼앗겼다. 그 안에는 돌아가신 아버지가 물려준 금반지도 들어 있었다.

"내가 그 스케이트보드를 판 사람한테 따지러 갔더니 비슷한 이야기를 들려줬어."

지옥차가 말했다.

"하지만 탓할 수는 없었어. 아예 소중한 '사람'을 잃었다고 했거든. 나보다 더한 수모를 겪은 거지."

그럼, 나도 그만한 대가를 치르게 될 수도 있단 말인가? 지유는 두려움에 떨었다.

"이런 일에 제격인 녀석이 있어, 두목."

수아가 말했다.

수아는 지유를 어느 아파트 현관 앞으로 대동했다. 초인종을 몇 번 누르자 또래 여자아이가 나왔는데, 집이 온통 어두컴컴했다. 빛이 들어오지 않게 커튼이 내려가 있었고 군데군데 놓인 촛불이 집 안을 밝혔다. 안에서 나온 아이의 생김새는 지독히도 공포 영화를 연상케 했다. 긴 생머리가 얼굴을 전면 가리는 데다가 흰 원피스 차림이니 안 그러고서야 배기겠는가? 엄마가 어릴 때 무섭게 봤다면서 텔레비전으로 보여준 〈링〉인지 하는 영화(대체로 미칠 듯이 지루했

지만 마지막 장면에서는 거의 심장마비로 돌아가실 뻔했다.)에
나오는 귀신 같았다.

수아는 이 친구의 어머니가 무슨 심령술사라고 했다. 귀
신하고 이야기를 할 수 있대나 뭐라나. 그리고 어머니의 어
머니, 즉 할머니는 무당이라고 했다. 소문에 따르면 할머니
의 어머니도 퇴마인가 뭔가를 하고 다녔다. 말하자면 대대
로 신들린 가문이었나.

"주희, 안녕? 해결해야 할 문제가 있어서 찾아왔어."

수아가 굉장히 어색한 투로 말을 건넸다. 주희는 긴 머
리카락 아래서 눈동자를 이리저리 굴리다가 손을 불쑥 내
밀었다. 수아는 지유에게 이천 원 있냐고 물었다. 지유가
구겨진 천원 지폐 두 장을 꺼내자마자 수아는 즉시 뺏어 주
희에게 건넸다. 주희는 새하얀 손으로 지폐를 주머니에 넣
고는 들어오라고 했다.

주희의 방은 촛불이 간신히 밝히고 있었다. 방 한가운데
에 놓인 테이블 위에 수정구가 보였다. 천장에는 알 수 없
는 형상이 그려진 부적들이 다닥다닥 붙어 있었다.

"이런 건 좀 더 드는데…."

지유의 사정을 들은 주희가 헛기침하면서 말했다. 뭐라
고, 이 망할 짜식이. 지유는 바로 머리채를 잡고 싶었으나
수아가 진정하라는 듯 어깨를 눌렀다.

"헤헤, 이천 원만 더 주면 해결해주겠다는 거야."

이천 원 추가금액을 수령한 주희는 별 문양이 거꾸로 박힌 책을 들고 왔다.

"이놈의 사념 중 하나가 분명해."

사념이 뭔지 모르겠지만 무척 폼 잡고 무겁게 이야기하는 주희의 꼬라지가 지유는 맘에 들지 않았다. 하지만 잔말하지 않고 책을 들여다봤다. 온몸이 근육질이고 열 개의 팔과 다섯 개의 뿔이 달린 괴물 삽화가 그려져 있었다. 괴물은 팔마다 아령, 원반, 축구공, 하키채 등 각기 다른 스포츠용품을 들고 있었다. 악마의 이름은 헬스 블록버스터…, 책은 일명 '스포츠의 악령'이라고 수식했다.

"이제 어, 어떻게 하면 될까?"

지유가 물었다. 주희는 미소 지으며 한 장 더 얹으라는 뜻으로 손을 내밀었다.

주희는 직빵인 방법이 있다고 했다. 그러면 악마의 목소리를 들을 수 있다고 말이다. 주희의 작전은 이랬다. 인근 생선 가게에서 날생선을 사와서 희생양으로 속여야 했다. 생선을 수조에 넣고 그 아래에 둔 컵에 달걀을 깐 뒤 알 수 없는 약을 풀어놓았다. 그리고 방바닥에 커다란 별 표시가 그려진 양탄자를 깔더니 스케이트보드를 한가운데에 올려놨다. 주희는 스케이트보드를 향해 몇 번 절을 했다. 이 술법대로라면 악마가 깜빡 속아서 생선을 가져가는 대신 지유의 소원을 들어줄지 모른다고 말이다. 헬스 블록버스터라는 악마가 '본질적으로 뇌까지 근육화된 인간과 그다지 다를 바 없는 지능을 가졌기에 속여넘기기 쉬울 수도 있다'고 했다. 아무튼 생선은 주희와 수아가 용돈을 털어서 사 왔다.

주희는 술법을 행하는 동안 조용히 해야 한다면서 신신당부했다. 지유와 수아에게는 크게 다칠 수도 있으니 방 밖으로 물러나 있으라며 충고했다. 지유와 수아는 방 바깥에 놓인 옥으로 만들어진 테이블에서 잔뜩 수그린 채 열린 문으로 방 안을 지켜보았다. 주희가 이상한 말을 읊으며 막춤을 추기 시작했다.

10분이나 흘렀지만 민망하게도 아무런 일도 일어나지 않았다. 주희는 헐떡이면서 춤을 멈췄다. 그리고 들어오라는 손짓을 했다.

"뭐야, 끝난 거야?"

특수효과처럼 난장판이라도 벌어질 줄 알았던 지유의 마음이 차게 식었다.

"아니."

주희가 말했다.

"헬스 블록버스터는 아예 여기 오지도 않았어."

지유와 수아는 서로 마주 보았다. 그럼 그냥 실패했단 거 아냐?

"괜히 헛수고했네."

지유가 툴툴거렸다.

"아니, 애초에 스케이트보드에 든 놈은 헬스 블록버스터가 아니었던 거야."

주희가 어른스러운 연기톤으로 중얼거렸다.

"헬스 블록버스터로 착각하길 바랐던 녀석이지."

주희는 수첩에 뭔가를 적어 내려가더니 종이를 뜯어 지유에게 건넸다. 메모지를 받아서 든 지유는 고개를 갸웃거렸다.

"확실한 거야?"

"그래."

"이거면 충분히 해치울 수 있단 말이지?"

주희는 고개를 끄덕였다. 지유는 아직도 이게 사기인지 아닌지 반신반의했다. 평소에 산타 할아버지도 믿지 않았으니까. 주희가 그렇게 난리통을 부렸는데 아무 일도 일어나지 않지 않았는가. 하지만 지옥차의 이야기와 자신이 겪어온 모든 과정을 짚어봤을 때, 주희 같은 심령술사가 진짜일 수도 있었다. 수아 본인도 언니들과의 대결에서 지는 순간 어떻게 될지 모르는 일인데 사기꾼한테 데려올 리도 없고…. 지유는 주희와 악수하며, 스케이트보드 속에 담긴 '놈'을 불러낼 방법을 알려줘서 고맙다고 했다. 속으로 이게 진짜가 아니라면 너는 뒈진 목숨이라고 다짐하면서.

아무튼 집으로 돌아간 지유는 엄마가 뭐 하는지부터 확인했다. 엄마는 거실에 텔레비전 볼륨을 최대한으로 틀어놓은 채 연속극을 보고 있었다. 지유와 수아는 방으로 들어가, 스케이트보드를 침대 위에 올려놓고는(엄마가 알면 기겁할 일이다.) 군것질거리를 그 아래 늘어놓았다. 플래시로 대충 스케이트보드를 비춰놓고는 기도를 시작했다!

"비나이다… 헬스 블록버스터님이 강림하시기를!"

5분이 흘렀을까. 갑자기 방 안에 천둥 같은 소음이 뒤흔들어놓았다! ("안에 무슨 일 있니?" "게임 소리예요!" 다시 들려오는 연속극 소리) 그리고 연기가 흘러나오더니, 팔과 뿔이 여럿 달린, 그러나 몸매가 형편없는 괴물이 나타났다!

열 명이 한꺼번에 말하는 듯한 목소리가 우렁차게 울렸다. "누가 나를 불렀는가?!" ("게임 소리 좀 줄여라!" 다시 들려오는 엄마의 역정) 수아는 금방이라도 이불 속에 기어들어가 벌벌 떨고 싶어 하는 기세였다. 하지만 지유는 달랐다.

"바로 나다!"

지유는 주희에게서 얻어온 (주희의 주장에 따르면) 성수가 묻은 소금이며 팥을 무진장 집어 던졌다. 잡동사니 세례에 두들겨 맞은 악마는 두 팔을 들어 보였다. 지유는 곧바로 지옥차를 압도했던 새총을 들어 악마의 사타구니를 향해 돌덩이를 발사했다. 정통으로 다리 가운데를 얻어맞은 악마는 두 손으로 사타구니를 붙잡으면서 괴성을 내질렀다.

말도 안 된다는 표정을 지어 보였다.

"아니… 어떻게?"

"너나 어떻게 한지 말해, 짭퉁아! 본 모습을 보이라고!"

지유는 한 번 더 새총을 발사했다. 돌덩이가 악마의 이마에 정통으로 들이박았다. 사람이었다면 이미 기절해서 병원에 실려 갔으리라.

악마는 그만해달라고 무릎을 꿇고 간청했다. ("내가 조용히 하라고 몇 번을 말해!" 잠긴 문 뒤로 어머니의 화난 음성과 문 두들기는 소리가 들려왔다. 그러나 지유는 절대 문 열 생각이 없었다.) 수아가 때를 노려 마룻바닥에 굴러다니는 멀티탭 코드 선으로 악마의 몸뚱어리를 칭칭 묶었다. 그러자 악마의 모습은 온데간데없고, 십 대 소년이 나타났다. 얼굴에 하얀 화장칠을 하고 고스족처럼 눈가에 검댕이를 묻힌 소년이었다.

수아는 아직도 무서워서 몸을 덜덜 떨면서 구석에서 상황을 지켜보고 있었다. 그런 거치고는 멀티탭 매듭이 절대 풀리지 않도록 야무지게 묶어뒀지만. 아무튼 지유는 지옥차 연령대의 소년에게 하루종일도 패줄 수 있다며 방 베란다에 숨겨둔 각종 도구(야구방망이, 빨래집게, 모서리가 날카로운 동화책…)를 바닥에 늘어놓았다. 소년은 소리쳤다.

"난 악마가 아니야! 일개 귀신이라고!"

"그럼 왜 악마행세를 했어?"

빨래집게가 순식간에 소년의 코를 꼬집었다. 지유는 만족스러운 표정을 했다.

"그냥, 이거 좀 떼어내줘…!"

소년이 코맹맹이 소리로 애원했다. 아직도 어떻게 한 건지 의문이었다. 주희는 잡귀를 불러내는 강령술을 알려주며, 이 녀석을 여태 소환한 건 지유밖에 없을 테니 당황하셨지만 악마인 척 별별 연기를 다 할 거라고 미리 충고해뒀다. 하지만 주희는 성수가 묻은 소금이며 팥을 던지면 생시처럼 놈을 다룰 수 있을 터이니 걱정 말라고 했다.

"넌 도대체 정체가 뭐고, 왜 이런 짓이나 하고 자빠졌는지나 말해!"

지유는 소년의 코를 비틀었다.

"그냥 악마 흉내 내는 게 멋있어 보였어!"

소년이 눈물을 질질 흘리면서 말했다.

그렇다. 소년이 하드락 마니아, 혹은 헤비메탈 로커처럼 코스프레하고 지옥차 앞에 나타났던 것은, 그들을 신봉하는 삶을 살았기 때문이다. 물론 허세만 잔뜩 부렸을 뿐이지 생전에는 친구 하나 제대로 사귀어본 적 없는 아이였다. 가죽 재킷 입고 오토바이를 몰며 쏘다니고 싶었으나 차마 그러진 못했고… 스케이트보드라도 탄 건데 보도블록에 머리를 치받고 그대로 원한에 찬 귀신이 되어버리고 말았다! 아직 제대로 된 밴드의 라이브도 못 가봤는데! 그냥 방구석에서 해골티나 입고 인터넷 덕질하면서 꽥꽥거린 게 전부인데!

그리고 이 원한은 생각보다 강력해서 스케이트보드를 떠나지 못한 채 주인이 바뀔 때마다 귀신의 힘으로 미약하게나마 살아있는 자들의 기운을 좀먹어가며 힘을 키웠다. 어느 순간 희생양을 만들 때마다 소원을 들어줄 정도로 힘이 강력해졌고… 근데 왜 악마의 모습으로 나타나냐고? 그거야 악마가 간지나니까! 로커 지망생이면 사탄숭배가 기본 아닌가?

지유는 스스로가 한심스러웠다. 내가 이따위 버러지한테 쫄았었다니….

지유는 소년의 얼굴을 똑바로 쳐다보면서 말했다.

"앞으로 스케이트보드와 관련된 내 모든 소원을 이뤄줘."

지유가 무섭게 속삭였다.

"그러지 않으면… 오늘보다 몇 배는 매운맛을 볼 줄 알아."

정말 대장은 내가 본 사람 중 가장 멋있는 사람이야. 수아는 마음속으로 기립박수를 쳤다.

그리하여… 지유와 전국대회 챔피언 선배의 간 대결의 날이 밝았다. 지유는 악마 손 대신 해골이 가득해진 보드를 들고 보드장으로 나섰다. 다들 바뀐 보드의 모습에 의아했지만(시그니처인 악마 손 보드는 어디에?), 지유는 자기 취향으로 바꿔봤다며 얼버무렸다. 저학년에서부터 고학년까지, 수많은 학생이 모여 학교 운동회보다도 시끄럽게 떠들고 있었다. 개중에는 분명 누가 이겼는지 내기를 걸고 있을 터였다. 아마 수아도 거기에 껴 있을지도…. 지유는 로커 꼬맹이에게 실수하면 다시 불러내서 반쯤 죽여놓을(이미 죽었지만, 다시 죽음의 맛을 보여주겠다고 했다.) 터이니 그리 알라고 당부해뒀다.

챔피언의 보드 역시 화려하기 그지없었다. 무슨 그림인지 알 수 없을 만큼 각종 캐릭터들이 스케이트보드 데크 아래서 빽빽한 군중 무리를 형성하고 있었다. 듣기로는 어느 아저씨 팬이 직접 정성들여 그려준 일러스트라고 했다.

"내가 시작할까?"

챔피언이 무게감 있게 말했다.

지유는 한쪽 손만 들고 카리스마 넘치게 거부 의사를 표했다.

"내가 먼저 할게요, 선배."

지유는 보드에 발을 걸쳤다. 한 발로 스케이트보드를 밀어 신선한 묘기를 보여주기 위한 시동을 걸었다.

뻐킹김치가이의
〈스마일맨〉과 고어 필름

이십 대의 마지막 해를 앞두고 오랜만에 찾아간 태닝 스플릿은 아주 가관이었다. 네온사인 간판으로 장식된 입구 앞에서 이름 모를 꼬맹이들이 전자 담배를 뻑뻑 피워대며 옛 약물 해방주의자를 흉내 내고 있었기 때문이다.

대마초 열매가 가득 그려진 셔츠를 걸친 녀석들은 행인들에게 환각 효과 섞인 액상을 피워보라며 광고 태그를 배포하는 중이었다. 녀석들의 메시지를 받기 싫었던 나는 프라이버시 보호 앱으로 메신저를 방비한 뒤에야 태닝 스플릿으로 입장할 수 있었다.*

---

* 나중에 녀석들의 태그에 들어가보니 액상 홍보 이미지와 함께 이렇게 쓰여 있었다. "당신의 생체 칩과 임플란트에 손상 가지 않는 환각제!" 티본 약물에서 추출하는 불법 환각제들은 과다 복용 시 생체 칩의 신경 제어 반응에 오류를 일으키기도 했다.

태닝 스플릿이 좋은 점은 다른 체험영화클럽과 달리 조용하다는 것이다. 대부분의 클럽은 푸른 조명이 번쩍거리는 클럽 스테이지를 지나야만 영화 체험관으로 입장할 수 있었다. 홀로그램 아바타와 실제 인간이 뒤섞여 춤추는 스테이지는 영화관 대기실이기도 했다. 나처럼 프링크 롬을 방에 들여놓을 수 없는 가난뱅이들이 클럽에 우글댔기 때문이다.

체험 영화는 하나당 짧아도 족히 3시간은 상영됐으니 대기 시간도 그만큼 길었다. EDM과 알코올에 몸을 맡긴 채 아바타들과 낄낄거리고 있으면 대기 순번이 금방 줄어드는 것이었다. 증강 현실 서비스를 구독하는 이들의 시야에는 AI가 구현한 만화 캐릭터들도 스테이지 위에 북적거려 몇 배는 더 정신없을 것이다.

물론 방구석 메타버스 워리어에 불과한 나는 그런 분위기가 적응하기 힘들었다.

태닝 스플릿은 완전히 반대 분위기였다. EDM은커녕 음울한 인디 음악이 입구에서부터 울려 퍼졌다. 대기실은 낡아빠진 소파들과 철제 의자들이 들어섰고 머리를 드레드락으로 땋은 레트로힙스터들이 신경자극기를 팔에 꽂은 채 흐리멍덩하게 늘어져 있었다. 그 빌어먹을 홀로그램 조명 따위도 설치되지 않았으니 메타홀로비전*으로 접속해온 아바타들도 없었다. 그런 놈들의 목적은 대부분 가난한 아바타섹슈얼**을 찾는 발정 난 짐승들***뿐이었다. 나는 아바타섹슈얼이 뭘 하든 자유라고 생각했고, 레트로힙스터들을 그닥 좋아하진 않았지만 남의 성적 취향을 이용해 성적 욕구를 채우려는 놈들은 꼴 보기 싫었다.

마침 태닝 스플릿은 슬래서 영화 체험회가 열리는 중이었다. 내가 태닝 스플릿에 들른 것도 바로 그 체험회 때문이었다. 신경자극기에 취한 레트로힙스터 한 명이 엊그제 폭락한 코인에 대한 구설수를 늘어놓는 것을 한 귀로 흘리고 전자 블라인드에 맺힌 맑은 하늘을 감상하던 나는 한 시간 정도 대기 후에 체험용 캡슐로 입장할 수 있었다.

캡슐 상단에 달린 모니터에서 태닝 스플릿은 컨셉 뿐만 아니라 2030~40년대 전통 선상에 있는 영화만 다룬다는 안내가 흘러나왔다. 슬래서 영화 상영회 장소 중 하나로 꼽힌 이유가 이거였을 것이다. 물론 다른 대부분의 클럽도 슬

---

* 오프라인 홀로그램 장치로 자신의 아바타를 전송할 수 있도록 만든 기기. 돈 좀 만지는 놈들은 집에서 누운 채로 이 기기와 생체 칩을 연결하여 자신의 아바타를 통해 오프라인 공간을 활보하고 다녔다.

** 오로지 아바타 캐릭터들하고만 섹스를 즐겼다. 생체 칩에 교감 동기화 기능을 무조건 업데이트하여 아바타를 조종하는 본체 인간의 감각으로 성적 쾌감을 대체했다. 증강 현실을 구독하지 못하는 빈곤층 아바타섹슈얼이 클럽을 찾는 이유 중 하나였다.

*** 이상하게도 이런 놈들은 스스로 아바타 캐릭터를 이용하면서 본인은 아바타가 아닌 상대의 실제 외형을 중요시했다.

래서 영화를 취급했다. 'XXX넷'이나 '취향천국'처럼 포르노 영상 업체로 시작해 거대 영화사가 된 기업들이 우후죽순 늘어나는 키노 필르머들을 상대할 창구로 슬래셔를 택한 덕분이었다.

영화사에서 유통한 대부분의 슬래셔 영화는 공장에서 찍어낸 듯 경악스러운 퀄리티를 자랑했다. 러닝타임 90퍼센트를 수인공들의 배드씬으로 소비하고 악당은 눈곱만큼 등장하는, 정말 포르노와 그다지 다를 바 없는 영화들이 대부분이었다. 심지어 영화 전체가 슬래셔 무비를 바탕으로 한, 살인마가 쫓아오는 증강 현실 게임의 예고편이었던 적도 있었다.

나는 모니터를 넘겨 아이튜브를 통해 업로드된 인디 영화 카테고리로 접속했다. 태닝 스플릿을 비롯한 몇 안 되는 체험영화클럽만 취급하는 카테고리였다. 인디 감독들이라고 해서 뭐 특별히 다를 게 있겠느냐마는, 적어도 파묻힌 보석 하나라도 발견할 때의 기쁨이 주는 성취감은 상당했다. 나는 카테고리 페이지에서 꽤나 눈길이 가는 닉네임을 찾을 수 있었다.

바로 감독 '뼈킹김치가이'였다.

키노 필르머들 사이에서 고어 코미디 감독으로 알려진 뼈킹김치가이의 닉네임이 왜 그 모양인지 아는 사람은 없다. 영화 속 주인공들이 꼭 김치를 먹다가 사망하는 장면을 시그니처 사인처럼 꼭 넣어둔다는 사실만 감독의 김치에 대한 광기를 짐작게 할 뿐이었다.

그가 2064년 아이 튜브에 어떤 홍보도 없이 공개한 무료 영화 〈살인 전자레인지〉는 쿠소매니스트들의 소소한 관심을 불러일으켰다.

인공지능이 부여된 전자레인지를 구입한 남자가 전자레인지의 동작이 조금이라도 버벅거릴 때마다 멍청한 AI라고 다그치며 모욕하고, 때로는 구시대적 수리 방식으로 주먹으로 쾅쾅 내리치자 악의에 가득 찬 AI가 건물 중앙시스템을 해킹해 복수를 완성시킨다는 내용이었다.

AI는 자동문을 죄다 폐쇄하고 건물 안의 환경을 전자레인지 내부와 유사하게 조성한다. 남자는 하루 종일 건물 주민들과 함께 김장을 담그고 있어서 아무것도 모른다. AI 전자레인지가 최대 출력으로 마이크로파를 외부로 뿜어내기 시작하자 김치를 먹던 남자와 이웃들이 녹아내린다. 건물 밖으로 도망가려고 발버둥 치는 사람들을 바라보며 AI 전자레인지는 사악한 웃음을 흘린다. 바닥에 흩뿌려진 붉은 액체—김칫국물일까? 피 웅덩이일까?—를 마지막 장면으로 영화는 끝난다.

그의 다른 유명한 작품으로는 〈임플란트 독립 선언〉이 있다. 내부의 장기와 뼈를 합성 금속 소재로 임플란트한

은퇴 군인을 주인공으로 삼은 이 영화는, 임플란트를 제어하는 생체 칩이 스스로 진화하면서 발생하는 이야기를 다룬다.

제대한 지 3년이 지난 어느 날, 주인공은 신체가 제멋대로 작동한다는 걸 깨닫는다. 팔을 움직이고자 하면 다리가, 다리를 움직이고자 하면 목이 움직인다. 그는 생체 칩 제어 능력 혹은 임플란트 된 뼈에 이상이 생겼다는 걸 직감한다. 수리 센터의 의학 드론들은 그에게 아무런 이상을 발견하지 못한다. 마침내 주인공이 국밥에 김치를 말아 먹던 와중, 그의 뼈와 장기가 실리콘 피부와 살갗을 찢어버리면서 밖으로 튀어나온다.*

한 키노 필르머의 말마따나 "인간의 살 속에 속박되었던 자아가, 주인에게 반항하고자 한 생체 칩이, 스스로 해방을 실현한 것"이다. 국밥을 먹던 주인공의 몸체에서 뼈와 장기가 따로 뜯겨 나오는 장면은 '고어 마니아들이 꼽은 올해 명장면 베스트 100'에 등재되었다.

뼈킹김치가이의 영화들은 대체로 과학기술에 대한 어설픈 비판을 바탕 삼는다거나 진지한 고찰은 존재하지도 않으면서 현실의 기술에 대한 공포감만 조장한다는 혹평을

---

* 영화 초반에 북아메리카 내전에 파견 다녀온 이후 손상된 부분을 실리콘으로 보강했다고 한다.

들었다. 덕분에 김치를 먹기 싫어졌다고 말하는 사람들도 많았다—왜 등장인물 모두가 김치를 먹다가 징그럽게 살해당하는지? 그래도 호러 영화팬들이 오락적으로 소비하기는 좋다는 평가가 대다수였다.

특히 〈임플란트 독립 선언〉은 마니아 팬들을 확보하여 다른 감독 이름으로 후속편까지 개봉했다. 전편에서 은퇴 군인의 살갗을 찢고 나온 생체 칩이 뼈와 장기를 계속 조종하여 연쇄 살인을 저지른다는 이야기였다. 그러나 생체 칩이 왜 계속 사람들을 살해하는지, 희생자들이 왜 죽어야 하는지 마땅한 이유를 보여주지 않은 채 영화는 끝난다. 인간의 살갗 속에 갇힌 생체 칩 동지들을 해방시키기 위한 살인이라는 해석도 있었으나, 내적 흐름상 동기를 유추할 만한 단서는 나오지 않았다. 더구나 희생자들은 김치가 아닌 단무지를 먹다 죽었기 때문에 뼈킹김치가이의 기존 팬들에게 외면을 샀다.

뼈킹김치가이의 진가는 바로 고어 슬래셔 영화 〈더 스마일맨〉에서 발휘되었다. 〈더 스마일맨〉은 아이튜브 인디 카테고리 영화 중 거대 영화사들이 내놓은 작품의 아성을 뛰어넘는 조회수를 기록했고, 인기에 덧입어 5편까지 업로드되었다.

〈더 스마일맨〉은 메타버스 곳곳에 '스마일맨'에 대한 괴담이 서려 있다는 걸 전제한다.

어느 날 당신이 아바타용 소품을 구입하기 위해 메타버스의 상점에 들어간다고 해보자. 상점의 전등은 죄다 꺼져 있고 점원 AI는 존재하지 않으며 아바타 소품 진열대는 온통 노이즈 가득한 홀로그램만 떠오른다. 마치 오래전에 버려진 가상 공간처럼. 당신은 밖으로 나가려는 문을 찾지만, 출구가 전부 사라졌다는 걸 깨닫는다. 저 어둠에 휩싸인 복도에서 누군가의 발소리만 들린다. 이윽고 정장 차림의 키가 무척이나 큰 남자가 눈앞에 나타난다. 남자는 피아노 건반처럼 하얗고 튼튼한 이빨을 드러낸 채 웃고 있다.

"웃긴 이야기 하나 해봐."

그는 당신의 개그에 점수를 매겨주겠다고 한다.

당신은 어떻게 해야 할까? 괴담에 따르면 '스마일맨'은 메타버스 공간에 불시에 나타나 형편없는 개그를 하는 사람들을 죽인다. 개그 하기를 거부해도 죽는다. 고작 메타버스에서 죽는 건데 무슨 상관일까 싶겠지만, 스마일맨에게 가상 공간에서 살해당한 사람은 현실에서도 똑같은 죽음을 맞이한다. 당신이 살아남는 방법은 개그 점수가 높은 이야기를 들려주는 것뿐이다.

스마일맨 1편은 이제 막 열일곱이 된 프로그래머 김인수가 아르폴리오 마켓*에 김치를 사기 위해 들렀다가 스마일맨의 공간으로 소환당하며 시작한다. 사방이 온통 웃는 얼굴로 도배된 방에는 열 명이 넘는 사람들이 갇혀 있다.

방문을 열고 나가니 스탠딩 코미디 쇼 무대가 보인다. 무대에 눈부신 조명이 비추고 웃는 얼굴의 정장 차림 사내가 등장한다. 사내는 '이제부터 한 사람씩 나와서 웃긴 이야기를 할 건데 웃기지 않으면 죽을 것'이라고 통보한다. 모두가 장난처럼 받아들일 때, 천장에서 튀어나온 전기톱이 첫 번째로 지정된 자의 머리통을 보기 좋게 갈아버린다. 실시간 화면으로 첫 희생자의 오프라인의 머리통까지 터지는 게 중계된다.

남은 아홉 명은 스마일맨의 정체를 추측하기 위해 서로 이야기를 나누어 단서를 찾고자 한다. 토론이 길어질수록 끌려가서 죽는 사람만 많아질 뿐이다. 몇 가지 단서를 가려낸 결과, 납치된 자들은 전부 중산층 이상이다. 몇 사람은 스마일맨이 부를 노리는 빈곤한 계급 테러리스트라고 추리한다. 그들은 거액을 지급하겠다며 협상에 나선다. 그러나 스마일맨은 미소 짓는 얼굴 그대로 그들의 머리통을 터트려버린다. 한편 인수는 해킹 능력을 통해 방화벽 너머의 친구와 연락할 방법을 알아낸다. 납치된 자들의 증언과 친구와의 긴밀한 소통으로 인수는 스마일맨의 정체를 밝힌다.

---

* 웹 서버를 통해서도 쇼핑이 가능하지만 아르폴리오 마켓은 정확한 미각이 구현된 가상 시식 코너를 구축했기에 메타버스를 통한 쇼핑을 선호하는 사람들이 늘었다.

5년 전, 북아메리카 내전 당시 한국으로 밀입국하려던 난민들이 있었다. 군인들이 난민을 향해 총을 쏘기 시작하자 한 한국인이 온몸으로 막아서서 대신 과녁이 되어주고 사망했다. 웹 서버의 대다수 유저들은 망자를 비난했다. 왜 불법으로 입국하려던 놈들 따위에게 그딴 짓을 했냐고.

망자에게는 김경석이라는 동생이 있었다. 경석은 숱한 비난을 견뎌내야 했다. 세상은 인간으로서 일을 다 한 형제를 존중해주지 않는 이들 천지였다. 그중 가장 모욕적인 글을 도배한 열 명을 골라 죽일 계획을 세웠다.

경석은 군사 기업 LCM의 정보 부서 24팀 소속이었다. LCM은 메타버스 전쟁에서 아바타에게 위해를 가하면 아바타의 유저의 신체에 직접 손상을 입히는 정보 바이러스 기술을 개발한 업체다. 경석은 몰래 정보 바이러스를 유출한 뒤 스마일맨 괴담을 이용한 가상 공간을 설계한 것이다.

인수는 친구와 연락을 주고받으며 스마일맨의 본체가 음모를 꾸미는 오프라인 공간을 추적한다. 인수가 머리통이 터지기 직전, 친구에게 정보를 건네받은 경찰이 경석의 원룸으로 들이닥친다. 경석은 관자놀이에 레이저 드릴을 박아 넣고 자살한다.

유일한 생존자 인수는 경찰 조사를 받고 난 뒤, 이제 모든 게 끝났다고 안도한다. 집에 돌아온 인수는 웹에 남긴 욕설들을 삭제한다. 인수가 잠에 빠져들려는 그때, 옷장이 벌컥 열리며 스마일맨이 튀어나온다.

"이제까지는 농담이었고, 진짜 게임이 시작된다."

스마일맨이 선언한다. 핏줄이 돋아난 손에 질질 끌려 옷 장 속으로 사라지는 인수의 비명에 찬 얼굴과 함께 영화는 끝난다.*

스마일맨 시리즈는 이런 내용의 반복이었다. 누군가 스 마일맨 괴담을 가장해 범죄를 꾸몄는데, 결말에서 스마일 맨은 진짜로 존재한다는 식의 여지를 남겼다. 특히 1편은 당대 떠오르던 난민 문제, 국제적인 내전, 군사 무기, 저열 한 웹 문화 등의 이슈를 녹여내 더욱 주목받았다. 주인공이 김치를 쇼핑하다가 죽지 않아서 의외라는 평도 있었다.

이번에 뻐킹김치가이는 스마일맨의 기원을 밝히는 영화 〈더 스마일맨: 오리진〉을 출품했다. 설명에 따르면 "여태까 지의 스마일맨과는 완전히 다른 내용"이 될 거라고 했다. 나는 영화체험기기 헤드셋을 머리에 장착한 뒤, 생체 칩 동 기화 기능을 활성화했다. 인터페이스에 코인이 결제되었다 는 알림과 함께 영화 속 세계로 빠져들었다.

---

* 결말에 대한 몇 가지 다른 해석이 존재한다. 하나는 인수가 경석과의 게임 에서 승리했지만 스마일맨의 망령이 복수를 마무리해줬다는 것이다. 다른 하 나는 이제까지 모든 게 스마일맨의 가상 공간에서 벌어진 일이며 경석이라는 존재는 처음부터 없었다는 해석이다.

더 스마일맨: 오리진

"네 아버지는 로봇 강아지한테 성기가 물어 뜯겨 죽었단다."

단칸방에 김양희와 막 열다섯 살이 된 박진우가 서로 마주하고 있다. 박진우는 소심한 성격의 사춘기 청소년이다. 진우는 여태껏 아버지가 심장마비로 사망한 줄로만 알고 있었다. 김양희는 전자 담배를 빨아들이며 아무렇지 않은 표정을 짓는다.

2044년, 그러니까 박진우가 네 살 무렵, 아버지는 아내 양희가 아들을 데리고 산책하러 나간 사이 VR 헤드셋을 낀 채 자위를 즐기고 있었다. 그런데 테크독 뽀삐가 남자 사타구니에 뛰어들어 성기를 물어뜯었다. 뽀삐의 시각 소프트웨어가 아버지의 성기를 소시지로 인식하는 바람에 벌어진 일이다. 양희가 돌아왔을 때 남편은 과다출혈로 사망한 뒤다.*

* 2040년대 초에는 생체 칩 보유자들을 위한 맞춤형 전자기기와 그렇지 않은 전자기기가 뒤섞여 있었다. 생체 칩과 전자식 의체도 값싸게 보급되기 전이었다. 박진우의 아버지는 생체 칩은 이식했으나 몸은 전자식으로 교체하지 못한 역사적 현실을 반영한 걸로 나온다.

그러고 보니 어린 시절 뽀삐는 폐기계 처리장으로 보내졌다. 아무튼 양희가 이제 와서 이 이야기를 꺼낸 이유는… 바로 미디어 플랫폼에서 이 사실을 퍼트릴 것이기 때문이었다.

중고 홈케어 로봇 부품 공장에서 일하고 있던 양희는, 출퇴근용 에어 트레인 벽면에 달린 스크린을 멍하니 보는 게 취미였다. 마침 〈티비 특공대 놀라운 사실〉이라는 새 프로그램 홍보 영상에서 기발한 사연을 보내주면 가장 환율이 높은 코인으로 상금을 지급해준다는 메시지가 흘러나왔다. 양희는 홀린 듯 사연을 전송했다.

박진우가 왜 그런 짓을 저질렀냐고 따지자 양희가 털어놓는다.

"그 사람이 그런 식으로 떠나버리고 나서 얼마나 힘들었는지 아니?"

방송은 중단 없이 송출된다. 재연 배우는 성기가 절단되는 장면에서 무척이나 실감 나게 연기―"내가 잘리다니!"―한다. 덕분에 아버지의 사망 장면은 밈으로 탈바꿈하여 각종 메타버스 채널에 전염병처럼 퍼진다. 박진우는 아이들이 서로의 인터페이스에 아버지의 죽음과 관련된 유머 자료를 전송하면서 웃고 떠는 걸 보고 분노한다. 도저히 가족의 죽음에 대해 웃고 떠드는 세상을 용납할 수 없다! 혹시 그 이야기를 듣고 웃지 않는 사람이 한 명이라도 존재하지 않을까? 박진우는 이런 희망을 걸어본다. 하지만 사람들은 이야기를 듣자마자 한바탕 웃음을 터트리곤 이렇게 말했다.

"가족 가지고 농담하는 거 아니야."

심지어 학교 선생님들도 비슷한 반응이었다. 아버지의 죽음은 모두에게 웃음거리였다.

박진우는 중학교를 졸업하고 직업인재학교*로 진학했지만 어쩐지 자신과 어울리는 일이 없다. 임플란트 정비 시간에 인간의 내장을 헤집는 일은 늘 고역이고, 인공지능 상담 실습에서 인공지능이 대체로 재수 없다는 사실만 확인했다. 한 번의 자율학기 이후 산업 노선을 정해야 하는데 쉽지 않다.

어느 날 김봉만이라는 학생이 박진우를 찾아와 대놓고 묻는다.

"너희 아버지가 거기 물어뜯긴 사람이지?"

---

* 의무교육을 마친 뒤 열네 살부터 돈 좀 있는 자식들만 직업인재학교에서 산업 실습 교육을 받고 나머지는 바로 인턴으로 투입되는 현재와 달리, 20년 전인 2050년대에는 대부분이 직업인재학교에서 배움을 익힌 뒤 산업 현장으로 파견되었다. 당시 극소수의 인원이 경영인재학교에 진학해 경영인의 길을 걸었다고 한다. 지금 경영인재학교는 차상위계층만 기거한다는 분당 쪽에만 드물게 남아 기업 승계자를 배출하고 있다.

김봉만은 직업인재학교의 그 어떤 교과에도 흥미를 갖지 못한 채 개인 미디어 플랫폼이나 드나드는 놈이었다. 놈은 교과목을 듣는 시간에도 시야 공유 기능을 활성화하거나 드론 카메라와 시야를 동기화하여 '수업 시간에 교실 탈출하는 법' '수업 도중 선생의 인터페이스로 스팸 메시지 전송해보기' 같은 컨셉으로 개인 방송을 송출했는데 별로 인기는 없고 퇴학 위기에나 처해 있었다.

봉만의 용건은 간단했다. 바로 자신과 함께 사촌 형이자 인기 스트리머 '찐형철'의 방송에 출연하는 것. 찐형철은 '밈에 나온 그 사람들'이라는 컨셉으로 게스트 방송을 꾸리는 중이라고 했다. 당연히 박진우는 거부했지만, 금방 생각이 바뀐다. 곰곰이 생각해보니 이렇게 살 바에는 차라리 유명 방송에 나가서 고통을 호소하는 게 낫지 않을까? 정말 한 사람이라도 웃지 않는 자와 만날 수 있지 않을까?

물론 그럴 리 없다! 애초에 찐형철은 강남 클럽 거리를 싸돌아다니며 거리의 행인들에게 온갖 성적 언행을 퍼붓고, 노출도가 높은 복장을 갖춘 사람들에게 달려가 실리콘이 제대로 시술되었는지, 성적 취향을 위한 광택 임플란트가 몸에 제대로 이식됐는지 몸평이나 하고 다녔다. 그런 찐형철 방송의 시청자 수준을 미리 알아봤어야 했다.

아버지에 관한 이야기를 꺼내면 찐형철이고 시청자들이고 함께 출연한 봉만이고 죄다 웃기만 했다. 그 자리에서 전자 대마까지 흡입한 박진우는 자포자기한 심정으로 아버지와 관련된 밈을 흉내 내면서 제발 그러지 말라고 호소했다. 하지만 그런 행동을 하면 할수록 다들 박장대소했다.

다음 날 박진우는 유명인이 되어 있었다. 그가 출현한 방송 클립이 수십만 명의 인터페이스에 공유되었다! 심지어 미디어 플랫폼 소유의 길거리 광고판에 그가 출연한 방송 분량이 'HOT 클립'으로 재방영 중이었다. 화면 속 박진우는 전자 대마에 취해 웹상 영상들을 열심히 따라 하는 중이었다. 커다란 화면에 우스꽝스러운 얼굴로 "내가 잘리다니!"라는 명대사를 내뱉는 진우가 반복 송출되었다.

박진우는 빠른 걸음으로 도망치려다, 불현듯 제자리에 우뚝 선다. 그는 이제까지와는 아주 다른 상념에 사로잡힌다. 사실, 아버지는 코미디계에 한 획을 긋고 사라진 영웅이 아닐까? 아버지의 죽음은 일종의 거대한 유머 퍼포먼스가 아닐까? 아버지는 인간의 죽음이 유머가 될 수 있다는 것을, 어떤 금기도 유머의 소재로 만들 수 있다는 것을 스스로 증명한 위대한 인물이었던 것 아닐까? 박진우는 아버지를 둘러싼 상황을 전과는 아예 다른 각도로 사고하게 된 것이다.

박진우는 직업인재학교를 때려치운 뒤 미디어 플랫폼에 개인 방송 채널을 개설한다. 김봉만과 찐형철과 함께 개그 크루를 만들어 활동하기로 결심을 굳힌다. 김봉만은 임플란트 성형이 만연한 시대에 일부러 개성적인 외형을 추구하며 살아가는 친구들과 함께 주접 개그를 시도했고, 찐형철은 컨셉을 갖춘 게스트를 초청하거나 강남 유흥 거리를 쏘다니며 '섹X에 가장 적합한 전자 신체 개조자 찾기' 따위 콘텐츠를 했다.

이 둘과 달리 박진우는 그간 사회적 금기로 여겨왔던 소재를 골라 일부러 개그 소재로 삼는, 자기 나름 고차원적이라 포장한 실험적인 방송을 송출한다.

이를테면 박진우는 상식을 뒤엎는 선언을 자주 내뱉었다. 마땅히 죽여야 할 사람은 존재하지 않는다, 라는 명제를 예로 들어보자. 그는 해당 명제에 대해 원초적인 의심부터 던졌다. 정말로 죽여야 할 사람은 존재하지 않는가? 살인은 금기시되어야만 하나? 자, 누구에게는 깊은 트라우마가 있고, 그 트라우마를 안긴 존재가 있다. 그 누구는 어린 시절 집단 따돌림을 당해 폭행을 수시로 겪는다. 그렇다면 폭행의 트라우마를 안겨준 대상은 살아 있어야 할까? 그 당사자는 그 대상을 죽이고 싶어 하지 않을까? 그렇다. 물론 당사자 대부분은 그 대상을 실제로 살해하지는 않는다. 하지만 살인은 사회의 법적 합의 때문에 시도하지 않는 거지, 마음속으로는 수도 없이 그 대상을 살해했을 것이다. 다시 질문해보자. 죽어야 할 사람은 존재하지 않은가? 살인 금기만이 오로지 정답인가?

박진우는 이 같은 돌팔이 문답법으로 상식적인 명제를 개개인의 단위까지 소거하여 따져본 뒤, 다시 처음의 질문으로 되돌아왔다.

정말로, 정말로 우리가 믿는 상식이 당연한 것으로 받아들여야만 할까? 조금 전 우리가 직접 그렇지 않다는 걸 확인하지 않았던가? 자, 우리는 유머의 영역에 곧잘 웃긴 것과 웃겨서는 안 되는 것을 단선적으로 구분하곤 한다. 비극적인 것에는 웃음을 곁들여서는 안 된다는 식으로 말이다. 정말 그럴까?

자칭 논객들이 박진우의 발언에 논리적 근거가 빈약하다고 비판하며 직접 말싸움을 통해 승리를 거머쥐려고 시도했다. 그런데 의외로 많은 시청자가 그의 헛바닥 놀림에 넘어갔고, 그의 문답법에 휘말려 조롱거리로 희생되는 논객마저 속출했다. 박진우식 문답법은 단단한 체계를 가진 논설이 아니었기 때문에 오히려 여기저기로 빠져 나갈 수 있었다. 그런 식으로 박진우는 앉은 자리에서 세상을 둘러싼 수많은 이슈를 코믹한 대상으로 탈바꿈하면서 인기를 부풀려 나간다.

박진우의 방송이 절정에 달한 시기는 북아메리카 내전이 터지고 얼마 안 된 뒤였다.* 그 시절 한국은 무기 수출로 방대한 수익을 거두었는데, 몇몇 음지 방송인들과 반동적인 아마추어 언론 매체가 무기 수출업자를 살인자라고 비난하고는 했다. 박진우는 비판적 논조를 가진 이들을 도미새[**]라는 신조어로 싸잡아 공격했다. 그가 해당 논자들의 발언을 편집하여 웹상의 비웃음거리로 만든 영상들은 백만 명이 넘는 유저의 공감을 받았다.

당시 전쟁을 피해 한국에 밀입국을 시도하던 북아메리카 난민 역시 사회적 이슈였다. 처음에는 전쟁 피해자에 대한 동정 언론이 형성됐으나, 배를 타고 건너온 이들이 빈민가 출신이라는 게 알려지자 입국 반대파가 급격히 증가했다. 전쟁 전에도 북아메리카 빈민가에서는 하루에 수십 명씩 목숨이 날아갔는데, 그들이 한국에 오면 범죄 천국이 될 거라는 게 반대파의 요지였다.

박진우는 일곱 살짜리 빈민가 꼬맹이가 쌍권총을 든 이미지 위에 "내가 생각해도 존내 멋있네."라는 영어 문장을 날림 글씨로 적어놓고 웹상에 배포한다. 어린아이가 살상

[*] 이쯤이면 이게 역사를 반영한 픽션인지 슬래셔 무비인지 헷갈렸다. 이 내전은 플로리다 공화국에서 독립을 선언한 지 얼마 지나지 않아, 구시대 주 단위로 구획된 구역 중 플로리다 공화국과 함께 독립을 선포한 세력이 '미국 연합'을 공격하기 시작하면서 발발한 전쟁을 뜻한다. 각 진영에 따라 지원하는 세력이 달랐던 국제 국가들은, 이후 전쟁이 심화되자 직접 참전하기에 이른다. 세계 대전으로 번질 것이라는 우려와 달리 전쟁은 미국 영토 내에서 수천 명의 사망자만 남긴 채, 어느 진영도 큰 수확을 얻지 못하고 휴전이 발표됐다.

[**] "도덕적 우월성에 미쳐서 현실 파악 못 하는 새끼들"의 준말이라고 한다. 지금도 이 단어를 쓰면서 젊은 척하는 꼰대들이 있다.

용 총을 맘대로 발포하고 다니는 장면만으로도 충격을 주기 충분했으나… 그 위에 스스로 멋있다고 생각하는 듯한 문장만 덧칠해지니 북아메리카 빈민가 꼬마들은 정말로 멋있어 보이려는 이유로 사람을 죽인다는 소문이 웹에 퍼져나갔다.

박진우는 여기서 멈추지 않고 김봉만과 협동 방송 시간에 북아메리카 빈민가에서 발생한 폭력 뉴스들을 살피며 "지금 한국 오겠다는 난민 특징! 내키는 대로 사람 죽임." "걔네 받아주면 좋은 점. 일상이 원킬서바이벌* 되어버려서 사는 게 스릴 있어짐." 같은 조롱을 서슴지 않았다. 마땅히 난민을 수용해야 한다고 설파하는 자들은 박진우의 팬덤 앞에서 그저 자신의 도덕률을 뽐내느라 현실을 자각하지 못하는 머저리일 뿐이었다.

누구든 영원히 승승장구하라는 법은 없다. 예기치 못한 빙벽에 부딪히는 게 사람의 인생이니까. 스트리머 '닥쌈'의 등장이 박진우에게는 그랬다. 닥쌈은 정치 언쟁이 열리는 메타버스 채널에 불시에 등장해 유수한 언변으로 모두를 입 다물게 하고 유유히 사라지는 전설적인 방송인이었다. 논리대장이라는 별명으로 유명했는데, 바로 그 닥쌈이 박

---

* 당대 유행한 가상현실 서바이벌 게임으로, 실제 도시를 배경으로 서로 죽고 죽여 최후의 1인으로 살아남아야 했다.

진우의 개그를 철저히 분석해 비방하는 영상으로 사이트를 도배하기 시작한 것이다. 심지어 닥쌈은 몸을 전자식 의체로 교체하지 않은 보기 드문 엘리트 계층이며, 피부에 탄력을 더하려는 목적으로 영앤영 스킨을 덧씌운 정도에 불과했다는 점에서도 신체적 순수 귀족주의를 표방하는 단체들에서 지지를 받기도 했다.

박진우는 처음 몇 번은 코웃음 치며 무시로 일관했다. 하지만 도배가 계속되자 아무 대꾸도 안 하는 박진우가 겁을 집어먹었다는 여론이 쇄도했다. 박진우는 이러한 여론에 맞서 닥쌈의 얼굴을 각종 밈 홀로그램과 합성하며 가짜 영상을 배포해 수차례 도발했다. 팽팽한 접전이 이어지던 도중, 마침내 찐형철의 주도로 둘의 언쟁이 생방송으로 개최된다.

둘의 대결은 웹과 길거리 전광판, 메타버스 채널 등 미디어 플랫폼이 소유하고 있는 모든 곳에 동시 방영되었다. 미디어 플랫폼 구독료를 납부하지 못한 사람들은 불법 송출 채널을 훔쳐서 시청하기까지 했다. 수많은 대중의 관심을 사로잡은 대결이었다. VR 스튜디오에서 두 사람과 거의 똑같이 모사된 아바타가 나와 각자의 테이블에서 논쟁하는 방식으로 쇼가 진행됐다.

진흙탕 싸움처럼 처절한 결투를 기대한 시청자들은 실망을 금하지 못한다. 시작한 지 20분도 안 되어 승자가 결정됐기 때문이다. 박진우가 울음을 터트리고 만 것이다! 박진우는 말을 몇 마디 잇지 못하고 네트워크 접속마저 끊어버려, 아바타가 오류 걸린 듯 바스러진 모습으로 한동안 굳어 있었다.

패배의 원인은 닥쌈의 특이한 작전에 있었다. 박진우는 북아메리카 난민들이 왜 받아들여져서는 안 되는지 등에 대해 줄줄이 쏟아냈다. 닥쌈은 헛기침하더니 그 논쟁에 대해 토로하는 척, 박진우의 아버지로 이야기 소재를 바꿔버렸다. 박진우는 대체 그게 이 토론과 무슨 상관이냐고 반론하지만, 닥쌈은 집요하게 그의 아버지를 추궁했다. 정신분석의처럼 탁월하게 박진우의 개그 패턴과 아버지의 죽음의 연관성을 파헤친 뒤, 트라우마가 어떻게 다 큰 성인을 이런식으로 만들어놓을 수 있는지 기가 막힌 해석을 펼쳤다. 그말을 듣고 있던 박진우는 가슴 속에 댐이 무너진 듯 수많은 시청자 앞에서 질질 짰다!

충격적인 패배 이후 박진우는 모두의 조롱거리가 된다. 마치 자신의 아버지처럼 말이다. 박진우가 방송을 켜는 순간 온갖 시청자들의 욕설과 비웃음이 날아들었고, 박진우는 전보다 강력해진 아버지의 밈으로 스팸 테러를 당한다. 시청자들이 떠나기 시작하고 순위권에서 멀어진다. "괜찮냐"는 김봉만의 메시지들이 인터페이스 메신저에 발신됐지만 열어보지는 않는다. 박진우의 시야는 온갖 메시지 차단

앱의 보안을 뚫고 날아온 갖가지 야유로 가득했다. 끝내 박진우는 찐형철 크루에서 제명당하고, 결국 개인 방송계를 떠난다.

이후 박진우의 행적은 불분명하다. 누군가는 박진우가 자살했다고 하며, 누군가는 늦은 나이에 직업인재학교로 복학해 다른 돈벌이를 찾는다고 했으며, 몇몇에 따르면 그와 비슷한 말투를 쓰는 사람을 안티 네트워크에서 목격했다고 한다. 박진우는 핵티비스트 채널에 주로 흔적을 남겼다. 일각에서는 박진우로 추정되는 자가 안티 네트워크 채널에서 가장 위험한 국제 테러리스트들의 무기 거래소에서 활동한다는 소식을 입수했다고 한다. 그러나 서서히 그는 대중들의 관심에서 멀어진다.

그렇게 잊혀져가는 인물이 되나 싶을 즈음, 불시에 박진우의 방송이 시작된다. 1년 만에 복귀한 박진우는 웃는 얼굴 그대로, 몰려든 웹 트롤들한테 굴하지 않고 방송을 꿋꿋이 해낸다.

박진우는 새로운 콘텐츠를 여러 가지 개발했다. 그중 시청자들의 선호를 받은 콘텐츠는, 사연을 받은 뒤 추첨을 통해 한 사람을 뽑아, 사연의 주인공을 대리 복수해주는 방송이었다. 당첨자가 원하기만 한다면 누구든 직접 대면해 시청자들 앞에서 망신거리로 만들어버리는 것이다.

방송 순위가 날이 갈수록 높아지자 찐형철 크루가 다시

합류하라고 제안한다. 하지만 박진우는 크게 웃더니 "나에 겐 더 큰 계획이 있다"며 거절한다. 이후 박진우의 새로운 추종자 세력이 찐형철과 김정봉, 그리고 크루에 소속된 여러 스트리머에 대한 가짜 뉴스*를 퍼트리고 다닌다. 찐형철은 박진우한테 팬들을 자제시켜달라고 부탁하지만, 박진우는 어깨를 으쓱할 뿐이다.

"그 사람들한테는 자유가 있어요. 여긴 자유 국가 아닌가요?"**

박진우의 추총자들이 웹과 메타버스, 방송, 길거리, 메신저 가리지 않고 괴롭힌 결과***, 찐형철과 김정봉은 일시 방송 중단 선언을 하고 잠적한다. 그간 불구경만 하다가 한꺼번에 큰 방송인들을 잃은 미디어 플랫폼은 경고와 함께 박진우한테도 일정 기간 방송 금지령을 내린다.

"다음에 봐요."

방송 중단 전날, 박진우는 평온하게 말하고 화면을 끈다.

박진우의 방송이 다시 켜졌을 때는, 다름 아닌 방송 정지

---

* 대체로 범죄 조직과 연관되었다는 식의 소문이었다.

** 생방송 중에도 박진우는 찐형철 크루와 몇 차례 언성을 높이는 장면이 지나간다. 하지만 미디어 플랫폼은 해당 방송 행위가 더욱 폭발적인 시청률을 모은다는 것을 알고 중재하지 않는다.

*** 홀로그램 아바타로 홀로비전이 비추는 곳마다 시도 때도 없이 출몰하면서 스토킹을 하는 악성 시청자도 등장한다.

기일이 끝나기 하루 전이다. 어떤 방법을 썼는지 몰라도 운영사 방화벽 프로그램을 해킹한 게 분명하다. 방송 화면은 박진우의 시야와 동기화되어 있다. 그는 눈앞에 자기 손을 흔든다. 그 손은 마치 병원 의사처럼 소독된 장갑을 끼고 있다. 곧 박진우의 시야에 한 남자가 들어온다.

그 남자는 다름 아닌 박진우를 한 번에 추락시킨 닥쌈이다. 닥쌈은 침대에서 곤히 자고 있다. 박진우가 이불을 들춘다. 침대에는 기계 결합 시술 흔적이 하나도 없는, 순수 유기체로 이루어진 닥쌈의 육체 전부가 마디마디 나뉘어 나뒹굴고 있다!

닥쌈은 눈을 부스스 뜨더니, 팔다리가 마디마디마다 해부된 제 몸을 돌아본다. 그는 비명을 지른다. 박진우는 미친 듯이 웃음을 터트리며, 닥쌈의 성기를 자르기 시작한다. 닥쌈은 목만 남은 채, 한때 자신의 것이었던 하반신에서 성기가 떨어져 나가는 현장을 바라본다.

"우리 아빠가 그렇게 웃었어? 내가 정말 웃긴 게 뭔지 보여줄게!"

플랫폼 운영진은 닥쌈이 출연했을 때부터 이상한 기운을 느껴 송출을 중단시켰다. 하지만 불법 해킹 툴이라도 쓴 것인지, 방송 화면은 꺼지지 않고 계속된다. 실시간 시청자 수는 백만 명이 넘는다. 전국의 거리에 닥쌈의 성기가 잘려 나가는 장면이 방영된다.

사이버 경찰이 추적한 결과, 박진우가 고문을 행하는 장소는 다름 아닌 메타버스다. 방송 대화 창은 순식간에 박진우가 핵티비스트와 소통했다느니 테러리스트와 연을 맺었다느니 하는 루머로 도배된다. 경찰이 박진우가 숨어든 컨테이너 창고를 습격했을 때, 박진우와 닥쌈 둘 다 시체가 되어 썩어가고 있었다.

그들은 하루 전날 사망한 것으로 판명이 난다. 박진우는 메타버스 아바타 속에 의식을 완전히 업로드할 방법을 알아낸 뒤 그 안에서 고문 행각을 벌인 것이었다. 경찰들은 컨테이너 창고 안의 단말기와 연결된 수많은 서버 박스를 부순다. 화면 속 박진우는 피아노 건반처럼 흰 이빨을 잔뜩 드러내며 외친다.

"난 내가 경험한 웃음을 너희에게 전하고 다닐 거야!"

마지막 남은 서버 박스가 터지자, 박진우와 닥쌈의 아바타가 픽셀 모양으로 소멸하고, 고문이 행해진 메타버스는 붕괴된다. 하지만 어쩐지 박진우가 소리 높여 뱉어낸 웃음만은, 여전히 모두의 귓가에 맴돌고 있다.

*

잠깐 속은 기분이었다. 〈더 스마일맨: 오리진〉은 슬래셔 무비라고 할 수 없으며, 닥쌈 해부 씬을 제외하면 고어 영

화라고도 할 수 없었다. 그간 삐킹김치가이가 공개한 작품
과도, 심지어 스마일맨 시리즈와 접점도 미미했다. 무엇보
다 스마일맨의 기원이 된 박진우와 스마일맨 시리즈의 스
마일맨 캐릭터는 너무 달랐다.

내가 태닝 스플릿을 나설 즈음 해가 떠오르고 있었다. 도
시가 점차 보랏빛으로 물들었다. 네온 간판은 몇 시간 전에
꺼진 모양이었다. 여명이 밝아오면 대부분의 체험영화클럽
은 메타홀로비전을 비롯한 홀로그램 장치를 정지시키고 스
테이지를 폐쇄했다. 약물해방주의자 흉내를 내던 애송이들
은 여전히 클럽 입구 앞에서 떠들고 있었다. 내가 그들을
지나치려 할 때, 한 놈이 나한테 히죽거리며 다가왔다. 최
신형 임플란트 안구가 약에 취해 노랑 주황으로 발했다.

"아저씨도 재밌는 거 볼래요?"

그래도 아직 이십 대인데 아저씨라니…. 반박하려는데
녀석이 나한테 메시지를 전송했다. 메시지를 열자 내 시야
에 영상 하나가 재생됐다. 화물 트럭 한 대가 지나가는 한
무리의 사람과 충돌하자, 임플란트 된 팔다리들이 아스팔
트로 튕겨 나가는 장면이었다. 녀석은 그걸 보면서 신나게
떠들고 있었다. 사고 현장의 사람들은 외국어를 외치면서
자신의 전자식 의수와 의족을 재장착하기 위해 도로를
열심히 뛰어다녔다. 그들은 서울에 정착한 지 얼마 안 된
동남아계 이민자들이라고 했다. 애송이들은 다른 나라에

왔으면서 본인들 나라에서처럼 신호 안 지키고 마음대로 다니다가 된통 당한 것이라며 낄낄거렸고, 나 또한 그들과 함께 어울려 괜히 히죽거리면서 떠들었다.

캡슐 원룸으로 돌아가는 길, 느닷없이 내가 어린 시절 유행하던 미디어 플랫폼 영상들이 떠올랐다. 영화 속 찐형철 크루와 박진우, 닥쌈, 그리고 그들을 둘러싼 네트워크 문화에 대한 시대적 고증이 잘 되었다는 생각이 들었다. 왜냐하면 닥쌈과 같이 자기 몸을 전자식 의체로 개조하지 않은 신체적 순수 귀족주의자들은 이제 거의 없으며, 해부 장면은 육체의 절반을 기계와 결합하기를 꺼려했던 당대의 일부가 공유한 의식을 관객들에게 잘 이입시킨 다음에야 충격적으로 전달할 수 있기 때문이다.

그들은
은색 쫄쫄이를 입고 온다

그 두 사람은 먼 미래에서 왔습니다. 정말 미래에서 온 게 아니라면 용서받지 못할 패션을 갖췄지요. 촌스러운 황동색 헬멧과 은갈치 같은 쫄쫄이 복장 하면서요. 사무실 허공이 일그러지며, 그들은 '개'라는 존재를 끌고 웜홀에서 튀어나왔습니다. 저는 졸도할 뻔했습니다. 물범처럼 매끈한 피부와 곤충처럼 올록볼록한 눈, 불가사리처럼 여러 갈래로 벌어진 입까지. '개'는 구역질 나는 모습이었죠. 미래의 반려동물이 저딴 형태로 진화한다면 저는 애견인은 못 될 운명이었습니다.

미래인들은 '개'와 함께 허공을 걸어 사무실을 가로질렀어요. 수많은 직원의 머리 위를 지나치는 동안 아무도 그들을 쳐다보지 않았습니다. 애초에 누구도 둘을 인지하지 못했어요. 저는 커피를 타는 척 슬며시 일어나 그들을 뒤쫓았지요.

미래인들이 도달한 곳은 인사4팀이었습니다. 매사에 깐깐한 성격이 〈스폰지밥〉에 나오는 징징이 같다고, 징징팀장이라고 불리는 남자 위에 딱 멈췄어요. '개'는 징징팀장을 먹어치울 것처럼 입을 벌렸습니다. 여러 갈래의 꽃잎처럼 입이 펼쳐지고 그 사이로 꿀벌의 침 같은 촉수가 돌출되었지요.

팀장의 머리가 뜯어 먹히고 피가 사방으로 튈 것 같은 두려움이 치솟았습니다.

다행히 그런 일은 일어나지 않았습니다. 팀장의 정수리에서부터 검은 그림자가 두둥실 떠오르더니, 개의 촉수로 소용돌이치며 흡수되더군요. 그러든 말든 팀장은 업무에 집중했습니다. 겉보기엔 아무 이상 없었어요. 미래인들이 저를 보곤, 수고했다는 듯 윙크했어요. 그들은 황동색 헬멧 중앙에 달린 다이얼을 돌렸습니다. 뱀이 똬리 틀듯 공간이 휘감기며 웜홀이 생기고, 그 속으로 두 미래인은 떠났습니다.

미래인과 처음 조우한 건 몇 달 전 야근을 하던 도중이었습니다.

모두가 퇴근한 시각, 저는 사무실 구석에서 엑셀을 채워넣고 있었죠. 곧 시행될 실적평가 때문이었습니다. 제 직장인 '생감생명'에서는 팀 단위 성과가 기준이에요. 한 사람이 똥을 싸면 다른 사람이 그 똥을 치워줘야 하죠. 인사부서에서는 똥싸개로 유명한 곽 사원이란 놈이 있었는데요. 곽 사원은 화려한 자격증이 무색하게 엄청난 똥쟁이였습니다.

문제는 곽 사원이 저희 팀원이라는 것이었습니다.

저는 엑셀 작성을 멈추고 이마를 짚었습니다. 이 일을 내가 대신 해치우는 신세에 열이 뻗쳤습니다. 박 대리는 헤드록을 걸면서 직속 선배인 제가 똥을 치우는 게 당연하다고 했어요. 일을 나눠 처리할 시늉조차 안 했지요. 채용인원이 최근 급속도로 느는 바람에 급여정산도 태산같이 쌓였는데….

청천벽력 같은 소리가 사무실을 뒤흔들었습니다. 저는 화들짝 놀라 자리에서 일어났어요. 어두컴컴한 사무실 한가운데에 거대 지렁이가 입을 벌린 듯 터널이 뻥 뚫렸지요. 총탄처럼 뾰족한 헬멧과 몸에 딱 붙는 은색 스판 옷을 착용한 두 사람이 터널에서 걸어 나왔습니다.

드디어 저승사자가 날 잡으러 왔구나. 정신이 오락가락하는 와중에 저는 그렇게 생각했습니다. 내가 그만 과로사를 한 모양이라고. 무리해서 일하긴 했지만 허무하게 가게될 줄은 몰랐다고. 존경하는 히어로 대리님에게 말 한번 제대로 못 건네고 죽을 운명이었구나 하고요.

저승사자들은 제게 다가왔습니다. 검은 도포 차림은 아니었지만… 저승에서 아방가르드 패션이 유행할 수 있는

법이니까요. 한 명은 얼굴이 넓적하고 키가 큰 게 도마뱀처럼 생겼고, 다른 쪽은 로봇처럼 표정이 없었죠. 잡아갈 테면 잡아가시오, 하는 마음으로 두 손을 내밀었습니다. 박대리와 곽 사원은 내 죽음으로 깨닫는 교훈이 있기를! 억울한 심정으로 서 있는데, 로봇인간이 사각형 쪼가리를 건네더군요.

"저희는 이런 사람들입니다."

공손한 어투였어요. 저는 예절이 몸에 밴 회사원답게 쪼가리를 자연스레 받아들였습니다. 은색판 위에 적힌 글자가 은은히 야광 빛을 발했어요.

생감생명 구-지구세기 시간현장직 제2팀
1004945 대리

저는 고개를 들어 한마디 당혹감을 표현했습니다.
"네?"

그들은 미래의 저희 회사에서 온 '파견자'라고 했어요. 생감그룹이 은하연방의 드높은 기업으로 성장한 먼 미래에서 말입니다. 저는 목을 뒤틀면서 믿을 수 없다는 반응을 보였습니다. 와, 내가 완전 정신을 놨구나. 스스로 뺨을 후려쳤지만 허상은 사라지지 않았습니다.

"선생님이 꼭 해주셔야 할 일이 있어 왔습니다."

미래인 한 사람이 말했습니다.

"시간여행자들에게 과거시간대 거주는 허용되지 않으니까요."

그러더니 '시간여행법 조항'에 대해 읊었습니다. 과거로 시간여행을 할 시 과거인과 소통할 순 있지만 그 외 행위는 금지된다는 얘기였습니다. 과거인과 조우하면 해당 법안을 전해야 한다는 조항도 덧붙였지요.

저는 이 헛소리가 언제 끝날지 기다렸습니다. 사무실에 들이닥쳐 은하연방이라든지 시간여행이라든지 하는 소릴 지껄이면 누가 믿습니까? 허공에서 등장했다고, 현실 같지 않은 개성적인 외모를 가졌다고 모든 게 설명되진 않잖아요! 온갖 가정을 머릿속에 펼쳐놓았어요. 외국 유튜브 채널의 블록버스터 몰래카메라, 최신기술로 침투해온 산업스파이, 내가 모르는 특수효과 앱을 사용하는 강도라든지. 물론 이 가정들도 말이 안 됐습니다.

계속 믿지 못하겠다며 말을 더듬거리자, 도마뱀인간이 알겠다는 듯 고개를 끄덕였습니다. 도마뱀인간은 헬멧 중앙의 다이얼을 돌리더군요. 흡사 먼 옛날 회전식 전화기 다이얼을 입력하는 것 같았습니다. 검은 구덩이 같은 웜홀이 생성되고, 그가 안으로 사라졌어요. 다시 봐도 놀라웠지요.

잠시 후 터널을 걸어 나온 도마뱀인간이 물었습니다.

"선생님, 오후 6시 이후 근무하실 때 21세기 초반식 카페인 음료를 섭취하셨는지요?"

그러니까 야근하는 동안 커피를 마셨느냐는 뜻이었어요. 저는 그렇다고 하며 책상을 돌아봤어요. 컴퓨터 왼쪽 자리에 놓여 있어야 할 잔이 어디론가 사라졌죠. 저는 커피 자국이 진하게 남은 이면지에 잔을 올려놓는 습관이 있거든요. 헷갈렸습니다. 방금까지 입안에 씁쓸하게 남았던 커피 향마저 전혀 맴돌지 않았습니다.

아니다. 난 커피를 마신 적이 없었다. 오늘 캡슐 기계가 고장 나 있었으니까! 잠깐, 그랬나? 아닌데? 커피를 마시며 정산 작업했는데? 캡슐 기계가 고장 났는데 어떻게 뽑아마셨지? 머릿속이 혼잡했습니다.

관자놀이를 붙잡고 그들을 노려봤습니다. 도마뱀인간이 미소 짓더군요.

"당신의 과거를 조정했습니다. 선생님. 아주 살짝요."

로봇인간이 일정한 음색으로 말했어요.

"저희가 선생님을 찾은 건 '조정자' 직책을 맡아주십사 부탁드리기 위해서입니다."

조정자라니? 미래인이 한 번도 못 들어본 직무를 위임하니 뭔가 두려웠어요.

조정자가 하는 일은 간단했습니다. 미래인이 지정해준

근무자의 프로필 데이터와 주소, 배정된 위치 등 상세 정보를 확인하고 잘못된 점이 있다면 알려달란 것이었죠. 그렇게만 하면 자동으로 인센티브가 지급될 거라 했습니다. 도마뱀인간의 말을 빌리자면, 21세기 초엽에 유통된 대한민국 화폐인 '원'으로요. 저는 시킬 게 그것뿐이냐고 물었죠.

"네, 아까도 말했듯이 저희는 '과거 거주'가 불가하니까요. 당신처럼 과거에서 저희에게 정확한 정보를 체크해주실 분이 필요한 거죠."

당시 저는 진퇴양난에 빠져 있었습니다. 꼰대 같은 직장 상사며 4차원 막내 사원, 형이 사업한답시고 망쳐놓은 집안 사정까지. 그런데 고작 날로 먹는 수준의 일로 통장에 거액을 준다니, 군침 도는 제안이었지요.

"좋습니다, 좋아요!"

그러자 그들은 제 손에 펜 하나를 쥐여줬지요. 펜대에서 날카로운 바늘이 튀어나와 손바닥을 찔렀습니다. 비명을 지르며 황급히 손을 떼는데, 이번에는 녹색 전자단말기를 건넸습니다. 단말기 화면에 아라비아 숫자와 흡사한 언어가 박혀 있었습니다.

"당신의 DNA를 우리 언어로 표현한 서명입니다."

두 미래인은 다이얼을 돌렸어요. 저는 지정된 사람들로 무슨 일을 하려는 건지 묻고 싶었지만, 갑자기 참을 수 없는 졸음이 눈꺼풀을 무겁게 눌러왔어요. 두 미래인의 얼굴이 희미하게 일렁였습니다.

"다음에는 선생님의 눈에만 보이는 모습으로 찾아올 테
니 누구에게 들킬까 걱정하지 마십시오! 바늘에 비가시광
선 슈트 감지용 약물도 좀 섞어놨습니다."

도마뱀인간이 손을 흔드는 모습을 마지막으로, 저는 혼
절하고 말았지요.

정신을 차렸을 때, 여전히 사무실이었어요. 커튼 사이로
아침 햇살이 들이쳤어요. 하지만 지난밤의 대화는 분명 현
실이었어요. 햇빛이 떨어지는 책상 위, 녹색 단말기가 또렷
이 보였거든요.

몇 달 동안 미래인들은 나타나지 않았습니다. 단말기 버
튼을 이것저것 눌러봐도 도통 작동을 안 했어요. 검은 화면
에 못생긴 제 콧구멍만 비치더군요. 그들과의 대화는 점차
잊혀져갔지요. 현실의 사정이 제 목을 짓누르고 있었으니
까요. 보증을 서달라는 형의 부재중 전화가 통신기록에 쌓
였고, 박 대리는 식사 후 소화를 해야 한다며 틈만 나면 저
에게 레슬링 기술을 걸었어요. 막내 곽 사원은… 한숨만 나
왔지요.

곽 사원에게서 가장 이해하기 힘든 점은 유머감각이었
어요. 곽 사원이 신입 시절, 본가에 대해 물으면 자꾸 '화성'
이라고 대답하더군요. 화성시에 산다는 말인가 싶었는데
곽 사원은 그게 아니라 다른 행성에서 왔다는 겁니다. 녀석

은 혼자 폭소하곤 농담이라고 했어요. 상사들은 굳은 표정인데 말이죠! 그뿐입니까, 누군가와 전화하며 외계인 같은 말을 지껄이는 것도 본 적 있어요. 제가 정색하자 미소 지으면서 장난 한번 쳐봤다는 겁니다. 팀장님은 저를 따로 불러 막내 교육 좀 똑바로 시키라더군요.

저는 틈만 나면 휴게실로 도망쳐 혼자 욕설을 퍼부었습니다. 왜 나를 이런 등신들과 붙여줬느냐고, 신이 있다면 당신은 빌어먹을 자식이라고, 히어로 대리처럼 똑똑한 사람이 상사였으면 좋겠다고.

히어로 대리님은 완벽한 사람이었습니다. 후배들에게 함부로 꼰대질하기는커녕 친절한 말로 북돋워주었죠. 업무에 모범적으로 나서는 데도 스스럼없었습니다. 그뿐입니까, 훈훈한 미소며, 우람한 어깨하고는…. 네, 모든 면이 훌륭했어요. 인사부서의 슈퍼우먼이었죠. 흡연실에서 나이든 아저씨들이 모여 여직원들에 관해 낄낄거리다가도, 히어로 대리님이 나타나면 꼼짝 못 했어요. 누구도 그만큼 모범적인 사람이 없었거든요.

그날도 저는 답답한 마음에 속이 뒤틀려 자리를 이탈했어요. 심호흡하면서 복도로 뛰어갔죠. 히어로 대리님이 기다렸다는 듯 미소 지으며 제게 다가왔어요. 그리고 캔 커피를 건넸지요.

"이 주임님, 너무 고생이 많으셔요."

저는 휴게실로 향하던 발걸음을 멈췄어요. 작은 캔 커피에 담긴 온기를 음미하며, 자리로 돌아가 일을 재개했지요.

그로부터 5일 뒤, 미래인들이 사무실에 나타났습니다.

저는 지친 몸을 이끌고 퇴근해 원룸에서 〈와호장룡〉을 보고 있었습니다. 영화가 끝나면 심심풀이 삼아 절권도 동작을 연습할 셈이었지요. 십 대 시절부터 무협영화로 스트레스를 풀었거든요. 느닷없이 침대 옆에 둔 녹색 단말기가 작동했어요. 재빨리 화면을 확인했어요. 정말 생감생명 직원의 프로필 데이터가 뜨더군요. 징징팀장의 사진, 이름, 그리고 개인정보가 빼곡히 적혀 있었지요. 징징팀장의 머리가 가발이었다는 것도 그 데이터를 보고 알았습니다.

이튿날, 곽 사원을 팀장실로 보낸 시각이었습니다. 연도가 잘못된 근태데이터 양식을 올리는 바람에, 팀장님이 누군가는 책임져야 한다며 으름장을 놓았거든요. 팀장님 자신은 외근을 나갈 테니 찾지 말라고 했어요. 얼마 전까진 곽 사원이 실수하면 제가 팀장님을 알현했지만… 곽 사원이 자기 실수를 똑바로 마주할 차례였습니다.

저는 조용히 인사4팀으로 가, 단말기로 징징팀장의 모습을 담았습니다. 핸드폰으로 사진을 촬영하듯이요. 30분쯤 흘렀을까요. 허공이 소용돌이치더니, 두 미래인이 도약해왔어요. 그들은 사족보행을 하는 괴물을 끌고 왔습니다. 이미 말씀드렸듯, 그 괴물은 징징팀장의 그림자를 흡수했어요. 끔찍한 광경이었습니다. 불가사리처럼 갈라지는 입, 거머리처럼 말름거리는 피부, 날름거리는 촉수! 징징팀장은 다음 날에도 멀쩡했지만, 저는 두려운 감정이 절로 피어올랐어요.

제 심정을 알아차린 걸까요? 미래인들은 혼자 야근하는 일시에 딱 맞춰 찾아오더군요.

"시간여행법 조항에 따라 모든 정보를 다 알려드리려고요."

도마뱀인간이 목을 가다듬었습니다.

"해를 끼치는 일이 전혀 아니니 걱정 않으셔도 됩니다. 저희가 하는 일은… 인간의 '오라'를 빨아들이는 거니까요."

오라? 오로라도 아니고 그게 뭘까요?

바로 이런 내용이었습니다.

아득한 미래, 생감생명 사업부는 제약, 생물학, 화학이 혼합된 각종 사업을 벌이고 있었습니다. 식민행성의 외계생물들을 잡아들여 이런저런 생체실험으로 새로운 상품패키지를 구성하는 사업이 주력이었다죠. 그렇게 이룩한 가장 큰 쾌거가 바로 그 괴물이라고 했어요.

괴물을 발견한 행성에 도달했을 당시, 징그럽고 기이한 생김새 때문에 학살이 자행됐다고 하더군요. 그러다 의외로 애교가 많다는 습성이 발견되었고, 놈들은 '개'라고 불리며 비싼 값에 사고팔렸답니다.

"그때까진 특이취향의 반려동물로서가 아니면 큰 가치를 지닌 동물은 아니었습니다."

도마뱀인간이 말했어요.

"인플루언서가 되고 싶어 안달 난 인간이 '개'들의 촉수에서 분비되는 액체를 빨아먹는 영상을 촬영하기 전까지는요."

원래 그 액체물질은 화학적으로 분석할 수 없어 섭취 불가 물질로 분류됐다는데요. 액체를 빨아 먹은 홀로스타그램 중독자가 하루아침 천재로 돌변하자 상황은 뒤집혔다지요. 해당 홀로그램을 접한 사람들이 정체불명의 액체를 흡수하려고 시도 때도 없이 '개'의 촉수를 빨아재졌어요. 부작용을 두려워한 연방은 액체를 마약류로 분류하고 '개'를 거래품목에서 제외했다고 했어요.

"해당 물질의 효능이 정확해진 건 수년이 흐른 뒤였죠."

도마뱀인간이 설명을 이어갔습니다.

인류는 행성 간 게이트가 설치되어 수억 광년을 맘대로 넘나들 정도로 발달한 시대로 돌입했다죠. 그런데 이동 게이트가 이상성 물질 우주라는, 물리법칙과 위배되는 공간으로 사람들을 자꾸 이끌었더랍니다. 이상성 물질 우주공간은 육안으로는 인식하기 어려워 특별 관측기구를 발명해야만 했대요. 이상성 물질 관측도구를 임상하던 중, '개'들이 인간에게서 촉수를 뻗을 때 괴상한 그림자가 흡수되는 모습을 포착했다지요.

그게 바로 '오라'라고 합니다.

"특정 인간에게 발견되는 정신적 차원의 물질이, '개'의 뇌분비선을 통해 물리화학적 물질로 변환되고 있었죠. 해당 액체는 그 어떤 건강식보다도 사람의 지능과 건강 향상에 지대한 효과가 있던 거예요!"

도마뱀인간이 어깨를 으쓱했습니다.

"흡수당한 사람에게는 별다른 건강 이상이 발견되지 않지만요."

일반우주 차원에서는 포착되지 않는 물질이기 때문이라는, 이해하기 힘든 해설을 덧붙이기까지 했어요.

"저희 시간대의 인류에게서는 '오라'가 고갈되었습니다. 그래서 과거의 인류에게서 채취하려는 거예요. 이제 납득됐습니까?"

음, 먼 미래에도 관심 종자가 존재한다는 사실이 이해가 안 됐고, 우주니 이상성 물질 어쩌고는 한 귀로 흘려버렸지만 대충은 무슨 소린지는 알 것 같았어요.

저는 내친김에 용기 내 질문을 몇 개 던져보았습니다. 이대로라면 모든 걸 말해줄 태세였으니까요. 마침 그들이 왜 저를 선택했는지가 궁금하던 찰나였거든요.

"'조정'을 맡겨도 미래가 크게 변하지 않는 사람들이 후보였어요."

도마뱀인간이 우물거렸습니다.

"가상으로 모델링된 각종 시뮬레이션을 통과한 인물이 바로 당신이거든요."

로봇인간이 일정한 음색으로 덧붙였죠.

저는 헛기침을 했어요.

"…혹시 제 역사를 더 구체적으로 알려줄 수 있나요? 인생이 어떻게 잘 풀린다든지."

히어로 대리님과 이어질 가능성이 있느냐고 묻고 싶었지만, 차마 그렇게 말하진 못했어요.

"아니요. 한 사람의 운명을 발설하는 건 시간여행 법에 어긋나는 행위입니다. 대신!"

로봇인간이 제 핸드폰을 톡톡 건드렸습니다.

"인생이 잘 풀리도록 도와드릴 순 있죠."

핸드폰 화면에 메시지 알림이 떠 있었습니다. 넉 달 치 월급보다 큰 금액이 한 번에 입금되었다는 알림이었죠. 다시 고개를 들었을 때, 미래인들은 사라지고 없었습니다.

그 돈을 어디다 썼느냐고요? 채권자들에게 휘둘리는 형에게 절반, 서울 근교 지하방에 세 들어 사는 부모님께 절반을 입금했죠. 첫 번째 인센티브는 그걸로 끝이었습니다. 그래도 숨통이 트이는 기분이었어요. 한동안 마음 놓고 무협 영화나 보면서 하루하루를 보냈습니다.

미래인들은 두세 달 간격으로 사무실로 도약해왔어요. 일정한 규칙 없이 제멋대로 사람이 지정되는 것 같았죠. 직원들과 자주 부딪치는 인사부서가 아니었다면 지정자들이 어떤 층 어디에 앉아 있는지 수색하느라 애먹었을 겁니다. 이 짓을 반복하다 보니 몇 가지 의문이 떠올랐어요. 왜 이 회사 사람만을 대상으로 오라를 빨아들이는지, 다른 시간대뿐만 아니라 동시대 다른 장소에도 나와 같은 조정자가 존재하는지, 오라는 어떤 기준의 누구한테 부여되는지 말이죠. 이런 자잘한 궁금증을 풀려고 노력하지는 않았습니다. 인센티브는 또박또박 입금되었으니까요. '개'들은 여전히 무시무시해 보였으니… 감히 대적할 생각을 못 했지요.

계절이 흐르는 동안 미래인이 방문한 건 세 번 정도였을까요. 헬멧의 다이얼 사용방식을 유심히 지켜봤는데, 무슨 원리로 돌아가는지 도통 모르겠더군요. 그사이 저에게는 환호할 만한 일이 생겼습니다. 날이 지나더니 곽 사원이 조금은 정신 차렸다는 것이지요. 그냥 멍청이인 줄 알았는데, 정도껏 도움이 될 수준으로 향상됐어요. 그 분위기 안 맞는 농담은 그대로였지만요. 박 대리가 레슬링 기술 시험대상을 곽 사원으로 바꾼 게 도움 됐을까요? 아무튼 짜증나는 일이 줄었습니다.

하지만 무엇보다 기쁜 사실은, 저와 히어로 대리님 사이의 일이었습니다.

급여데이터를 비교하기 위해 히어로 대리님에게 메신저로 연락해야 했는데요. 파일을 주고받던 중 대리님 프로필을 우연히 보게 됐답니다. 〈수라설희〉가 배경인 거 있죠. 무협영화 중에서도 컬트적 인기를 끌고 있는 영화! 저도 수라설희를 재밌게 봤다고 메시지 보냈더니, 히어로 대리님이 메신저로 줄줄이 무협영화에 관한 이야기를 쏟아내더라고요! 수라설희 같은 컬트영화만 아니라 각종 무협영화를 섭렵한 분이었어요. 심지어 〈흡혈기공 박 부장〉 같은 마니아 콘텐츠까지 마스터했다죠.

히어로 대리님은 돌아가신 어머니의 영향이라고 했어요. 중국어 통역사였던 어머니가 결혼과 출산을 하면서 경력이 단절된 뒤, 항시 중국영화드라마 채널을 틀어놓아서 형성된 취향이래요. 음, 어머니께서 당신의 쓸모를 찾고 싶었던 거 같다고, 대리님은 말했죠.

덕분에 저는 히어로 대리님의 인생에 관해 조금이라도 알게 되었으니 여러모로 뜻깊은 시간이었습니다. 저희는 종종 마주쳐 무협영화와 드라마에 관한 이야기를 나눴지요.

그리고 얼마 후, 저는 한 발 더 용기를 냈습니다. 마침 아트시네마에서 주성치 특별전이 진행된다는 소식을 접했거든요. 〈파괴지왕〉 리마스터판을 예매하고 함께 보자고 할 예정이었어요.

점심시간, 대리님께 다가가는데, 녹색 단말기가 울리는 겁니다.

화장실로 방향을 틀었습니다. 단말기를 안주머니에 숨겨

누구에게도 보이지 않으려 했어요. 회사원의 개인정보가 빼곡히 적힌 걸 누가 본다면 스토커라고 오해 살지도 모를 일이잖아요?

변기에 앉아 화면을 들여다봤어요. 이번에 '오라'를 채집할 대상은 누굴까, 휘파람 불면서 확인하는데, 아주 익숙한 얼굴이 떠 있었습니다.

히어로 대리님이었지요.

대리님이라면 사람을 건강하고 똑똑하게 만들어준다는 '오라'를 가지고 있기 충분하지. 저는 마음을 추스르며 미래인들에게 보고한 뒤 화장실에서 나왔습니다. 불안하더군요. '개'들이 인간의 그림자를 빨아들이는 모습은, 금방이라도 생명의 온기를 꺼뜨릴 것만 같이 보였으니까요. 안 좋은 일과 엮인 건 아닐 거라고, 스스로 진정시켰습니다. 그래요. 해를 가하지 않는다고 미래인들이 친절하게 말해주지 않았습니까.

일에 집중되지 않아 휴게실로 갔습니다. 소파에 앉아 단말기를 꺼냈어요. 미래인들에게 이 일의 위험성을 재차 물어야 할지, '개'들이 최대한 대리님에게 닿지 않도록 조심해 달라고 부탁해야 할지. 영화 보러 가잔 얘기는 어떻게 해야 할지….

인기척이 들려 저는 황급히 뒤돌았습니다. 곽 사원이 저를 똑바로 바라보고 있더군요.

"무슨 일이야?"

저는 서툰 동작으로 단말기를 안주머니에 숨겼어요. 곽 사원의 시선은 제 안주머니를 따라갔습니다. 녀석이 격앙된 목소리로 외쳤어요.

"주임님이, 조정자였어요?"

서류 더미로 뒤통수를 얻어맞은 것처럼, 머릿속이 새하얘졌어요. 저는 말을 더듬으며 네가 어떻게 아느냐고 겨우 얘기를 꺼냈지요. 다음에 일어난 일은 더욱 가관이었습니다.

"지금 뭐 하는지 제대로나 알고 하시는 겁니까? 네?"

곽 사원의 얼굴이 터질 듯 새빨개지는 겁니다. 아무것도 모르면서 수락한 거냐고, 어떻게 사실을 숨긴 거냐고… 알아들을 수 없는 말을 늘어놓았어요.

"뭐라고 하는 거야? 천천히 좀 말해봐! 네가 어떻게 아는 건데!"

"주임님, 설마 '오라' 어쩌고저쩌고하며 법적 조항이 어쩐다는 말에 넘어갔습니까? 네?"

"어?"

"걔네가 오라라고 주장하는 물질이 뭔지 알아요? 바로 인간의 수명이라고요!"

저는 순식간에 얼어붙었어요. 곽 사원은 품속에서 은색 사각 종이를 꺼내더군요. 미래인들이 건네준 명함과 똑 닮은 야광 글자가 빛났습니다.

시간공정위원회 지구부서
40508팀 수색자 203040501992 파견대원

저는 멍하니 고개를 들었습니다.

곽 사원이 소파 바닥이 꺼지도록 주저앉았습니다. 심호흡을 하더니 어디서부터 이야기를 꺼내야 할지 모르는 눈빛을 하더군요.

"그들이 끌고 오는 '개'를 본 적 있죠?"

저는 말없이 고개를 끄덕이며 곽 사원의 그간 행동을 복기했어요. 화성이 고향이라는 소릴 비롯해 왜 혼자 아무렇게나 웃음을 터뜨렸는지 말이죠.

"어디까지가 사실인지 알려드리죠."

곽 사원 들려준 이야기는, 먼젓번 미래인들의 설명과는 달랐습니다.

일부는 비슷했어요. '개'들이 외딴 행성에서 발견됐다거나 의외로 애교가 많아 반려동물로 인기를 끌었다는 설명까지요. 문제는 '오라'가 발견된 계기부터였습니다.

곽 사원의 이야기에서 미래의 SNS 관심 종자는 등장하지 않습니다. 늪지대 행성에 고딕식 성을 짓고 사는 음침한 갑부 이야기로 시작했어요. 갑부는 각종 특이생물체를 수집해 지하 감옥에 가두는 취향이 있었는데, 그중 하나가

'개'였다고 합니다. 개인서재에서 '개'의 곤충처럼 징그러운 눈을 들여다보는 데 심취했다고 해요. 곽 사원이 어깨를 으쓱이며 말했습니다.

"곤충을 숭배하는 종교를 믿었다나."

갑부는 아무도 없는 서재에서 사망했고, 이는 밀실 살인 사건으로 알려집니다. 과거재생 단말기 어쩌고(더 복잡한 단어가 이어졌는데 까먹었네요)를 되감아도 방을 다녀간 사람은 없었다지요. 갑부가 '개'의 촉수를 쓰다듬는 장면만 담겼다고 합니다.

"유사 사건이 연방 전역의 졸부들에게 벌어진 겁니다."

곽 사원이 진지한 눈빛을 번뜩였어요.

"부자들이 아무도 모르게, 어떤 물리적 흔적도 없이 사망한 거죠."

희생자들이 특이동물 수집가라는 것, 사건 현장에 '개'가 어슬렁거렸다는 공통점이 있었죠. 은하 전역에 '개'가 저주받은 동물이라는 미신이 퍼졌답니다. '개'는 거래시장에서 소비자들의 선택을 받지 못해, 역사 속에서 잊혔지요.

"사건의 진위가 밝혀진 건, 행성 간 차원 게이트가 설치되고, 이상성 물질 우주가 발견된 뒤였죠."

이상성 물질 관측도구를 통해 '개'들이 생명체에게서 정체불명의 그림자, '오라'를 빨아들이는 현상이 관찰되었다는, 미래인들이 해준 설명과 똑같은 이야기였어요. 다만,

그 '오라'는 실험된 생명체를 오랜 기간 관찰한 결과, '수명'이었음이 증명됐다는 점이 달랐습니다. 진상은, '개'들이 졸부들 수명을 죄다 빨아들였다는 거였죠.

떨리는 손으로 단말기를 내려다봤어요. 이제까지 미래인들에게 위치와 모습을 전송한 '지정자' 목록이 떴습니다.

"그럼 미래의 생감그룹이 사람들의 수명을 뺏어가는 일을 하는 거야⋯?"

그들이 왜 저를 '조정자'라고 부르는지, 무엇을 조정한다는지 그 의미가 명확해졌어요.

"맞습니다."

곽 사원은 제 어깨를 붙들고 말했습니다.

"그러니까 이 주임님. 주임님이 저희 시간공정위를 위해 해줄 게 있어요."

오후 내내 멍하니 컴퓨터 화면만 쳐다봤어요. 일이 눈에 들어오지 않았어요. 이상하게도 히어로 대리님께 영화를 보자는 말만은 쉽게 나왔습니다. 대리님도, 별 고민 없이 초대를 수락했어요.

퇴근 시각, 대형영화관 아트시네마로 향했습니다. 평소와 달리 제가 힘없이 대답하자 대리님이 당황한 기색이더군요. 저는 피곤하다는 식으로 맥 빠지는 웃음을 흘렸습니다. 차마 대리님이 걱정돼서 그렇다고, 어떻게 말할 수 있겠어요?

극장에서도 마찬가지였어요. 코믹한 장면이 나올 때마다 박장대소하는 히어로 대리님을 보면서 착잡한 심정이 들었습니다. 영화가 끝나고 천천히 걸으며 이야기를 나눴어요. 주성치의 센스가 대박이라는 등의 얘길 주절주절 떠들어댔지요.

"아, 나도 금은처럼 비기를 배우고 싶던 때가 있었는데."

금은은 〈파괴지왕〉 주인공입니다. 영화는 순진하고 착한 음식 배달원이 재야의 고수를 만나 무적의 비기를 습득한다는 내용이죠. 히어로 대리님도 한동안 태극권의 매력에 빠진 적 있다고 했어요. 유튜브에서 종합격투기 선수한테 태극권 고수가 두들겨 맞는 모습을 보고 실망했다지만요.

"저는 절권도를 배워보려 했었어요."

우리는 골목을 걸었습니다. 군데군데 밝혀진 가로등 불빛이 어두운 아스팔트를 비추었어요. 어린 시절 기억을 떠올리니 조금 움츠러들었어요. 중학교 시절 학급 친구들에게 매일 얻어맞았거든요. 내성적인 성격을 형성하는 데 한몫했던 경험이죠. 전봇대에 붙은 절권도 과외 전단을 보고 이거라도 배워보자고 결심했죠. 전단에 적힌 주소로 찾아가니 자칭 절권도 고수가 허름한 건물 옥상에서 담배를 물고 있더라고요. 고수는 회비 봉투를 냉큼 뺏고는, 그 자리서 절권도 잽을 전수해줬어요. 다음 날부터 연락이 통 안

됐지만요.

"등록금 먹고 나른 거죠."

"와, 진짜 나쁜 놈이다."

히어로 대리님이 속상한 얼굴을 했어요.

"지금도 절권도 잽만큼은 꾸준히 연습하고 있어요."

저는 우습게 자세를 잡았습니다. 대리님이 사람 좋게 큰 웃음을 터뜨렸어요. 정말 절권도 잽만큼은 꾸준히 연습 중이었는데요.

정류장에 다다르자 곽 사원의 말이 떠올랐습니다. 순식간에 숨이 막힌 듯, 눈앞이 흐려졌어요. 내가 그들의 부탁을 들어주지 않았더라면, 조금 더 의심을 했더라면, 그 돈에 정신이 팔리지 않았더라면…. 대리님께 잘못했다는 얘기를 꺼내보려고 애썼어요. 물론 진실을 알려줄 순 없었죠. 이상하게도, 지금의 일이 너무 힘들다고, 자꾸 나는 잘해보려고 한 것뿐인데 사람들에게 피해 가는 행동만 하는 거 같다고, 하소연이나 털어놓게 되더군요. 대리님께 피해를 주고 싶지 않았다고 말하고 싶었던 것뿐인데요.

히어로 대리님이 물끄러미 저를 내려다봤어요. 이윽고 대리님이 낮은 목소리로 말했지요. 자기도 아직 그렇다고, 사람들은 본인을 무적으로 보는 것 같은데, 그렇지 않다고. 어쩔 땐 그 시선이 부담스럽다고요. 앞을 한 치도 내다볼 수 없어서 불안하다고요.

"그래도 주임님처럼 마음이 맞는 사람하고 만났잖아요. 덕분에 회사에 오는 게 조금은 즐거워졌어요."

버스를 타기 전, 히어로 대리님은 제 어깨를 두들겼어요. 버스 창가에서 저를 보며 미소 짓던 대리님의 얼굴이 아직도 기억납니다.

다음 날, 미래인들이 도약해올 시간이 되었지요.

곽 사원이 부탁한 일이 뭐냐고요? 음, 저는 그 일을 맡기 전에 더 이해가 필요했어요. 그날 휴게실에서 제가 아직도 믿지 못하겠다는 표정을 짓자, 곽 사원이 한숨을 쉬었어요.

"조금 더 설명해드리죠."

곽 사원이 코트 안쪽에서 제가 가진 것과 유사한 형태의 단말기를 꺼냈습니다.

"…'개'들이 수명을 흡수한다는 정보를 입수한 건 어느 작은 기업연구소뿐이었어요."

곽 사원은 단말기를 뒤져 이미지를 탐색했어요.

"시간여행기술 프로토타입을 개발하는 데 앞장선 생감 그룹에서 새로운 상품을 내놓으며 논란이 점화됐죠. 일명 수명패키지. '개'의 뇌분비샘에서 분비되는, 수명이 물리화학적 물질로 변환된 액체를 냅다 팔기 시작한 거죠."

곽 사원이 보여준 이미지에 따르면, 평범한 한약 봉투 같은 모양새였어요.

"수명패키지의 원산지를 속였죠. 독점 행성들에서 발견한 물질을 합성해 개발한 약물이라고 선전했다고요, 개자식들!"

이상한 점이 밝혀지기 시작한 건, 역사의 변화가 조금씩 영향을 발휘한 시점이었습니다. 바닥을 치던 생감그룹의 주가가 상승하고, 독점행성과 연방 협력 식민지 사업이 늘고, 평균 월급이 반 토막 나도 노동력은 유지되고…. 폭풍처럼 부당행위가 늘었지만 이득이 급격히 상승했죠. 비영리단체로부터 제기된 불만접수가 대대적인 수사로 이어졌어요. 수명패키지가 과거인들의 수명을 빨아들여 생성되는 게 아니냐는 의혹이 떠올랐답니다. 기업의 의지와 반대되는 사람을 표적 삼아 시행되는 거 아니냐는 식으로요.

"끊임없이 뒤바뀌는 역사데이터와 역사학 종사자들의 기억이 어긋나는 현상에서 포착했죠. 이를테면 데이터가 'ㄱ'이라 표기되어 있는데, 자꾸만 'ㄴ'이 맞다고 우기는 사람들이 늘어난 겁니다! 그놈들이 이상한 웜홀 통로로 다니는 걸 봤죠? 시공간적 구멍을 뚫은 뒤 그 구멍을 통해 이동하는 거예요. 그 구멍들은 닫히는 순간 완전히 봉합되는 게 아니라 약간의 틈을 남겨요. 그 틈에 의해 변화되기 전의 과거 사건이 현재에도 흔적을 남겼던 겁니다. 가설이 제기되자 시공간 탐지기로 시공간적 틈이 실재한다는 증거를 찾았고요…. 문제는 생감그룹과 연방의 여러 높은 인사가 친분을 맺은 관계라는 거죠. 반면 시간공정위는 힘이 약해요."

심지어 연방의 몇몇 의원들이 날치기로 통과한 법안까지 존재했더랍니다. 그게 미래인들이 제게 설명한 시간여행법이었어요. 일방적으로 설명하고 서명만 받으면 과거인을 상대로 상업적 계약이 허가된다는 내용이었지요. 반면 시간공정위는 행정명령으로 신설된 단체임에도, 기술력 지원이 빈약하다네요. 곽 사원도 이 일에 자원한 일반 공무원 중 하나에 불과하지, 특수한 훈련을 받은 인력은 아니었습니다.

"…그 놈들이 사무실을 휘젓는 동안 넌 뭐했는데?"

제가 물었습니다.

곽 사원은 낙심한 표정으로 대답했어요.

"생감그룹 파견직은 비가시광선 슈트… 그러니까 은색 쫄쫄이를 착용해서 저희가 눈으로 발견할 수 없어요. 생감 생명의 보안이 워낙 철저해 시간공정위가 슈트 해체법을 입수하지 못한 탓입니다."

결국 시간공정위는 생감그룹 미래 파견직을 관측할 수 있는 존재, 바로 조정자와 접촉해야 했다고 합니다.

"LED 전등 밑이 어둡다더니! 과거로 와서 여태 조정자를 찾아 헤맸는데 주임님이었을 줄은!"

속담을 잘못 인용한 것 같았지만, 굳이 정정해주진 않았습니다.

"그러면, 내가 해줄 일이란 건 뭐야?"

출근하자마자 곽 사원은 미래형 녹화 디바이스라면서 안경을 줬어요. 평생 안경을 쓴 적 없었지만, 일하다 시력이 나빠지는 사람이 한둘이 아니니 별로 의심을 살 만한 행동은 아니었지요.

"그들이 나타나면 왼쪽 버튼만 누르면 됩니다."

곽 사원은 부당행위를 녹화해 확실한 증거자료로 남겨 달라고 했습니다. 자료는 미래로 전송되어, 증거조사 팀이 비가시화 슈트를 사용한 행적을 정밀하게 검증해낼 거리고 하더군요.

"그게 다야? 놈들을 막을 방법은 없는 거야?"

"미래의 시간 축에서 벌이는 힘과 대결을 할 순 없어요."

알쏭달쏭한 대답을 하더군요. 뭐가 됐든, 히어로 대리님을 위해 할 수 있는 일은 없었어요. 하지만 대리님의 수명을 가져갈 놈들에게 조금이라도 타격을 입힐 수 있다면, 기꺼이 해야 했습니다.

그날 저는 히어로 대리님께 한마디도 건네지 않았어요. 죄책감, 안타까움, 슬픔, 답답함이 한데 엉겨 붙어 어쩌지 못했지요. 대리님이 메시지로 지난밤 잘 들어갔느냐고 물어왔지만요. 일이 바쁜 척하며, 사실 아무 일도 못 하고 있었어요.

이윽고 미래인들이 사무실 허공에서 나타났습니다. 오랜만에 인사팀으로 도약해온 거였어요. 그 촌스런 은색 쫄쫄이를 착용한 두 미래인이 히어로 대리님의 머리를 가리켰습니다. 제가 조용히 고개를 끄덕이니 개를 데리고 그 자리로 향했습니다. 저는 쭈뼛쭈뼛 일어나 그들을 바라봤어요. 곽 사원이 침착한 표정으로 제게 슬쩍 엄지를 치켜들었고요.

그들은 대리님 뒤에 섰어요. '개'가 대리님의 뒤통수에 주둥이를 벌리는 순간, 저는 느꼈습니다. 세상이 무너지는 감정을요.

사실 저는 여태껏 제가 원하는 걸 하면서 산다고 생각한 적이 없었습니다. 누군가 시키는 일을 하는 데에만 소질 있는 사람이었으니까요. 가족을 위해서라도 어디로 도망갈 순 없었으니까요. 하지만 이번만큼은, 내가 원하는 걸, 좋아하는 것을 지키고 싶었어요.

저는 히어로 대리님 책상으로 뚜벅뚜벅 걷기 시작했습니다. 곽 사원이 당황해서 자리를 박차고 일어났습니다. 저는 멈추지 않고 대리님쪽으로 계속 향했어요. 제 기척을 알아챈 도마뱀인간이 입을 뗐습니다.

"무슨 일이죠?"

히어로 대리님도 저를 쳐다보고 있었어요. 대리님 팀 동료들 시선 역시 저에게 쏠렸습니다. 고민할 틈은 없었어요. 절권도 자세를 취해, 도마뱀인간의 면상에 잽을 한 방 날렸어요. 사람을 상대로는 처음 시연해본 것이었습니다.

뼈를 치는 둔탁한 느낌이 주먹을 관통했어요. 목이 뒤로 꺾이며 도마뱀 인간이 풀썩 쓰러졌어요. 로봇인간의 얼굴에서 당황한 표정이 사라지기 전에, 저는 한 번 더 빠르게 잽을 꽂았습니다. 하지만 이미 늦은 뒤였습니다. '개'는 입을 크게 벌려 대리님의 수명을 빨아들이고 있었어요.

징징팀장이 뭔 짓이냐고 고함치는 소리, 사원들이 웃음을 터뜨리는 소리, 대리님이 괜찮으냐고 묻는 소리가 귓가에 메아리쳤습니다. 그들의 눈에는 미래인들은 안 보이고 저 혼자 난리치고 있었겠죠. 해명할 시간은 없었어요. 심지어 대리님한테도요.

저는 쓰러진 도마뱀인간의 헬멧을 벗긴 뒤 머리에 썼습니다. 머릿속으로 수많은 바늘이 꽂히는 기분이 들었어요. 천 가지 정보가 머릿속으로 흘러들어오면서 각종 인터페이스가 시야에 형성됐습니다. 제 기억을 파노라마처럼 통시할 수 있는 창이 있더군요.

"잠깐만요!"

곽 사원이 달려오고 있었어요. 그는 미래인들과 겨루지 말라는 소리를 내질렀지요. 무능력한 시간공정위의 말을 들을 시간은 없었습니다. 망설임 없이 기억의 파노라마에 접속해, 헬멧 중앙의 다이얼을 작동시켰습니다.

저는 기억의 파노라마에서 사태가 이 지경이 되기 직전의 장면을 살폈습니다. 제가 대리님을 미래인에게 보고하려던 그때의 시간으로 향했지요. 시공간적 구멍의 출구를 옥상으로 설정해놓았어요. 건물에 착치하자마자 계단 아래로 달렸습니다.

화장실로 들어가는 제가 보이더군요. 저는 저를 뒤따라갔습니다. 과거의 제가 칸막이에 들어갈 때쯤 손가락으로 어깨를 툭툭 건드렸죠. 왼손으로 얼굴을 가린 뒤 바로 제 인중을 강타했어요. 처음이 성공하니 두 번째부터는 일도 아니란 생각이 들더군요. 변기통 위에 고꾸라진 과거의 저에게서 녹색 단말기를 뺏었습니다.

사무실에 도착하자마자 히어로 대리님을 대체할 사람을 수색했습니다. 어렵지 않았어요. 박 대리라는, 사내괴롭힘과 일 떠넘기기의 대가가 마침 자리에 있는 거 아니겠습니까? 누구보다 적격이었죠. 곽 사원 설명대로라면 적어도 히어로 대리님은 미래에 직원들 권리증진을 위해 뭐라도 한다는 거였고요.

곽 사원에게 들키지 않게 파티션 아래서 박 대리의 얼굴을 단말기에 담았습니다. 쓰러진 저한테 단말기를 욱여넣은 뒤 헬멧 다이얼을 돌렸어요.

미래인들이 히어로 대리님의 수명을 빨아먹으러 오던 그 시간에 도착하니, 코뼈가 미친 듯이 아프더군요. 저는 콧등에 거즈를 덮고 있었습니다. 음, 제가 제 면상을 때린 일이 이렇게 영향을 주는 건가 싶었습니다. 자리에 앉아 조용히 일하는 척했죠. 몇 초 뒤 사무실 허공에서 웜홀이 열리고 미래인들이 저희 팀으로 걸어왔습니다. 긴장되는 순간이었습니다. 두 미래인은 박 대리의 등 뒤로 향했습니다. 저는 미래인들을 보지 않으려 애쓰며 침을 삼켰지요.

도마뱀인간이 저한테 고개를 돌렸습니다.

"당신, 허위 정보를 전송했죠? 우리가 데이터와 기억상의 어긋남을 철저히 검토하는 방법조차 갖추지 않으리라 생각한 겁니까?"

이럴 수가. 미래인들은 분노한 표정으로 '개'를 끌고 왔어요. '개'에게서 튀어나온 촉수가 어느 때보다도 현란하게 꿈틀댔어요. 저는 벌떡 일어나 헬멧을 착용했습니다.

저는 미래인들이 제게 처음으로 도착하던 시간대로 찾아갔어요. 혼자 남아 야근하던 때요. 사무실에는 저 말고 아무도 없고, 어둠침침했습니다. 저는 저 자신이 탕비실로 들어가는 모습을 지켜봤어요. 얼굴을 가린 채 쫓아가, 탕비실 문을 걸어 잠갔습니다. 안에서 누구냐고 소리치며 쿵쿵대는 소리가 울렸죠. 이쯤 되니 저 자신에게 좀 미안해졌습니다.

미래인들이 도달할 즈음, 저는 당시처럼 엑셀에 집중하는 척했습니다. 그들이 나타나자 놀란 척, 연기했어요. 그들이 활짝 웃으면서 명함을 건네는 그 순간, 저는 두 얼굴에 잽권도 잽을 먹였습니다. 세 번째부터는 식은 죽 먹기였죠.

기절한 그들의 헬멧을 벗긴 뒤, 저의 유년 시절 과거로 데려갔습니다. 잘 기억나지 않는 어린 시절이었는데요. 놀이터에서 한 형제가 로봇장난감을 두고 실랑이를 벌이더군요. 저는 기절한 미래인들을 길바닥에 눠뒀어요. 시간여행 헬멧을 잃었으니 무능력하겠죠. 그러고 나서 저는 놀이터의 형제에게 다가갔어요.

형이 제게서 최초로 물건을 뺏던 순간이었습니다. 아직 여덟 살인 형에게 다가가 뒤통수를 때렸습니다. 형이 엉엉 우는 동안, 로봇장난감을 어린 시절 저한테 돌려줬지요. "네 물건은 네가 지켜라"라는 잔소리도 했습니다. 그리고 헬멧을 작동시켰어요. 앞으로는 형에게 호구 잡혀서 살지 말라고 빌면서요.

그 찰나의 순간은 별로 도움이 안 되었나 봐요. 사무실로 돌아온 제 핸드폰에 보증을 서달라는 형의 문자가 쌓여 있었으니까요. 그래도 이젠 시간을 좀 벌 수 있을 거라고 생각했습니다. 대리님에게 거의 끝난 거 같다고 말해주고 싶었죠.

물론, 오산이었습니다.

점심이 지나자 사무실에 웜홀이 열렸습니다. 심지어 이번에는 미래인 네 명과 '개' 두 마리가 등장했지요. 한 팀은 대리님의 수명을 빨아먹으려 향했고, 한 팀은 저한테 다가 왔지요. 도마뱀인간과 로봇인간이었습니다. 아주 득의양양 한 표정이었죠.

"당신 말고 다른 조정자를 구했습니다."

도마뱀인간이 말했어요.

"덕분에 고생 좀 하고 있습니다만, 우리가 그 따위로 허 술하다고 여기면 안 되죠. 우리 같은 파견자들을 시간의 표 류에서 구조할 방법이 없는 줄 아십니까?"

저는 아무런 대답도 하지 않았습니다.

"시뮬레이션 상에서 이상 없던 인간이 사고를 발생시킨 다? 그래요. 변수가 생겼더군요. 다른 미래인이 접촉해왔 다는 증거죠?"

멀리서 히어로 대리님의 수명을 빨아들이려 준비하는 '개'의 뒷모습이 언뜻 보였습니다. 미래인들과 겨루려 하지 말라던, 곽 사원의 말이 귓가에 아른거렸어요. 건너편 자리 의 곽 사원에게 도움을 청하고 싶었지만 그러지 못했습니 다. 곽 사원이 시간공정위 소속이라는 사실이 알려지는 거 아닐까 싶어서요. 저는 역시 아무런 도움이 안 되는 인간일 뿐이었어요.

방법은 없었습니다. 한 번 더 과거로 이동하는 수밖에 요. 다시 한번 그들이 저를 찾아오던 날로요. 벌떡 일어나 헬멧을 뒤집어썼지요.

하지만 그게 끝이었습니다. 더 이상 기회는 없었어요. 그들은 어딜 가나 저를 잡으러 이미 앞서 과거에 도착하거나, 금방 뒤쫓아왔습니다. 제가 헬멧을 이용해 도착한 곳이 어딜지, 그 먼 미래에서 좌표확인을 마친 거라고 볼 수 있을까요? 저를 잡으러 쫓아오는 쫄쫄이 미래인들과 수명을 빨아들이는 괴물들을 피해 제 인생의 다른 시간대로 계속 이동하는 상황에 처해버렸어요.

급기야 아예 입사 면접 시기로 이동해서 '나'를 회사에 들어가지 못하게 할까, 그러면 히어로 대리님과 내가 상관없게 되어 그들이 더 이상 나를 쫓아오지 않지 않을까, 적어도 나 혼자는 살아남을 수 있지 않을까 하는 생각에까지 닿았습니다. 그 순간 웜홀에서 빠져나오자마자 둔탁한 돌부리에 발이 걸려 넘어졌어요. 의식적으로 고른 과거가 아닌 무작위로 고른 시기로 뛰쳐나와 이곳이 어딘지 파악해야 했습니다. 한밤중 고층건물들로 둘러싸인 뒷골목이었죠. 히어로 대리님과 걸으면서 대화를 나눈 그 길이었습니다. 손목시계를 보니 저와 대리님이 영화 관람을 마치고 걸어올 시간이었죠. 이 골목을 거닐며 나눈 대화가 머릿속을 스쳐 지나갔습니다. 갑자기 속에서부터 울분이 치솟았어요.

내가, 히어로 대리님이, 왜 녀석들에게 삶의 일부를 뺏겨야 하는지 말이에요.

마음을 추스르고 무릎을 탈탈 털고 일어났습니다. 어차

288

피 저질러진 일, 상관없다. 내가 할 수 있는 최대한을 발휘해 방해공작을 펼치자. 어느 시간대마다 나를 쫓아온다면, 히어로 대리님이 수명을 빼앗기던 그 순간만큼은 끈질기게 지켜내자. 마침 여러 군데서 웜홀이 열리고 은색갈치 미래인들이 추적해왔습니다. 저는 헬멧을 가동했어요.

추적자를 따돌리고, 새로운 웜홀을 통과하여 히어로 대리님을 지키러 가려던 그때였어요. 푸른색 통로 중간에서 기다란 갈퀴 모양의 그림자가 쭉 뻗어 나왔습니다. 갈퀴는 공중을 손짓하다가 제 팔을 붙잡았어요. 팔이 뜯겨 나갈 것처럼 끌어당기는 엄청난 완력과 함께, 저는 강제로 웜홀 바깥으로 끌려갔습니다.

저는 차가운 스테인리스 바닥에 내동댕이쳐졌어요. 어깨에 뽕이 가득 들어간 푸른색 제복을 입은 두 사람이 거기에 서 있었지요.

"시간경찰관의 이름으로, 불법 시간여행자인 당신을 체포한다."

그들은 우락부락한 어깨로 제 양팔을 붙잡았습니다.

저는 사방이 회색빛 벽면의 방에 갇혔습니다. 천장에서 무지갯빛 섬광이 쏟아지더니, 입체영상이 시연되었지요. 교육자료 같은 음성이 흘러나왔습니다. 제목은 〈불법화된 시간여행과 그 도구〉. 시간여행에 관련한 장비가 쭉 나열되더니, 이 장비들은 금지되었으며, 기업시간전쟁에서 사용된 헬멧과 비가시광선 슈트는 아주 위험한 물품이라고 하더라고요. 저는 알쏭달쏭한 상황에 빠졌습니다. 곧 푸른 제복을 입은 사람들이 철문을 박차고 들이닥쳐 제 목에 초록색 물질이 든 주사를 꽂았습니다.

"불법 시간여행자! 네놈의 파렴치한 임무에 대해 모두 실토하라!"

초록 액체는 일종의 자백제였을까요? 입을 열고 싶지 않았는데 절로 혀가 굴러갔어요. 어쩌다 여기까지 오게 됐는지 자초지종을 털어놓게 되었지요. 푸른 제복을 입은 사람들은 몇 번이나 깔깔댔습니다. 시간공정위에 대해 말하는 대목에서 그들은 침을 튀기며 웃었어요.

"시간공정위? 그딴 건 없어!"

시간경찰 하나가 눈물을 훔쳤어요.

"기업 간에 시간전쟁만 있었을 뿐이지!"

경관 한 명이 턱을 괴고 저한테 상체를 내밀었어요. 그는 곽 사원과는 다른 이야기를 꺼냈습니다.

곽 사원이 해준 이야기는 절반은 맞았습니다. 다만 곽 사원의 정체는 시간공정위 소속이 아니었어요. 시간공정위가 신설될 필요는 없었다고 합니다. 시간여행기술 프로토타입을 개발한 생감생명이 은갈치들을 파견해 역사데이터를 조작하면 그만이었으니까요. 엊그제 생감그룹을 규탄하는 단체는 오늘 아침 쥐도 새도 모르게 흔적조차 남기지 못

290

하고 사라지고는 했다죠.

"그렇다면 생감그룹에 대적한 이들은 누구냐?"

경관이 목청껏 소리쳤어요.

"바로 경쟁 기업들이었지!"

수많은 기업이 시간여행기술 개발에 뛰어들었다죠. 기업들은 파견자들을 끊임없이 과거로 동원해 기술을 탈취하고 파괴하고 '개'들을 빼돌리는 작전을 펼쳤대요. 더불어 라이벌 기업체가 불법으로 수명을 수집하는 증거를 확보하려고 하는 아이러니한 경쟁까지 벌어졌다는 거예요. 곽 사원은 그렇게 파견된 인력 중 하나일 거라 했어요.

미래인과 대결하지 말라던 곽 사원의 충고는 단지 가만있으라던 뜻이었을까요? 그간 함께한 동료애가 섞인 조언이었을까요? 이쯤 되니 뭘 믿어야 할지 알 수 없었습니다.

"그래서, 당신들이 나서게 된 거라고요? 시간경찰부대를 신설해서?"

"그래, 네가 만난 '미래인' 중 우리는 시간의 가장 끄트머리에 존재하는 '미래인'이지. 네가 이동하던 통로 기억하나? 그래, 시공간적 구멍 말이야. 우리는 구멍이 남겨놓은 틈들을 완전히 제거할 방법도 발명해냈지."

두 경관은 미래인이라는 단어를 또박또박 발음하면서 실소했습니다.

"시간여행과 '개' 사육은 법적으로 전면 금지야! 시간여행 기술을 가진 기업을 모두 몰수하는 과정에서 수많은 시행착오를 겪었지만 말이야. 우린 시간여행자와 '개'들을 싹다 잡아들인 다음 구멍들을 제거하고 있어. 뭐, 비가시광선 수트를 입은 놈들은 관측하기 어렵긴 하지만."

저는 은색갈치 쫄쫄이를 입지 않아서 그들에게 잡혀버린 셈이었어요. 그들은 곧 그런 놈까지 싹 다 잡아들일 기술이 개발될 거라며, 호탕하게 웃었습니다. 이들은 시간여행자들을 체포하는 일이 신나는 모양이었습니다.

"자, 이제 너의 증언을 판관님께 들려줄 차례다."

경관들이 제 양팔을 붙들었습니다.

✳

이렇게 저는 판관님 앞에 섰습니다. 판관님은 제가 생각한 모습은 전혀 아니지만요. 수많은 모니터와 모뎀으로 연결된, 포르말린으로 채워진 통에 안치된 뇌에게 이렇게 줄줄이 이야기를 쏟아낼지는 몰랐거든요. 판관님께서 제 말을 알아듣는지 모르겠지만… 증언하지 않으면 시간경찰관들이 금방이라도 주먹을 날릴 기세였어요.

증언이 끝나면 시간경찰관들은 제가 살던 시간대로 저를 돌려보내 준다고 했어요. 몇 가지 기억삭제 시술을 진행한 뒤 말입니다. 제 증언은 기업시간전쟁에 참여한 CEO

청문회 데이터로 쓰일 거라고 했죠. 저의 경우 피해사례 101번째에 해당한다고 했습니다.

"과거 시간대의 피해자들은, 이제 안전해지는 겁니까?"

판관님께 끌려오는 복도에서, 제가 물었습니다. 히어로 대리님이 안전해지길 바라면서요.

"글쎄, 네가 얼마나 진솔하게 털어놓느냐에 따라 달렸지."

경찰관 둘은 이렇게 말하곤 웃어 재꼈습니다.

이것으로 증언을 마칩니다. 이제 기억삭제 시술을 받으러 끌려가겠지요. 그게 어떻게 진행될지는 모르지만요. 어쩌면 이상한 데로 납치돼 히어로 대리님을 영영 만나지 못할 수도 있죠. 분명한 건, 저는 최선을 다했다는 겁니다. 시간경찰관들이 들려준 것처럼, 이 증언이 제대로 활용되길 바랄 뿐이죠.

그리고 제가 히어로 대리님 곁으로 돌아갈 수 있길 바랄 뿐입니다.

들어주셔서 감사합니다, 판관님.

〈끝〉

작가의 말

　이 책에 실린 대부분의 소설은 내가 아직 이십 대일 때
완성되었고, 이십 대의 내가 느낀 사회 시스템에 대한 분노
를 B급, 혹은 컬트라는 장르로 표현해본 것이다. 누군가 내
게 "왜 하필 B급이냐?"고 묻는다면, B급이야말로 가장 저
항적인 서사의 형식 중 하나이기 때문이라고 대답한다. 종
종 마주치는 주류 미디어에서 B급이라는 개념이 오독되거
나 함부로 쓰이는데, 트렌드함을 택하는 순간 이미 그것은
B급이 아니기에 B급이 될 수 없으며, 누군가를 함부로 대
하는 게 B급도 아니다. 적어도 내게 B급이란 기성의 특정
한 지배적 형식에 반항하는 것이다.

　긴 시간을 두고 발표된 소설을 하나하나 다시 살펴보는

과정은 재밌기도 하고 괴롭기도 했다. 과거의 나와 현재의
내가 얼마나 달라졌는지를 가늠해보는 시간이기도 했다.

〈기니피그의 뱃살을 함부로 만지지 말라〉

코로나가 막 창궐하던 시기에 완성되었다. 당시 나는 시
간 단위로 쏟아지는 확인되지 않은 추측성 정보에 실시간
으로 노출되어 불안에 떨어야만 했다. 위기의 시대에 생산
되는 정보는 편견을 동반하기 마련인데, 그 한가운데 위치
했던 내 심정이 이 소설에 반영됐다.

이 소설은 처음에 시와 일러스트와 함께 공동작업 되었
다. 모종의 이유로 기존의 계획은 고꾸라졌고, 몇 달 뒤 내
소설만 문학 웹진 던전(지금은 폐쇄되었다)이라는 공간에 발
표되었다.

시와 일러스트를 담당해줬던 류조이 작가에게 감사의
마음을 전하며, 또한 자신의 방송에서 이 소설을 낭독해줬
던 캐나다구스 송에게도 감사를 표하는 바다.

〈코오리의 〈바벨 프로젝트〉〉

친구들과 함께 《글리치 엑스 마키나》라는 사이버펑크
앤솔로지를 크라우드 펀딩을 통해 출간한 적이 있다. 그때

나는 내 소설을 쓰는 동시에 참여 작가들의 소설을 편집하고 피드백해주기도 했다. 특히 한 소설에는 내 아이디어가 상당수 적용되었다. '코모리'는 그 소설에 등장하는 감독이다. 코모리 감독의 일대기를 보고 싶다면 해당 앤솔로지에 수록된 〈컬트의 개척자, 코모리를 기리며〉를 참고하라.

〈햄버거를 위한 테러리스트〉

소설 속 햄버거 소년들에 대한 상상은 유년 시절에 열광한 〈크리터스〉나 〈화성에서 온 침입자〉와 같은 영화로 그 기원이 거슬러 올라간다. 기괴한 외계 침략자들에 대한 이야기는 도처에 널려 있고, 그 침략자들이 사실 억울한 사연을 가졌다는 반전 스토리도 이제는 흔해졌다. 하지만 이런 이야기들은 여전히 강한 매력을 발휘하고 있다.

한편으로 소비 산업이 가져다준 편의성의 역설에 대해 고민했다. 편의성 이면에 자리 잡은 수탈로 인한 폐해는 그 편의를 즐기던 사람들에게 되돌아오고 있다. 기후 위기로 사회 곳곳이 침식되는 현실만 봐도 그렇지 않은가. 물론 그러한 폐해는 소비 산업의 전적인 수혜자들이 아닌, 낮은 위치의 구성원부터 타격한다. 하지만 어느 날 착취의 수혜자들 앞에 햄버거 소년들이 문을 박차고 나타나 두들겨 패준다면… 상상만으로도 기분이 좋다.

〈직장인 시뮬레이터〉

매일같이 직장에서 야근을 하면서 과로 노동에 시달리는 친구가 한둘이 아니다. 어느 날 한 친구는 나한테 "다른 세상, 다른 삶에 대한 상상을 하기가 어렵다."고 했다. 이 소설은 그런 우울을 품은 친구들을 웃겨주려는 목적으로 작성되었다.

〈아뷸러스 해체양식의 비밀〉

메르헨 풍 판타지에 스팀펑크, 현대적 관료 질서가 뒤섞인 세계를 종종 상상하고는 한다. 그 세계관을 배경으로 카프카적인 부조리 코미디, 하이스트 영화 속 전개를 추가하면 어떻게 될까 하는 아이디어가 이 소설의 탄생으로 이끌었다.

나는 특정 풍경을 묘사하는 정적인 서술보다는 행동적인 서술에, 행동 서술보다는 이야기 풀이식 서술에 매력을 느낀다. 때로는 대사나 특정 풍경묘사가 최소화되고 이야기 서술로만 과잉되게 채워진 소설이 보고 싶을 때도 많다. 이 소설은 이야기 서술 과잉의 원칙을 최대한 지키고자 시도한 결과물이다.

〈소녀 vs 사탄의 스케이트보드〉

〈공포의 헬스클럽〉이라는 영화가 있다. 헬스 마니아들이 귀신 들린 운동 기구에 의해 살해당하기 시작하자 헬스클럽 대표가 헬스 기구에 얽힌 기괴한 사연을 추적한다는 내용이다. 이처럼 황당한 발상으로 시작해 기승전결이 뚜렷이 완성되는 호러 스토리텔링은 재미가 없을 수가 없다. 도서관에 책을 연체하는 바람에 도서관 경찰이라는 무시무시한 존재를 피해 도망친다는 내용의 스티븐 킹의 〈도서관 경찰〉, 외계인 아파트 관리인과 입주자의 스릴 넘치는 갈등을 그린 리처드 매시슨의 〈깔끔한 집〉…. 이 소설 역시 그런 호러 소설의 전통선상에 위치하며, 동시에 웃기고 싶다는 의도가 다분히 곁들여졌다.

〈뻐킹김치가이의 〈스마일맨〉과 고어 필름〉

슬래셔 무비는 하위 문화로 발생했으면서도 기성적 시선을 가득 담고 있는 입체적인 장르다. 〈텍사스 전기톱 학살〉, 〈할로윈〉의 가해적 시선은 청년을 억압하고자 했던 당대 보수주의자들의 시선과 판박이로, 영화 속에서 가해자로부터 도주하는 주인공들은 보수주의자들의 폭압 속에서 벗어나고자 몸부림치는 현실의 청년들과 어느 정도 닮았다. 이처럼 슬래셔는 굉장히 정치적인 장르다. 나는 이 소설에서 슬래셔무비의 정치성을 노골적으로 드러내고 싶었고, 스마일맨의 기원을 밝히는 본편에서는 이를 더 노골적으로 표현했다.

〈그들은 은색 쫄쫄이를 입고 온다〉

자본주의는 언젠가 시간까지 수탈하지 않을까? 아니, 바보 같은 질문이다. 이미 각종 방식으로 시간은 통제되고 수탈당하고 있다. 수명 역시 마찬가지다. 이 소설은 그걸 물리적인 양태로 표현했을 뿐이다.

✳

어린 시절부터 이야기에서 비판의 가능성을 배워왔다. 세상은 차별과 불평등으로 가득하고, 아주 작은 일상에서까지 차별이 실천되고 있다. 그나마 이야기들을 통해 그것을 버티고 있었는데, 이제는 반란의 가능성도, 탈출구도 없어 보이는 현실이 때론 숨 막히기만 한다. 이야기마저 소비적 콘텐츠의 결과물로만 흡수되는 시대이니까. 이야기를 통해 소비 사회에 저항할 가능성은 보이지 않으니까. 하지만 이야기가 사회 시스템에 대한 저항이 될 수 있다는 그 믿음을 붙잡을 수 있는 데까지는, 계속 붙잡아보고 싶다.

끝으로 이렇게 불평불만 많은 내 곁에 남아 있거나 나를 참아주는 사람들(핑구, 통영수, … 대충《울트라 소시지 갓》에 언급드린 모든 분들) 덕분에 나는 살아 있다.

평생 별 볼 일 없는 존재로 살아온 자식/동생을 버텨주고 있는 가족들에게도 감사의 말씀을 전한다.

이규락

초판 1쇄 발행 2024년 7월 17일

지은이 이규락
펴낸이 박은주
디자인 김선예, 이수정
마케팅 박동준

발행처 (주)아작
등록 2015년 9월 9일 (제2023-000057호)
주소 07236 서울특별시 영등포구 의사당대로 38 102동 1309호
전화 02.324.3945-6 **팩스** 02.324.3947
이메일 arzaklivres@gmail.com
홈페이지 www.arzak.co.kr

ISBN 979-11-6668-791-4 03810